家有小福妻

1

目次

壹之章◆福女降生旺父家

「快，快，趕緊把熱水端進去！」一個年約四旬的婆子一邊不耐煩地指揮著大兒媳，一邊又攔著想進產房的二兒子徐鴻達，「你是要考功名的人，可沾不得汙穢血腥。」

徐鴻達沒敢推開擋在門前的老娘，只一個勁兒伸脖子順著門縫往裡瞅，「都叫喊了幾個時辰了，怎麼還沒生下來？」

徐老娘看不上兒子把心思都放在媳婦身上的樣子，撇了撇嘴，「當時大妞她娘生大妞的時候還費了一天一夜的勁兒呢，生孩子哪有那麼快的？」

徐鴻達聞言臉色更難看了，額頭上的青筋都蹦了出來，「娘！」

徐老娘想起原先的二兒媳就是難產死的，連忙緩和了語氣哄他道：「寧氏不是那種命薄的，你放心。」又往外推了推兒子，讓他離門遠些，繼續道：「剛才你大嫂子還說估摸著骨縫都開了，只怕就快生了。」

徐鴻達跺了跺腳，揚起脖子朝裡喊：「娘子，莫怕，我在這裡！」

陣痛越來越頻繁了，寧蘭芷似乎聽見丈夫的呼喊，隨著疼痛又有些聽不清，恍惚間又似乎回到了十個月前的那個下午。

當時她奉命往園子裡送梳洗的熱水，原本只需放到院子門口就好，自有大人會將熱水提進去，卻不料醉酒心煩的「他」出來透氣，一眼瞧見了她，眼神頓時有些癡了，喃喃地叫了聲「望舒」就上前將她抱在懷裡。寧蘭芷至今猶記當時自己內心的絕望，卻掙扎也不敢掙扎，求救也不敢求救。

也不知那人喝了多少酒，只知道自己疼痛了一遍又一遍，待那人醒來已是第二天下午。

寧蘭芷木然地跪在床前，他仔細端詳了她的臉，忽然有些索然無味，「只有五分像罷了。」便喚身邊的人，「安明達，賞她一千兩銀子叫她回家去吧，以後找個好人家嫁了。囑咐劉道遠一聲，不許為難她。」安明達張了張嘴，似乎想說這不合規矩，但最終沒敢多說，只應了聲「是」。

疼痛越來越密集了，寧蘭芷臉上滿是汗水，仰起頭痛苦地嘶叫，似乎只有這樣才能釋放出自己的屈辱，才能磨平心底的創傷。

徐鴻達急得團團轉，忽然想起家裡還存著老山參，連忙去切了幾片出來，喊嫂子出來拿進去給娘子含上。

徐老娘氣得掐腰指著他，「你個敗家玩意兒，那是二十年的老山參，值好些銀子呢！」

徐鴻達正色道：「娘，那是寧氏的陪嫁，再值銀子也是她的東西。再說，寧氏此時又是早產，萬一有個什麼，叫兒子怎麼活？」

想想兒子前頭已經死了一房媳婦，這個再有個好歹確實妨礙兒子名聲，這才罷了。只是想想那老山參還是有些心疼，「哪裡就值得吃參了，誰生孩子不得四五個時辰的。」一眼就瞅見蹲在角落裡的小孫女，上前一把揪起來，「回屋待著去，要不是因為妳摔倒砸在妳娘懷裡，妳娘能早產？妳個死丫頭！」

大妞痛得張嘴就嚎哭起來，大大的眼睛裡還帶著一絲驚恐，徐鴻達連忙上前將孩子抱懷裡，「娘，大妞她只是一個三歲孩子，知道什麼？」又拍了拍懷裡的大妞，努力壓抑住心裡的焦躁。

他娘不知道，以為寧氏是早產，可徐鴻達知道，蘭芷這是瓜熟蒂落。他娶蘭芷之前就知道蘭芷已非完璧且懷有身孕，他發誓不管這胎是男是女皆視為親生，蘭芷才點頭允了婚事。

「哇……」孩子哭聲響起，徐老娘臉上露出了笑容，兩手合掌拍了一下，「佛祖保佑，可算是生出來了。」一把推開門，邁腿進去，「是男是女？」

徐鴻達連忙放下大妞也跟著進去，「娘子可還好？」

產婆李婆子已將嬰兒臍帶剪好，熟練地打了個結，用準備好的小被子將孩子包起來遞給徐老娘，「恭喜老姊姊，二郎媳婦給您添了個漂亮的孫女！」

徐老娘聞言連瞧也沒瞧那孩子，轉身就要出去，「又是個丫頭片子！」

這時，忽然聽見院外有人高呼：「娘！娘！中了！中了！」

徐老娘再顧不得其他，三步併兩步衝了出去，「你二哥中秀才啦？」

「是！二哥……中秀才……啦！考了……全縣……第……十一名，是……廩生咧！」徐家老三徐鴻飛氣喘吁吁地掐著腰站在院子裡，一邊努力平著氣息一邊回答著他老娘的話。

徐老娘笑得滿臉不知如何是好，搓著手原地轉了兩圈，方才想起來，「老三，趕緊的，去放鞭炮！」又吩咐大孫子浩哥兒，「去地裡叫你爹回來。」一邊快步回到屋子裡，扯住還拉著媳婦的手的徐鴻達道：「兒啊，你中秀才了！」

眾人也一臉喜色，李婆子湊趣說：「恭喜老安人啦，您好福氣，養個秀才公兒子哩！」又怕自己喜錢不足，忙把孩子往前遞去，「這丫頭是個福氣孩子，一下生就有這等喜事傳來，可見是個命旺的。達哥兒媳婦先開花後結果，有這個命旺的孩子在前頭帶著，保准三年抱兩大孫子。」

聽見這話，徐老娘之前嫌棄生了個丫頭的心思也淡了幾分，從產婆手裡將孩子接過來，低頭瞧了瞧，「雖說是早產，但抱著不輕呢！」

李婆子笑道：「足足六斤八兩，我再沒見過比這漂亮的孩子了。雖說是早產，但一點都不皺巴，看這紅彤彤的皮膚，看這大眼睛，定是個美人坯子呢！」

徐老娘看著小孫女確實長的機靈秀氣，也不由得歡喜幾分，「託妳吉言。」

「砰……」徐鴻飛在大門口點起了掛鞭和二踢腳，徐老娘連忙將孩子遞給大兒媳婦，囑咐她：「妳在屋裡照看妳弟媳婦。」又瞄見站在一邊的大妞，難得和顏悅色了一把，「好生和妳大伯娘在屋裡待著，別出去亂跑。」便叫著二兒子匆匆到大門外，等待鄉親來賀。

徐鴻達倒不像他老娘那麼急，先取了佩巾掛到大門右側，此時住得近便的鄰居已經過來了，見門上掛了大紅布佩巾方曉得徐家二媳婦生產了，有那關係近的拉徐老娘嘀咕：「妳大兒媳生長孫時妳也沒放炮，怎麼這個時節倒放開鞭炮了？」

徐老娘樂得合不攏嘴，「倒不是因為生孩子，是我家老二考中秀才了，還是廩生哩！」

「中秀才了？這可是天大的喜事呀！」鄰居們忙賀喜道。

徐家大郎徐鴻翼聽到報信也從地裡回來了，咧著嘴拉著弟弟直樂。有那五六歲的孩子聽見鞭炮聲跑來，徐鴻飛一個孩子塞了一把零碎鞭炮叫他們放，只見那些孩子一邊撒歡地跑一邊四處報喜：「徐家二叔中秀才啦！」

鄰居王家婆子和徐婆子關係最好，聽見徐家老二中了秀才忙賀喜道：「他徐嬸子不愧是咱村最有福氣的，咱村讀書的孩子也有不少，可這有十年了，唯有你家老二考上秀才了，可真是有福氣！」

有人問：「廩生是啥？」

徐鴻飛笑道：「李叔，就是考試前幾名，每月還發六斗米。」

有人笑道：「二郎這是隨了他爺爺。」

「可不是，當初徐老太爺也是咱村裡唯一的秀才呢！」

徐老娘看著鄉親們羨慕的眼神，驕傲地挺起胸膛，感覺尾巴都翹起來了。

送走了前來賀喜的鄰居，徐老娘一拍腦袋，「看我這個糊塗的，忘了告訴你爺爺和你爹一聲了！」連忙帶著三個兒子去上香。

徐家在村子裡也算是大戶人家了，徐家打老太爺那輩起就有個五六十畝地的家產，家裡便送了老太爺去讀書，考了二十來年到四十歲方中了秀才，他自知沒有讀書的天分，索性放棄了科考，在家裡開了個私塾給村裡的孩子啟蒙。

徐老太爺只有一子，一看書就打瞌睡，好在是個能幹的，娶的妻子就是現在的徐老娘，也是攢錢的一把好手，夫妻兩個辛苦大半輩子，攢下了百十畝地的家業，堪稱是村裡的財主了。徐老娘生了三個兒子，大兒子徐鴻翼、二兒子徐鴻達、三兒子徐鴻飛都跟祖父讀過書，只是徐鴻翼也不是讀書的料，按他祖父的話說就是：和他爹一樣的榆木疙瘩。三郎徐鴻飛倒是聰穎，只是坐不住板凳，不是個吃苦的孩子。倒是徐鴻達不僅腦筋靈活還肯用功，三歲就能背下《千字文》，四歲就開始讀《三字經》了，五歲正式到私塾念書，學些《四書》、《孝經》、《太極圖說》之類的，不到十九歲就成了生員。

兒子中了秀才，又是廩生，應該大擺宴席的，徐老娘一琢磨，明天請客，後天孫女要過「三朝」，索性擺上三天宴席一起慶賀。別看徐老娘平時摳得銅板都數著花，但是在兒子的大事上，她向來不會含糊，況且是這樣的大喜事，她可要好好顯擺顯擺。

家裡擺流水席，徐老娘領著大兒媳張羅酒席，咧著大嘴從東頭笑到西頭，熱情地招呼鄉親道：「放開肚子儘管吃！」

有知道徐老娘秉性的，偷偷和旁邊人笑道：「鐵公雞也捨得拔毛了。」

旁邊那人啐她一口：「徐嫂子那是會過日子，哪裡是鐵公雞了？」

有人附和道：「可不是，妳看這雞，這魚……」說著夾了一塊肥膩的肘子肉塞嘴裡，「這好肘子，就是過年也沒這好菜哩！」

徐老娘從灶上盛了一大碗雞湯，放了兩個雞腿在碗裡，遞給大兒媳婦，「給妳弟媳婦送去，讓她都吃了好下奶。」

王氏應了一聲，拿了個碗裝了兩個煮雞蛋，起端去給寧氏。

徐老娘轉身出來遠遠地瞅見寧蘭芷的堂叔寧老二一家子七八個人搖搖擺擺地來了，頓時恨得牙根癢癢的，「他家倒有臉來吃酒！」

要說也是寧蘭芷命苦，她母親打生下她就身體不好，兩口子嬌生慣養著閨女，打算以後招個女婿上門。那時寧蘭芷還不叫這名，她父母喚她蘭花，就住在徐家後頭，打小就喜歡跟著大她三歲的徐鴻達玩。別看徐鴻達對旁的孩子沒耐心，唯有對蘭花那是一個和顏悅色，整天蘭妹妹這個蘭妹妹那個，有個什麼好吃的也要拿帕子包上留給他蘭妹妹吃。那時徐老娘就笑他兒子：「這麼小的人兒還知道好看孬看哩，看人家蘭花長得俊就整天跟人家屁股後頭。人家長大要招婿的，娘可沒法幫你把人兒娶回來。」

待寧蘭芷五歲時，她娘親身體越發不好，寧蘭芷她爹不忍閨女沒娘，花盡了家裡的積蓄還變賣了唯有的幾畝土地都沒能救回寧蘭芷她娘的命。發喪了媳婦，也沒有了賴以為生的土地，寧蘭芷她爹把僅剩的一兩銀子和家裡這三間房交給了堂弟，託付他幫忙照顧女兒，說快則一年慢則三年就回來，便出去討生活了。

寧蘭芷到寧老二家才兩個月，就有外面討生活的人回來說寧蘭芷他爹坐的江船翻了，不知死活。寧老二一改之前和善的面孔，沒幾天就將蘭芷給賣了。彼時，正值同知劉道遠帶妻子和子女到吉州府任職，沒帶太多下人，便喚人牙子來家，蘭花就是那時進了同知劉家，改名叫蘭芷，伺候劉家大小姐。

大小姐那時也不過剛剛七歲，在京城老家時上家學，隨著父親外放到吉州後，劉同知也正兒八經地請了女先生教女兒讀書寫字女紅針線。劉大小姐喜歡寧蘭芷粉嫩可愛，便叫她伺候筆墨，寧蘭芷也跟著學會了讀書畫畫，有時也跟著賞個花作個詩。劉大小姐常道：「才讀了幾年書就會作詩了，偏還做得極好，可見是個機靈的。」

寧蘭芷不只讀書有靈性，手也靈巧，一群丫頭一同學針線，偏她做的活計鮮亮，會的針法也多，就連玩也能玩出許多花樣來。又會插花又會編花籃還會拿果子雕花，因此劉大小姐極愛她，晚上睡覺兩人都在一個床上，或說幾句文章，或念幾首詩，夏天打扇冬天暖腳，劉大小姐時刻都離不開她。待劉大小姐及笄後，京城劉家老太爺為劉大小姐定了一門親事，劉太太思索再三，沒讓寧蘭芷陪著小姐回京，反而撥她到自己身邊伺候。

徐老娘不知詳情，只知道寧蘭芷將知府太太和小姐伺候得極好，所以知府太太打發陪房的兒子、兒媳帶了小廝抬了十六台嫁妝送寧蘭芷回鄉嫁人。鄉親們看那滿當當的嫁妝眼饞得不得了，紛紛上門提親，連徐老娘也去了，卻不料寧蘭芷誰也沒應。後來也不知徐鴻達去和寧蘭芷嘀咕了什麼，寧蘭芷這才應了徐家的親事。

知府家的下人急著趕回去，見寧蘭芷應了婚事，趕緊拎著寧老二過來走了個過場，定下了五天後成親。到了曬嫁妝那日，鄉親們看著那些鮮亮的衣料、金燦燦的簪子、明晃晃的銀子、白瑩瑩的鐲子，饞得不得了，寧老二更是眼紅得滴血，趁著人多雜亂偷摸去拿金簪子和銀錠子，卻不料知府劉太太的陪房兒子早防著，當場抓了個正著，叫人狠狠地打了他一頓。

徐婆子知道後心裡恨得不行，媳婦的東西以後都得留給她孫子，她孫子的東西就是她老徐家的東西，偷她徐家的東西可不得要了她的命？徐老娘恨得等兒媳婦過門後到寧老二家門口罵了三天，連兒媳婦回門都沒叫她去，這才消了氣。寧蘭芷也恨她堂叔不仁義，樂得婆婆替她出氣，恨不得與堂叔家老死不相往來。

這次擺酒，徐家也沒請寧家，估摸著寧老二不知從哪兒聽的信叫了自己一家子大搖大擺來吃酒。徐婆子心裡冒著火，迎上前去皮笑肉不笑地問：「喲，寧老二來了。」

寧老二腆著臉笑道：「這不是聽說侄女婿中了秀才，特來賀喜嗎？」

徐婆子看著他光溜溜的手，冷笑兩聲，「倒是第一次見空著手賀喜的。」

寧老二的媳婦抱著孩子從男人身後伸出腦袋，「嫂子，咱是一家人，送禮多外道啊！」

徐婆子就沒見過這麼厚臉皮的人，當場氣笑了，「打住！別亂攀親戚，要和妳是一家子我得倒八輩子楣！」

畢竟是同村，人來了不能攆出去，徐婆子又不願好魚好肉給這家子吃，一轉眼珠想起剛送走的一桌還沒來得及收拾殘羹，便領寧老二一家坐那桌上，換了新筷子，「喏，吃吧！」

寧老二伸出筷子從肘子湯裡夾起一塊肉沫塞嘴裡，吧唧吧唧嘴說：「嫂子，這都吃完了也不剩啥了，趕緊叫人再端新做的肘子雞魚上來。」

徐婆子呵呵冷笑，「沒有，愛吃不吃！」轉身不想再搭理他。

村裡都知道寧老二一家的為人，但凡有點明理的人家都瞧不上寧老二家，如今年歲好，風調雨順的稅賦又不高，只要肯吃苦的一年到頭都能攢下幾個錢。可這個寧老二好吃懶做不說，還占了堂哥的房子，用了堂哥的銀子，賣了堂哥的閨女，甚至還想偷侄女的嫁妝，再沒有比這不要臉面的人了。

寧老二也知道沒人瞧得上自己，越發無賴起來，一家子把桌上的湯湯水水吃了又找旁的桌空位繼續吃，徐婆子看得都氣笑了。

鄰居王婆子勸她：「就那無賴人了，犯不上和他置氣。」

徐婆子嘆了口氣，拉著王婆子的手，「我那親家哪裡都好，就眼睛不好，把閨女和家當託付給這種狼心狗肺的人。當初我就勸他，多佃幾畝地先種著，幾年也就攢出買地的錢了，在家哪裡就活不下去了？非不聽，非得出去得瑟，這下好了吧，家也沒了，閨女也被賣了。這幸好蘭花命好，被賣到知府大人家，當小姐似的養大，若是賣到旁的地方，我看我那親家死得安寧不？」

王婆子跟著嘆了一回氣，又哄徐婆子笑道：「蘭花命好，不白出去這幾年，又學會了寫字說話，又賺回來了這大一筆嫁妝，除了你家二郎，咱這村裡的土巴人也配不上她。」

「可不是命好，大妞她娘嫁二郎那兩年，二郎每天苦讀到深夜，和她並沒有多少時候親近，好不容易懷上身子，生個丫頭還難產死了。這蘭花嫁過來還不到一年，這二郎就中了秀才，她就成了秀才夫人了，妳說好命不好命？」徐婆子嘖嘖兩聲，又道：「二妞也隨她娘，也是個命旺的，她剛落地，她爹中秀才的喜信就來了。」

「也是二郎文章作得好，那作不好文章的，就是有再旺的閨女兒子，也中不了秀才。」

徐婆子最愛聽這話，老臉笑得像一朵菊花，挺了挺胸脯，「可不是？」

此時的青青正躺在一個溫暖的懷抱裡，周遭亂哄哄的，時不時傳來爆竹響。旁邊有個嗓門大些的女人笑道：「屋裡我都收拾好了，趁著二妞睡著了，弟妹也趕緊休息一下，我去廚下瞧瞧燉的湯水。」

女子輕柔地道：「勞煩大嫂了，多虧大嫂照看我。」

「都是一家人，說什麼外道話？」

腳步聲漸行漸遠，很快屋裡安靜下來。

青青覺得自己死得有點冤，她雖然無父無母，但身邊的人都說她是有福氣的。雖然是孤兒卻從沒為錢財發過愁，她剛被送到育幼院，育幼院就收到了一大筆捐款，足夠院裡所有的孩子順利讀完高中。小學時羨慕同學能學舞蹈畫畫，沒兩天就有一家知名教育機構做慈善，給了育幼院免費學才藝的幾個名額，青青理所當然地入選，不僅學了舞蹈、畫畫，還進了圍棋班，甚至以美術特長生的身分考上了高中。

考大學時，青青的考試成績離所報的那所全國知名美術院校錄取的分數線差了兩分，正捧著小臉發愁，那所大學突然因為招生名額不足降了三分，青青便順利錄入。大學時，和同學外出吃飯突遇暴雨，前腳雨還下得昏天黑地，她剛吃飽外面立刻就雨散雲歇。逛街時，遇到小偷搶包，她在後面死活追不上，大喝一聲：「你給我站住！」前面狂奔的小偷就摔倒趴在地上起不來……

像她這種被朋友說成神仙轉世的福運，怎麼就能因為救人而被高空掉落的花盆砸死呢？這不符合她的福運嘛！她死得很不瞑目啊！

再醒來就是躺在了這個女人懷裡，從一個二十多歲的大學畢業生變成了剛出生的娃娃，青青咿呀咿呀了兩聲，自己這是穿越了？看來福運還是不差的，居然能重活一回。

青青有些得意，發出哼唧的聲音，女人輕笑著拍了拍她，「小妞妞倒是個乖巧的，不哭不鬧。」隨即就有一個大大暖暖的東西貼在她的臉上。

青青瞬間懵逼了，這是要吃奶嗎？

青青還沒考慮好面子重要還是生存重要這個嚴肅的問題，小小的身體已經做出自然的反應。小嘴不自覺地張開，輕輕含住，嘴唇一抿，乳汁便湧進嘴裡，滑進喉嚨。她覺得渾身都暖和起來，再也顧不上什麼面子，大口吸吮起來。不一會兒，小肚子就飽了，她的意識也開始變得渙散，不一會兒就呼呼地睡著了。

過了兩天吃飽睡睡飽吃的日子，這天上午，青青剛吸完奶，正咿咿呀呀地哼唧，就聽見開門的聲音。她努力歪頭往外瞅，卻依然模糊一片，什麼也看不清。她有些沮喪，到底什麼時候才能看清，到現在她都沒看清過爹娘的臉。

王氏端著熱水盆進來，拿起毛巾擰兩把遞給寧氏擦臉擦手，問她：「昨晚睡得可好？」

寧氏笑道：「睡得好，小妞妞很省事，吃飽了就睡，晚上也不鬧人。」

王氏摸摸青青的小腦袋，「是個乖丫頭，知道心疼娘，再沒有比這更省心的孩子了。昨晚妳大哥還問怎麼聽不見孩子的哭聲，說浩哥兒那會兒像夜哭郎似的，哪晚也沒消停。」

寧氏笑道：「浩哥兒是男孩子，難免淘氣些。」

王氏倒了杯溫開水，從桌上的匣子裡取出小罐子，舀了一點鹽灑在杯子裡，遞給寧氏，又拿了個乾淨的小痰盂過來，悄聲道：「妳用鹽漱口的事可悄聲些，別讓娘知道，否則娘得心疼死，非得說妳瞎講究！」

寧氏被她一逗，差點把鹽水嚥下去，忙吐在一邊的痰盂裡，輕輕笑道：「除了二郎和大嫂，誰都不知道。」

王氏抱著青青，微微地搖晃兩下，「其實講究是好事，鹽也不算個金貴物件，但咱家還用得起，總比四五十歲就壞了一口牙強。只是娘節儉慣了，看不上這些。」說到這，忽然矮下了身道：「不瞞弟妹說，自打妳嫁來用鹽漱口，我做飯時候也常捏把鹽放帕子裡，晚上漱口使哩。」說完噗哧一笑，寧氏也忍不住笑了起來。

妯娌兩個說完悄悄話，王氏把青青放回炕上，手腳麻利地收拾水盆和痰盂，「這兩天家裡擺宴席，米麵魚肉都有，我早上起來跟娘拿了點白麵和豬肉，按照妳的口味，多切了些白菜葉在裡頭，包了二十個餛飩，我去煮了給妳吃。」

寧氏連忙拉住王氏，「嫂子，我哪裡吃得下那麼多，一會兒妳叫浩哥兒和大妞過來，分給她倆十個。」

王氏道：「浩哥兒這幾天大魚大肉吃了不少，可不缺這個。給大妞吃吧，我看她吃了肉菜又有些不舒服了。」

大妞不吃肉倒不是嘴挑剔，是她腸胃實在克化不動大肉，多吃幾塊就會肚子疼。她生下來就沒有親娘，從來也沒喝過一口母乳。徐婆子每天從養了幾隻羊的鐵老汗那買兩碗羊奶，就這麼用羊奶和米湯把大妞餵活了。只是大妞腸胃不大好，吃什麼也不克化，如今三歲了，才比人家一歲的孩子高些，這還是寧氏嫁進來以後買了不少點心給她才餵起來的。

寧氏聽了大妞腸胃不舒服，有些著急，「嫂子遞給我個茶碗，我昨天晚上奶水都多起來了，二妞也吃不下多少，我擠出些來給大妞。」

「行。」王氏點頭，「大妞可不就是差了這口娘奶才瘦瘦歪歪的。」

王氏動作俐落，不一會兒就煮好了餛飩，還在裡頭打了個荷包蛋。她叫上大妞，讓大妞幫著拿筷子和空碗，兩人一起去了寧氏的屋裡。

寧氏此時已擠出滿滿一茶碗的母乳，叫大妞到跟前，「大妞過來喝奶，喝了長肉肉。」大妞乖乖地坐在寧氏旁邊，捧著茶碗小口小口把奶喝光，接著咧開嘴對寧氏一笑，「娘，好喝。」寧氏笑著摸摸她的頭，「下午還有。」

今天是青青的三朝，王氏拿包被抱了青青到堂屋。按理說，孩子的三朝，寧氏的娘家得送來孩子一年四季所用的衣褲、兜篷、尿布、搖籃之類的，有那講究的娘家還送些彩餅、紅蛋、花生、橘子等，以示吉利。但寧氏的娘家現在只有寧老二家一房，寧老二是個渾人，他媳婦也是個眼皮子淺的，自然不會往徐家送「三朝禮」。幸好徐家也不把他們當親家看，自然不會因為這個生閒氣。徐婆子只暗地叨叨了一句媳婦命苦，就去準備洗三的物件了。

為青青接生的李婆子早早到了，還特意穿了一身七八成新的衣裳，說來沾沾秀才家的喜氣。一般來說，農家生了閨女，向來不太重視，不過草草洗洗就罷了。青青好命，一出生父親就中了秀才，徐家也算有些家底，藉著中秀才這個喜事，青青的三朝得以大辦。

不多時，鄰居三三兩兩來了，那些媳婦婆子挨個瞧青青，都笑著說：「長得好，又不眼生，這麼些人也不哭鬧，好養活。」有那年歲大的還連連點頭，「和她娘小時候一個模子，長大也是個美人。」

說話間，人來得差不多了，徐婆子擺上了碧霞元君、催生娘娘、送子娘娘、痘疹娘娘的神像，還是當初生長孫浩哥兒時請來的。李婆子點燃了香燭，徐婆子燒了紙錢，又領著祭拜了。李婆子幫著禱告了一番，說了好些吉祥話。

王氏準備好了木盆，將桃樹根、李樹根、梅樹根煮的香湯倒上，放了幾個彩錢蔥蒜，又拿彩條將盆圍起來，取個好彩頭。徐婆子領著一家上下往盆裡各添了一勺清水、幾個銅板。雖不算多，但李婆子依然笑得合不攏嘴，吉祥話不要錢地往外冒。

青青呆呆地半躺在盆裡，多虧了王氏托著她的腰，她才不會摔在盆裡。雖然青青看不清楚，但聽得敞亮，大概明白這是家人為她祈福。青青吐了兩個泡泡，也多了幾分看熱鬧的心思，完全沒有真正嬰兒害怕的感覺，急得李婆子暗地琢磨，這孩子怎麼不哭呢？她趕緊拿艾蒿敲敲青青的肚子，聲音又高了兩分。青青嚇得一哆嗦，這才反應過來自己似乎得要哭才符合習俗，便皺了皺眉眉頭，咧開小嘴，嘹亮得嚎起來，努力擠出兩滴淚。

眾人笑道：「就憑這嗓門，長大指定錯不了。」

青青：……這邏輯沒得說，服妳！

青青雖然年紀大，但架不住身體小，等王氏把青青從盆裡抱出來，穿上新做的紅襖子，青青就睜不開眼，躺在王氏的懷裡睡著了。

這一覺也不知睡了多久，半夢半醒間，聽見有人在說話。

「二妞妞長得好看，像妳。」聽聲音，這是她爹。

「她比我有福。」略帶慈愛的聲音肯定是那個人人都誇貌美的親媽了，只是聲音裡彷彿有些惆悵，「就是委屈你了。」

「我委屈什麼？」她爹聲音裡多了幾分認真，「能與妳結為夫妻，能有二妞妞這個漂亮可愛的孩子，是我的福氣。蘭花，二妞妞是我的親生孩兒，永遠都是。」

青青：……難道我不是？

青青滿月的時候，徐鴻達到縣學去讀書了，聽不見小倆口的悄悄話，青青覺得很寂寞。

「噗……噗……」青青吐了兩個泡泡，大妞跑過來，用手指小心翼翼地戳了戳青青的小嫩臉，「妹妹！」

三歲的孩子口齒還不算清楚，帶著軟萌的奶音，青青樂了，伸出小手想去摸大妞的臉。大妞脫了鞋爬到炕上，趴在妹妹旁邊，拿起她的小手放在自己的臉上，「妹妹！」

青青趁機摸了兩把：真嫩呀！

寧氏看姊妹兩個在一起玩得開心，就下了炕去開箱選料子。她坐月子時多虧大嫂王氏精心照顧，她想裁身衣裳給王氏表達謝意。只是給王氏做了，也不能少了徐婆子的。徐婆子雖然有時言語刻薄了些，但每天去雞窩裡摸雞蛋總不忘讓王氏煮兩個給寧氏吃。

寧氏挑出一塊藕荷色、一塊絳紫色的衣料，預備著給徐婆子做衣裳，又選了一塊水藍色的給王氏。想著小叔也要說親了，該做身新衣裳，便又拿出一塊石青色的。

寧氏抱起青青，叫大妞跟著，帶著衣料去了徐婆子房裡。

徐婆子盤腿坐在炕上正陰著臉，「餵一個還不足？怎麼也叫大妞吃她的奶？費了老娘兩三隻下蛋的母雞給她下奶使。」

王氏輕聲道：「大妞先天有些不足，這幾年也沒怎麼長肉。她才喝了弟妹一個月的奶，這小臉就圓了一圈。娘，大妞她娘只留了她一個……」

想想曾經的二兒媳婦，徐婆子不言語了，半晌才道：「罷了，妳再去殺隻雞燉了給寧氏吃。大妞她娘是個老實的，就是沒福。」

「哎！」王氏應了一聲，轉身就出去，剛掀開門簾子，就瞧見寧氏帶著孩子抱著東西過來，忙上前接過來，轉頭對徐婆子說：「娘，弟妹過來了。」

「不在屋裡養著，過來幹啥？」徐婆子仍心疼她的雞，見寧氏過來也沒什麼好脾氣。

寧氏素來知道婆婆的脾氣，也不以為意，臉上仍帶著盈盈笑意，把手裡的布料給徐婆子看，「娘，我想著小叔今年十五，也該說媳婦了，便找出幾塊料子好給小叔做身新衣裳。娘去相看新媳婦，怎麼也得兩身換洗的新衣裳，這也選了兩塊給您。」

徐婆子怒色瞬間煙消雲散，眉開眼笑地伸出手，「快拿來我瞅瞅！」

寧氏把衣料遞給徐婆子，又拿起其中一塊水藍色的遞給王氏，「我瞧著這塊料子的顏色最襯大嫂的膚色。」

王氏連忙把手往身上抹了抹，接過寧氏遞來的料子，「這怎麼說？還有我的？」

徐婆子正滿臉帶笑地往自己身上比劃那兩塊布料，聞言看了眼大兒媳婦，「伺候了妳弟妹一個月，她怎麼也得給妳做身衣裳才是。」

寧氏一邊把大妞抱炕上去，一邊笑道：「可不是？大嫂也別客氣，回頭妳把尺寸給我，保准半個月就給妳做得了。」

徐婆子眼角一斜，「那我的呢？」

寧氏捂嘴笑道：「那還用說，當然是先做給娘。娘想要什麼款式的？」

徐婆子道：「我哪知道什麼款式，成天穿的不都是一個樣兒？妳在外面見過世面，知道什麼樣式好，妳瞧著做就行。」

徐婆子又展開給小兒子的那塊料子，「妳拿的料子好，顏色鮮亮，摸著也細緻。」

王氏道：「可不是，往常去鎮上的布莊裡，看那裡頭最好的料子也不如這個。」

徐婆子比劃了下料子的尺寸，吩咐道：「老三的衣裳叫妳大嫂做，我瞧著這塊衣料大，剩下的布還能給浩哥兒做一身短衣裳。」

王氏笑著接過來，又和寧氏說：「弟妹剛出了月子，經不得勞累，娘的料子給我一塊，我拿回去做。」

寧氏笑道：「那勞煩大嫂了。」

徐婆子看兩個媳婦相處融洽，咧開嘴樂，「老三找媳婦也得和妳們一樣和睦才成。」

王氏道：「有娘看著，錯不了。」

說曹操，曹操到。

剛說了給徐鴻飛說媳婦，徐鴻飛就抬腳進來了。

徐婆子一驚，「怎麼這時候回來了？」

徐鴻飛不愛讀書，又不願種地，偏生他腦子靈活，從小就喜歡弄些野趣的玩意兒到鎮上賣。到他十歲那年，徐婆子求了人，把他送到鎮上一家鋪子當學徒。這一晃五年，徐鴻飛在鋪子裡也算是學有所成，接人待物十分伶俐不說，一張巧嘴很會推銷，掌櫃相當倚重他。

徐鴻飛滿臉沮喪，快快地跟老娘、兩位嫂子打了招呼，就要回屋躺著，急得徐婆子連鞋也顧不上穿，跳下炕來抓住他，「怎麼了？你倒是說啊！」

徐鴻飛抹了把臉，把徐婆子扶回炕上，「別提了，東家的大小子去縣裡學會了賭錢，欠了賭坊五百兩。東家雖然有鋪子，但也沒有多厚的家底，把家裡的銀子湊了湊還差二百兩，就把房子鋪子都賣了，還了錢後還餘下些，一家子收拾東西回鄉下去了。」

「嘖嘖！」徐婆子聽了直搖頭，「遭雷劈的東西，幾輩子的家底都給他敗了。這養兒子就不能慣著，你那東家啥都好，就是慣兒子，這回把自己坑了吧？我跟你們說，養兒子這方面，再沒有比我明白的……」

躺在炕上的青青，一臉黑線：祖母，您跑題了……

這一跑題，徐婆子足足講了半個時辰，王氏早溜出去殺雞了，寧氏聽著徐婆子聲音已經有些沙啞了，連忙倒了茶水遞給她，趁隙問小叔：「一般來說，即便是換了東家，這些夥計也多半留下的，這新東家一個人也沒留嗎？」

「別提了。」徐鴻飛聞言又嘆氣，「買東家鋪子的是隔壁的徐老闆，他和東家都是開雜貨鋪子的，素來不和，平時瞧見我們也沒什麼好臉色。這次賣鋪子，他瞧準東家急著出手，一時又找不到買家，趁機把價格壓得很低，又把鋪子裡的掌櫃和夥計都打發了。」

「那個徐老闆向來很摳，從他那兒買再多東西也不肯送你一個針頭線腦。你不幹了也正好，咱家那麼多畝地呢，就是佃出去那麼多，剩下的幾畝地你大哥自己種也夠累的。你如今正好回家來，幫你哥種地，娘也好幫你相看媳婦。」

「不好！」徐鴻飛猛地站起身，「我不在家種地，我要是想種地，當年就不會出去學做買賣了，我還得出去找活兒去！」

徐婆子急了，「就是找活兒也得明年，趁著這會兒你有空，我先幫你相看個媳婦，你成了親再找活兒不遲。」

「我不相！」徐鴻飛瞪圓了眼睛，「這一年您領我相幾個了，哪有一個好看的？就王家那個，胳膊比我還粗，還有李家姑娘，比我臉還黑呢！」

徐婆子氣得拿起雞毛撣子跳下炕就打他，「渾說什麼？人家都是好姑娘，讓你在這瞎掰扯！那王姑娘家裡外頭一把好手，就種地和你哥比也不差什麼，這樣的姑娘最能發家。那李姑娘雖說長得黑，但是細看標致，又有一手好針線，她繡一條帕子能賣一二百個錢呢！」

「您老是缺這一二百個錢怎麼著？」徐鴻飛一邊用胳膊擋著臉，一邊轉著圈地躲，「我是您親兒子不？您怎麼老給我相看這樣的？」

徐婆子打了一通也累了，掐著腰直喘氣，「那你說你想要個啥樣的？」

徐鴻飛一轉眼珠，一挪兩挪地朝徐婆子蹭去，「首先得長得俊，再一個得說話好聽，如果也會做生意就更好了，我倆好一起開鋪子去。」

徐婆子聽了差點一口氣沒上來，「人家長得俊的又會做生意的看得上你這個土包子？自己吃幾碗乾飯不知道？你就老老實實給我找個咱村裡的大姑娘就很好！你看你大嫂你二嫂，村裡誰不說咱家娶的媳婦好，模樣俊俏不說性子也好，你娘我的眼光好得很！」

青青聽得津津有味，忍不住直樂。

徐婆子聽見笑聲，瞪了青青一眼，「妳才多大就會聽笑話了？」

寧氏心裡琢磨了個事，這會兒見兩人都不說話了，這才抿著嘴笑著說：「娘，小叔在做買賣上挺有天分的，不行就開個鋪子讓他闖蕩去。」

徐婆子瞄了她一眼，「妳說得輕巧，做買賣得多大本錢呢？要是虧了，這銀子就打了水漂了。妳別看著咱家地多就以為有多大的家業，這老二才剛考上秀才，以後讀書不知得花多少銀子。還有老三，眼瞅著今年或者明年的就得成親了，怎麼也得預備個三五十兩的。哎喲，不能算，這一算我又心窩疼了……」

前陣子，徐婆子大擺三天宴席，花了七八兩銀子，捧著胸口心疼得直哎喲，這都有一個月不肯花錢買肉了，連家裡常吃的豆腐也不見了蹤影。王氏只能每天從菜地拔些菜做飯，或者讓徐鴻翼去河裡抓兩條魚改善生活，也就寧氏趁著坐月子能隔十天半個月的吃隻雞。

寧氏忍住笑，「娘，您也知道我有些嫁妝銀子，白放那兒也不生錢，我想拿嫁妝銀子開個胭脂鋪子。」

「胭脂鋪子？」徐婆子瞅了徐鴻飛一眼，「那玩意兒賺錢嗎？」

「鎮上有兩家胭脂鋪子，都是去縣城拿的好胭脂，最好的一盒要二兩銀子，就是普通的也要兩三百錢。再賤些的幾十個錢的胭脂也有，通常在我們雜貨鋪賣。」徐鴻飛說起鎮上的買賣頭頭是道。

徐婆子直搖頭，「鎮上都有兩個胭脂鋪子了，你再開也賺不上什麼錢。」

寧氏道：「不瞞娘說，我想在縣城開鋪子。二郎在縣學裡讀書，一兩個月才回家一次，吃住沒人照看他，我實在放心不下。至於胭脂，我想著不用去進貨，我在劉家伺候的時候，大小姐不喜歡外面的胭脂，都用自己做的。這些年我帶著一些小丫頭找了好些古方，挨個都試了一回，做出來極好的有五種，還有十來種易得的。」

徐婆子聽了一嚇，「那知府大人家能樂意？」

寧氏道：「不是他們自己本家的機密方子，是我們這群丫鬟自己瞎搗鼓的，不礙事。」

徐鴻飛皺著眉頭說：「鋪子開起來倒是容易，只是做胭脂不容易。光咱們家這幾個人可做不起來，再者說，也沒那麼大的地方。」

徐婆子倒沒覺得這些是事，她總覺得自己動手做的東西本錢低，辛苦些倒不礙事，能賺錢就行。何況，徐家在村西頭有十來間茅草房，平時農忙時雇的長工就叫他們睡那兒，略微一修葺，刷個大白就能用。人手的話，從村裡雇些手腳乾淨麻利的媳婦婆子，啥活都能幹。

徐婆子慢慢地說了，又瞅著徐鴻飛和寧氏，「你們要是能幹，我就在家幫你們看著。」

寧氏道：「還有這做胭脂用的花得按季節收購，這個得小叔去跑。」

徐鴻飛道：「旁的不說，這花是不愁的。咱這平陽鎮俗名就是玫瑰鎮，每年都有好些外地的客商來這兒買花回去。」

徐婆子撇嘴，「這花還用買？咱房前屋後、地頭堰邊的都是玫瑰，還不夠使得？」

徐鴻飛笑道：「那才有多少？自己家用是夠，做買賣還是得收一些。前年有津省的客商來收玫瑰，我幫他搭過橋，一百斤不過才一兩半銀子罷了。」

徐婆子點了點頭，看著寧氏，終於問出了一個最想知道的問題：「老二媳婦，妳打算出多少銀子投到鋪子裡？賺了錢咱們怎麼分？」

……

「爹，您回來了？」聽到房門響，堂屋裡止趴在桌上塗塗畫畫的女童抬起頭來，看見一個身材瘦弱、面白無鬚的男子進來，不由得甜甜一笑。

男子將手裡的一包果子遞給她，摸了摸她的小腦袋，「大妞怎麼沒和妹妹玩？」

「不要叫我大妞。」女童噘起小嘴，「叫人家朱朱啦！青青小懶豬睡到現在還沒醒。」

兩人正說著話，寧氏撩起門簾進來，「相公，你回來了。」

徐鴻達連忙快步走過去，「我還怕妳歇晌沒起來，沒敢進裡屋去。」

寧氏嬌嗔地瞪了他一眼，「我又不是青青那個小懶豬！」

「哪有這麼當爹媽的？」清脆的聲音傳來，隨即一個小小的身影揉著眼睛走出來，「說人家小懶豬，有我這麼可愛的小懶豬嗎？」

「臭美！」徐鴻達故意糗她一句，心裡卻滿心喜悅。自己這個小女兒最是古靈精怪，別的孩子六七個月學說話的時候，都是會先喊娘，偏她只會拍著自己青青青青地叫，寧氏索性給她起了小名叫青青。為了聽著是姊妹倆，徐鴻達給大妞也起了個朱朱的小名。

起初大妞對朱朱這個名字沒什麼概念，反而聽大妞這個名字習慣些。又是這個青青，剛一歲就滿嘴的話，還知道好賴了，天天說滿村的大妞二妞，不如朱朱、青青聽著美。大妞聽多了就上了心，不許旁人再叫她大妞。「我叫朱朱！」她總是這麼鄭重地自我介紹。

朱朱上前去拉妹妹的手，認真地說：「爹買了果子，姊姊帶妳洗了手去吃。」

「好。」青青看著喜歡裝大人的朱朱，笑咪咪地點頭，「聞著是棗泥味，定是縣學旁那家朱記點心鋪做的棗泥山藥糕。」

「這個小鼻子可真是沒誰了。」徐鴻達笑笑，「快洗手吃去吧。」又轉頭和寧氏說：「快進臘月了，縣學放了假，一會兒我去鋪子裡和鴻飛歸攏歸攏帳本，今年咱們早些回家去。」

當初寧氏想開個胭脂鋪子，一家人合計了幾日，又打發了徐鴻飛到縣城去打探一番，才定了下來。寧氏拿出五百兩銀子當本錢，租了個兩層鋪面，精心拾掇，掛上「瑰馥坊」的牌匾。徐鴻飛白天帶著個小夥計開門做生意，晚上就在鋪子裡睡。寧氏在縣學不遠處租了個小院，以便照顧徐鴻達吃住。

村裡頭，徐婆子雇了幾個人收拾自家田頭的舊房子，又找了十幾個相熟品行好的婦人，蒸出玫瑰香露，再按十來樣普通的方子做出胭脂來，盛在訂製的小瓷瓶裡。至於那幾樣難得的，都是寧氏自己在縣裡拿了村裡送來的玫瑰花露繼續加工，加些滋補藥物，較為珍貴。

聽徐鴻達說要去胭脂鋪，青青顧不上吃了兩口的點心，喊道：「爹，我也要去！」

「多大的孩子就喜歡往鋪子裡跑？罷了，今天帶妳去，妳三叔見了妳定會高興。」青青像是身帶財運似的，每回她一到鋪子，生意都格外好。那三兩一盒的胭脂多半都是青青在的時候賣出去的，徐鴻飛一見青青就叫她小財神。

徐鴻達又問還在啃點心的大閨女：「朱朱也去吧？」

「我不去，娘和了麵，我在家看娘烙餅。」朱朱當初跟著青青一起喝寧氏的奶，一年功夫就竄了一個頭高，胃口也開了，如今更是對旁的都不感興趣，每天就喜歡守著寧氏看她做菜做點心，小小年紀便一副想把寧氏的廚藝都學去的架勢。

徐鴻飛正在瑰馥坊裡扒拉著算盤。這胭脂鋪開一年了，生意只能算普普通通。徐家一家子都是平民百姓，本錢也不算特別多，開的胭脂鋪子在正經商人眼裡不過是小打小鬧罷了。縣裡有權有勢的或是有錢的大部分認那些老店，而縣裡的窮人多半買不起他家的胭脂。只有一些富庶的小戶人家買過他家胭脂，方知好用又便宜，時常來光顧。

徐鴻達抱著青青，撩起了店裡的簾子，一個小夥子忙迎上來，「二爺來了。」

……

「咦，這是家什麼店？」一位年約二十出頭的美婦撩起馬車的簾子，一眼看到了紅色牌匾，上書三個金色大字『瑰馥坊』。」

丫鬟桃枝聽了忙讓車夫停下，跳下車到店裡瞧兩眼，又拿了一瓶胭脂回來給那美婦瞧，「三少奶奶，這是一家胭脂店。」

美婦去了三分興致，「這窮鄉僻壤的，能有什麼好胭脂？送回去吧。」

桃枝笑道：「若是旁的胭脂我就不拿了，奶奶，您瞧瞧這玫瑰香膏，是不是有點像朱尚書家大奶奶劉氏常用的那個？」

聽到這話，美婦有了興趣，細細瞧了一番，又聞了聞，「我聞著倒像。聽說朱大奶奶的父親在這吉州曾任過知州和知府，劉氏隨著父親也在這待了好些年。她當時定下親事回京城時，還帶著吉州口音呢！」

桃枝道：「奶奶一說我想起來了。許是朱大奶奶用的胭脂方子就是從這玫城縣得的。奶奶不如去店裡瞧瞧，有好些樣式呢！」說著伺候著美婦下了車。

美婦姓曹，父親乃是大理寺少卿。曹氏剛及笄便與戶部侍郎李家的三少爺李明鑒訂親，過了一年就出嫁了。李家原是這玫城縣人，每年都安排家人回鄉，一是為了祭祖，二是照看一下族人。今年就是李明鑒奉父親之命，攜妻回鄉。曹氏從小在京城長大，從來沒有出過遠門，如今又是寒冬時節到這玫城縣來，既沒有花瞧又沒有水看，只能偶爾出來閒逛。

進了臘月，店裡沒什麼客人，徐鴻飛一直溜在門口盯著，見一輛豪華馬車上下來一主一僕，忙笑著打簾子將客人迎進來。

曹氏剛進店裡，只聞不大的店裡充滿了淡淡的玫瑰香。這邊徐鴻飛剛請客人坐下，那邊就有一個粉雕玉琢的女童領著夥計端著一碗茶過來。

「奶奶，您喝茶。」青青露出大大的笑容。

桃枝拿帕子掩嘴笑道：「這麼小個人兒，說話倒利索。」

曹氏成親三年至今沒有生育，如今見這聰明伶俐的女童，忍不住將她抱起來，細細地問她叫什麼名字，多大了，喜歡吃什麼。

青青認真地答：「我叫青青，過完年就三歲了，喜歡吃棗泥山藥糕和玫瑰酥。」又指著茶碗說：「您喝茶，我估摸著您會進來，特意看著夥計泡的，用的是我娘自製的玫瑰花。」

曹氏聞言將青青放下，拿起茶盞掀開蓋子，一朵嬌豔的玫瑰花在雪白的茶盞裡盛開，散發出陣陣花香。曹氏素來不在外面喝茶用飯，嫌器具飯食之類的不乾淨，可今日實在喜歡這個女童，又愛這茶盞裡盛開的玫瑰，忍不住抿了一口，一時滿口生香。

「有趣！」曹氏拿帕子拭了拭嘴角，低頭看著青青說：「妳娘倒是個雅人。」這才看了旁邊站了許久的徐鴻飛一眼，「掌櫃，把你們店裡最好的幾種胭脂拿給我瞧。」

徐鴻飛忙端著托盤將幾種盒胭脂呈上，「一看您就是大戶人家的奶奶，小的不敢拿孬的東西糊弄您。您瞧這種是咱瑰馥坊最好的胭脂，我們東家一朵朵的選那顏色最正的玫瑰用乾淨的石臼一點一點舂出漿來，又拿細紗濾出汁，加了珍珠粉、茯苓等物製成，用來上妝再豔麗不過了，一盒只需三兩銀子。奶奶，您瞧這個口脂，也是拿玫瑰香露製的，每次只需拿簪子挑一點就足夠用了，滿頰撲香，一盒也只要三兩銀子。這款胭脂是用紫茉莉花種研碎製得的，塗在面上既潤澤又不澀滯……」

青青看著三叔天花亂墜地吹噓了自家的胭脂，別說那丫鬟桃枝，就連曹氏都聽住了，挨個拿起細瞧。待走時，她每樣都要了十份，一共花了一百一十二兩銀子。徐鴻飛給她免了二兩的零頭，又奉上一包玫瑰花茶。

待送走了曹氏，徐鴻飛喜得一把抱起青青轉圈圈，「哎喲，我的小財神，三叔就知道，妳一來保准就來大買賣，今天賺這一筆銀子可夠妳三叔賣一個月的！」

青青咯咯地笑道：「三叔渾說，賣東西都是您介紹得好，和我有什麼關係？我來這兒總共也沒說兩句話。」

徐鴻飛唉聲嘆氣，「那也得有貴人上門來讓妳三叔介紹啊！」說著抱著青青到裡間，和正在算帳的徐鴻達商量：「二哥，等明年開店就讓青青在店裡待著吧，只要青青在，咱們不愁沒大生意上門。」

「你就胡說吧。」徐鴻達看了眼徐鴻飛，「不過是湊巧罷了。青青不來這裡，你那胭脂不也照樣賣。」

「哎呀，二哥，你不懂！」徐鴻飛急得直跺腳，「回家我跟娘說。」

「你敢跟娘提？」徐鴻達皺起了眉頭，「青青不足兩歲，正是養性子的時候，你少攛掇娘。等過了年開店，我和你嫂子說，不許再叫青青來店裡。」

徐鴻飛還是有些怕他哥的，不敢再言語。

不料，青青不來店裡，卻有人找她。沒幾日，桃枝帶著一大堆禮品上門了，點名是送給青青的，理由還十分充分。桃枝說：「那日，我們奶奶抱了青青回去就感覺有些不適，請了大夫一把脈，原來是有了喜。妳們不知道前一天奶奶把脈還沒說有喜事呢，可不是因為抱了青青才得了這一孩子。」又說：「我們奶奶成親三年，求了不知多少神佛，也沒能得孩子，還是青青靈驗。」

青青：……姑娘，妳什麼都往外說，妳家奶奶知道嗎？

◆　◆　◆

青青發現，過年在古代是一件慎重的大事。

徐鴻達、徐鴻飛兄弟忙著對帳盤點，寧氏則一臉嚴肅地列了一張長長的單子，然後一揮手，豪氣地道：「買年貨去！」

寧氏左手朱朱，右手青青，逛遍了縣城大大小小的鋪子。
朱朱道：「娘，這幾樣果子看著好吃。」
寧氏小手一揮，「買！」
朱朱道：「娘，我想買些糖塊回去。」
寧氏小手一揮，「買！」
青青道：「娘，我要買金簪子戴。」
寧氏斜眼看，揪了揪青青頭上的小總角，「等妳留了頭再說。」
徐婆子在村子裡早就留了一頭豬等著過年宰殺，雞、鴨、鵝都是自家養的，就連過年時必可不少的魚都不用到外面買。村裡那條大河魚蝦最是豐富，拿鑿子鑿出一個冰洞來，只消半日就能釣上七八條魚來。
寧氏主要採買的是過年全家做衣裳的衣料子。徐家除了徐鴻達是秀才，旁人都是普通百姓，穿衣以布衣為主。雖說現在對穿著的規定沒那麼嚴格，徐婆子也有一兩件綢緞衣裳，但基本都是壓箱底，平時也沒地方穿去，不如布衣實在。
寧氏去了縣城最大的布店「錦緞閣」。名字聽著高端，又是錦又是緞，但玫城縣多是平民百姓，因此布店裡棉布、粗麻布居多。寧氏讓夥計把最好的棉布拿過來，挨個上手細瞧。
那夥計年齡小不懂事，見她一身布衣又只買棉布，眉眼裡便帶了兩分不屑，叫他去拿衣料子也拖拖拉拉的很不情願。青青人小卻是個不吃虧的，仰著臉脆生生地道：「這位哥哥，你是想留著布料自己過年做衣裳穿嗎？所以我娘想買你才不願意去拿？」
布店掌櫃剛送了縣太爺家的採買出去，忽然聽到稚嫩的童音傳來，連忙轉回頭來。只見一貌美的年輕女子帶著兩個女童，一個略微大些看著五六歲，白白嫩嫩的頗為嬌憨；另一個看著只有兩三歲，膚白如脂，眉目如畫，正仰著頭看夥計，臉上還帶著盈盈笑意。

「這是怎麼了？」掌櫃面帶笑容，看向夥計的眼神中卻帶了幾分厲色。這個夥計是帳房家的堂侄子，平時慣會偷懶，又喜歡看人下菜碟。掌櫃警告過他許多次，他仗著自己的堂叔是東家的親信，很不以為然。

「沒事！」夥計多少有些懼怕掌櫃，連忙打圓場，「這位大嫂說了好些個布料叫我拿，我怕都拿出來弄髒了以後不好賣！」

掌櫃打十歲起就在布店當學徒，如今四十多歲，眼力自是不同一般。他見這婦人雖是一身布衣，但氣度不凡，髮髻只插一根簡單的珠釵，珍珠卻碩大飽滿、圓潤晶瑩，單那一顆珠子怕是就要數百兩。

寧氏見那掌櫃看了一眼自己的髮釵就變得恭敬起來，不由得有幾分好笑。這根珠釵是劉大小姐回京前賞給自己的，當時劉夫人心疼得臉都黑了，但顧忌著女兒沒好發作。寧氏常感懷劉大小姐待自己的情誼，時常拿這根珠釵把玩，出門時也多半選這根珠釵戴在頭上。

「胡鬧，還不趕緊把這位奶奶要的布拿來！下次再這樣憊懶，我回了東家攆了你！」掌櫃輕喝一聲，又趕緊請寧氏坐下，奉上茶來，趁機套近乎，「我看著這位奶奶眼生，不知是哪個府上的？」

寧氏淺淺一笑，「寒門小戶，不值得一提。」

掌櫃見寧氏不願多談便也不再多說，又打發人去樓上拿幾款新穎的棉布，笑著對寧氏解釋：「我們東家前兒剛打發人送來的，是今年京城的新料子，雖是棉布，但那顏色、花紋不比綢緞差，只是價格也不便宜就是了。」

寧氏點了點頭，待布匹拿下來一瞧，果然入手軟滑，她每樣都要了兩丈，又挑了店裡之前選好的幾樣衣料，拿銀子付了錢，託掌櫃讓人送到瑰馥坊去。

「原來是瑰馥坊的東家，失敬失敬！」掌櫃一副相熟的模樣。青青看之前那夥計滿臉怨氣地站在一邊，笑道：「這位哥哥，做生意都是和氣生財，你黑著臉誰敢買你的東西？」

那夥計記恨青青害自己挨罵，趁人不注意用眼睛去瞪她，朱朱嚇得退了一步，青青拉住朱朱，正色地看著那夥計，「我跟你說好話呢，你怎麼不聽？」

掌櫃低頭笑道：「貴千金年齡雖小，但口齒伶俐，真是個聰明的孩子。」

寧氏瞥了青青一眼，「話太多。」

青青吐了吐舌頭，拉著寧氏的衣角撒嬌，「娘，我想買泥人。」

寧氏領著朱朱和青青大肆採購了一番，連米麵都買了好些回去。雖然家裡糧食不少，但都以粗糧為主。寧氏吃飯細緻，青青更是個挑嘴的，除了白米、白麵，其他的一概不吃。每次回家都恨得徐婆子直罵敗家孩子，淨挑那貴的吃，家裡早晚被吃窮。

到臘月初八這天，徐鴻飛關了店門，相了一輛驢車，將年貨放上頭，一路趕回家。

徐婆子從進臘月起，每天午後都往村頭走一圈，回家還止不住念叨：「怎麼還沒回來？浩哥兒，你二叔上回叫人捎的信說啥時候回來？」

「進了臘月就回來，祖母，您問了八回了。」浩哥兒正在堂屋寫大字，見祖母又問起，忍不住翻了白眼。王氏上去拍了浩哥兒腦袋一下，「怎麼跟祖母說話的？不會好好說嗎？」

「哎喲，別打！」徐婆子看著心疼，「他二叔說浩哥兒是讀書的料，可不能打頭，要是打傻了怎考狀元回來？」徐婆子摸了摸浩哥兒的腦袋，又從炕上抄起笤帚疙瘩，朝著浩哥兒的屁股來了一下，「再不好好說話，看我打不打你？」

浩哥兒冷不防被打了一下頭又敲了一下屁股，登時哇哇叫：「祖母，別打，我錯了！」

一邊站起來揉屁股一邊皺著眉頭抱怨，「您倆下回打我的時候好歹吱一聲啊，您瞧這一下，掉下去好大個墨點，這頁紙又白寫了，我還得換一張去！」

「你少糊弄我！」徐婆子冷哼了一聲，「這字練得越多寫得越好，什麼叫白寫了？你二叔那會兒，每天除了先生指定的作業，還額外寫十張大字呢！」

祖孫倆正鬥著嘴，大門外忽然傳來驢叫聲，還有人聲喧譁。徐婆子套了棉襖往外走，「定是你二叔他們回來了。」話音剛落，就聽門外有人喊道：「娘，我們回來了！」

「哎喲，快進門！冷不冷？」徐婆子撩起門簾，看到滿滿一驢車的東西，登時笑得比剛才聽見兒子回來更開心，「買了這麼多東西，這是賺到銀子啦？」

青青努力從一堆布中伸出頭，奶聲奶氣地叫道：「祖母，別光想銀子了，趕緊把您孫女抱進去，可凍死我啦！」

「哎喲，我的布！」徐婆子三步併兩步過去，一把將青青和朱朱從車上拎下來，「敗家孩子，妳這不有大棉襖，往布裡鑽啥？小心弄髒了我的布！」

「祖母偏心，祖母喜歡布料不喜歡我！」青青跳著腳。

徐婆子氣得擰了她小臉一把，入手發現冰涼涼的，不由得有些心疼，趕緊把她拽屋裡，又回頭說寧氏：「怎麼不多給她穿點？看她凍得小臉冰涼。」

寧氏笑道：「穿了棉襖又披了棉斗篷，手裡還抱著個手爐，哪裡冷了？就是臉吹得涼了一點。她這是作怪呢，一進村就把手爐給我，人鑽布裡去了。」

「妳個刁鑽孩子。」徐婆子笑罵一句，又趕緊和大兒子往屋裡搬東西。王氏細心，頭半個月就把兩個小叔的屋子收拾出來，每天燒炕烘烤被褥。寧氏和徐鴻達帶朱朱、青青回屋，打了熱水洗漱一番，換了身乾淨衣裳又往徐婆子屋裡來。

徐婆子正在翻看兒子帶回來的年貨，看到二兒子一家收拾乾淨又換了衣服，忍不住罵了一句：「瞎顯擺，半天的路到家還換衣裳！」

青青素來不怕祖母，脫了鞋爬炕上，打開一包果子給浩哥兒和朱朱各一塊，又自己拿了一塊塞嘴裡，「這不和您顯擺顯擺我娘的鋪子掙錢了嗎？」

徐婆子一眼沒瞅見就被幾個孩子吃了半包果子，心疼得忙把剩下的搶回來，「妳個敗家孩子，還沒過年呢，就要把果子吃沒了！」

青青把吃了一半的棗泥山藥糕往徐婆子嘴裡塞，「祖母，您嘗嘗，縣城最好的點心，昨天剛出爐的，現在不吃，等過年時候就壞了。」

「哪裡就壞了？」徐婆子恨恨地嚼了兩口，把青青手裡剩下那點也搶了去，「這麼冷的天哪裡會壞？再說，走親戚也要送兩包的。」

青青滿不在乎，眼睛又去掃徐婆子身後的點心包，「我娘買了好些，盡夠了。」

徐婆子冷哼兩聲，從腰間摸出一串鑰匙，開了炕上的櫃子，把那十幾包的果子都放了進去，然後掛上了一把黃澄澄的大鎖。

青青無語地瞪著徐婆子，「摳，真摳！」

徐婆子洋洋得意，「丫頭片子一邊玩去。」又問寧氏：「鋪子還行？賺了多少銀子？」

寧氏抿嘴笑道：「去年沒賺到錢，只回了本。今年生意雖不算紅火，但也有了起色，賺了一點銀子。昨兒聽小叔說算完了帳，淨賺了五百兩。」

「五百兩？」徐婆子眼睛一亮，「哎喲，一年就賺了五百兩還說不算多？就我櫃子裡的銀子也不過才四百五十六兩三錢……」一激動，把隱瞞多年的家底暴露了。

青青朝徐婆子撲過去，「祖母，您真有錢，買果子給我吃唄！」

「去去去，哪都有妳！」徐婆子一臉財迷地看著寧氏，「啥時候分錢？」

當初是寧氏拿嫁妝銀子開的鋪子，但大部分的胭脂和香露是徐婆子、王氏領著村裡的婦人們做的，店裡的生意是徐鴻飛在操心，因此定下了給徐婆子、王氏、徐鴻飛一人一成的份子，徐鴻飛每年另有二十兩的工錢。

這次分銀子，徐鴻飛的意思是不能把銀子都分出去，除了原本的本錢，另外又留下三百兩銀子在帳上，只拿出二百兩現銀用包袱包回來給眾人分。

徐婆子本來拿著自己那二十兩銀子挺美，可看著寧氏前面那一堆銀子又有點眼熱。好在她雖貪財人還算明白，知道本錢和方子都是兒媳婦出的，分給自己一份已經是孝敬了，便收拾起自己的小心思，開了櫃子把銀子鎖了起來。

青青見開的又是那個箱子，忍不住伸頭去瞅，「祖母，您啥東西都往裡擱，別把我的果子整串味了。咦，這是啥味？您買蘋果了？我要吃！裡頭還有橘子是不？給我拿倆！」

徐婆子：……妳這是狗鼻子嗎？

◆　◆　◆

青青覺得臘月是全年最忙的時候，用徐婆子的話說，恨不得一天有二十四個時辰才好。她一天到晚領著王氏、寧氏裁剪衣裳，拆洗被褥忙得不亦樂乎。不僅如此，當徐婆子無意間看到寧氏給青青畫的小像後，連過年要換的桃符、門神、年畫、春聯都沒買，說讓寧氏畫來用，「既便宜又好看！」

寧氏：婆婆，您一定不知道那些顏料得用多少銀子。

青青知道娘親要畫年畫，興致勃勃地坐在一邊，還一本正經兒說要伺候筆墨。
寧氏笑著捏了她鼻子一下，「坐得遠遠的，省得髒了衣裳。」
青青往後挪了挪，又道：「娘，畫哪幾種？」
「麒麟送子！」徐婆子正好掀了簾子進來，連忙說了一句。
「婆母！」寧氏見徐婆子進來，趕緊放下筆起身。
徐婆子略微點了點頭，坐到旁邊說：「之前只說畫一個天官賜福的，我在屋裡又琢磨了一下，不如多畫幾幅。像麒麟送子的得畫兩份，妳大嫂這有浩哥兒六七年了，還一直沒動靜。妳這裡青青過了年也三歲了，怎麼也該懷　個了。」
寧氏臉色漲紅，低頭應了聲，「婆母說的是。」
徐婆子沒注意到寧氏的臉色，又掰著手指說：「老二明年是不是得考舉人了？給他畫一個狀元及第的。咱是農家人，五穀豐登也得來一張。還有迎春送福的畫少不了……」
寧氏：……
青青聽不下去了，哎喲哎喲直捂臉，「我的親祖母啊，您以為作畫是寫大字，還一會兒一張呢！您說那麼多種，等我娘畫完都得到吃粽子的時候了！」
徐婆子傻眼，「居然這麼費事？」
青青嚴肅地點頭，指了指宣紙和各色顏料，「不畫那麼久也對不起這些好東西啊！」
徐婆子想用年畫掛滿一面牆的美好願望破滅了，認真思考了一會兒，忍痛道：「罷了，妳就畫一張麒麟送子、一張狀元及第、一幅天官賜福就好了，門神和五穀豐登的畫，我叫老大上鎮上買去。衣裳妳也不用做了，妳屋四個人的我和妳大嫂忙活忙活，年三十前給你們趕出來。」想到自己平白又增加了好些活計，徐婆子有些心塞，「今年一定得給老三娶上媳婦！兩個媳婦不夠使的，妳看哪家婆婆過年這麼累的？」

寧氏抿嘴一笑，「娘辛苦了，也是我沒成算，該早些買布做衣裳的。」

徐婆子聞言多少有些欣慰，說的話也軟和了幾分，「妳年輕，經歷多了就好了。也是今年鋪子生意好，妳忙不過來。等過了年，妳也買兩個小丫頭，幫妳打打下手。」

寧氏略有些驚訝地看著徐婆子，徐婆子一個錢恨不得掰成兩瓣花的人，居然讓她買丫鬟使，寧氏來不及細想，連忙推辭道：「這怎麼使得，娘還沒丫鬟呢，要買也得給娘使。」

徐婆子聞言很是受用，「倒不是我小氣，只是家裡沒多少事，地裡的活有妳大哥操心就行，忙的時候雇幾個人也累不著什麼。倒是妳在縣裡，又要做胭脂，又要照看老二的衣食，還得伺候這兩個小的，身子骨哪裡吃得消，我看妳這次回來比上回見要瘦了好些。」

寧氏摸了摸臉頰，沒覺得自己清瘦，只是這個時候村裡的婦人喜歡媳婦胖些，好生養。果然徐婆子接著說道：「妳怎麼也該再懷一個了，最近肚子有沒有什麼動靜？」

寧氏咬了咬朱唇，微微地搖了搖頭。

徐婆子嘆了口氣，「妳大嫂生浩哥兒時傷了身子，也不知能不能再懷上，咱家的子嗣還得靠妳和老三媳婦。」想起老三至今還沒有媳婦，徐婆子更心塞了，擺了擺手，站起來往外走，「不行，我得去和老三說說，可不能這麼挑了，村裡哪有十七八的小夥子沒媳婦啊，咱家又不是窮，可愁死我了！」

青青偷偷摸了一枝筆畫畫，剛畫了一個娃娃，就見她祖母像風一樣走了。

寧氏送走婆婆，心裡有些沉重，成親四年也沒給徐鴻達添一孩子，她心裡很是愧疚。因女兒在一邊，寧氏也不好表露出來，只能強忍住愁緒，露出笑臉，「青青畫了什麼？」

青青笑著說：「剛才祖母說麒麟送子，我就畫了一個胖娃娃。娘，您看我畫得好嗎？」

寧氏探頭去瞧，紙上有一個胖娃娃在啃腳丫，神情嬌憨，十分喜人。青青上輩子雖然是專科出身，但對於國畫涉獵不多，只旁聽過一些課程。再加上如今年齡幼小，握不住筆，又故意藏拙，只敢拿出三分功力來，因此畫的這個娃娃多少顯得稚嫩。

寧氏見了卻覺得驚喜，細細看了半晌，不住地誇讚青青有靈氣，又拿著畫跟她說哪幾筆好，哪幾處要改進。

青青聽完，又畫了一幅，果然得了寧氏誇獎。青青美滋滋地將兩個娃娃收起來，吃飯的時候還給全家顯擺了一回。徐婆子想孫子都想瘋了，看著兩幅胖娃娃，不禁連連誇好。青青得意之下，把畫送給了王氏和寧氏。

到臘月二十四那天，寧氏把年畫畫完了，還讓徐鴻達裝裱，預備著過年的時候掛上。

在吉州這地界，過年時有些與別處不一樣的風俗。在臘月二十四這天，各家不僅要祭灶還要備果酒，誦念道佛經咒，焚燒紙錢送百神上天。

徐婆子一早煮了豬頭，燒了兩尾魚，裹了豆沙鬆粉團，蒸了糖餅，買了果酒和酒糟，預備著晚上徐鴻翼三兄弟祭灶用。祭灶時忌諱女子在場，所以即便是徐婆子平時對青青十分縱容，這回也不許她偷看，連嚇帶騙的，只說：「晚上妳大伯和妳爹在家祭灶，祖母帶妳去看送百神上天。」

青青又不是真不懂事，不過是逗徐婆子玩罷了，說了兩回就乖乖地和朱朱玩去了。

是夜，在村北頭的曬穀場上，幾十個壯漢舉著火把。每年來給村裡做道場的都是挨著村子的清華山道觀，今年主持儀式的是觀主的大徒弟廣誠道人。

廣城道人領著八名道人先是誦了經書，再焚香燒紙。青青拉著徐婆子的手，聽那道士念的經文，恍惚從哪裡聽過，覺得很是熟悉。等到焚燒紙錢時，原本四散的紙錢忽然聚攏在一起，帶著旋風朝人群處颳來。眾人一驚，四散離開，徐婆子反應慢了些，又被自己絆了一跤摔在地上，只餘青青站在那裡。那陣旋風帶著紙錢圍著青青轉了一圈後，直上九霄。

青青活了兩輩子，這是第一次參加這樣的宗教活動，哪裡見過這種場面，登時臉都青白了，當場嚇得哇哇大哭起來。

徐婆子從地上爬起來，拍了拍屁股，拉著孫女的手，再抬頭已經看不到那紙錢颳哪裡去了，想罵兩句又不敢，只當青青觸犯了哪路神靈，連忙領著她到廣城道人前面，帶著青青就要跪下去。

青青膝蓋剛要著地的時候，廣城道人忽覺頭皮一陣發麻，渾身顫抖，一股危機感湧上心頭。廣城道人忙抱起青青，連說三聲「不敢」，方覺得身體的冷意去了三分。

就著火把的光亮，廣城道人細細打量青青的眉眼，又跟徐婆子要了她的生辰八字，掐指一算。咦，什麼都沒算出來！

廣城道人搖了搖頭，客氣地道：「我道行淺薄，算不出小姑娘的來歷，但看她眉目，很有幾分仙骨。剛才那異像，許是百神上界前瞧到了舊友，過來打招呼。婆婆不用怕，我這裡有一粒安神丸，妳回去給她吃上，再哄她睡一覺，保管就好了。」

徐婆子道了謝，匆匆忙忙帶青青回家，顧不上和兒子媳婦細說，就趕緊打了熱水讓青青泡了腳，哄她吃藥丸，再打發兒子媳婦回屋去，自己摟著孫女睡覺。

晚上，徐婆子也不知道起來多少回，一遍一遍摸著青青的頭，就怕她發熱，直到天明，太陽緩緩升起。

青青一夜好眠，翻了個身，睜開眼睛，就見一朵菊花臉在眼前綻放，「哎喲，祖母，您這是幹麼？可嚇了我一跳。」

徐婆子聽見她說嚇了一跳，不禁有些懊惱自己莽撞了，但細看青青，見她眼神清明、臉蛋紅潤、嘴唇潤澤，不像是生病的模樣，這才放了心。她順手把炕頭褥子底下烘著的棉襖棉褲丟給青青，「穿了衣服滾妳娘那屋去。老娘還沒撈著妳伺候，倒先伺候了妳一個晚上。」

青青見徐婆子滿眼血絲，忙穿好衣裳戴上帽子，躡手躡腳地出去了。

二十五是接玉帝下凡的大日子，徐婆子不敢多睡，略瞇了瞇，全家吃了素麵。飯後，徐婆子打發浩哥兒領著朱朱和青青出去玩，方把昨晚的事和家人說了。

徐鴻翼聞言有些惶恐，徐鴻達和寧氏有些不安，倒是徐鴻飛一臉興奮，摸著下巴嘿嘿笑道：「我就說我侄女不一般，她一來店裡，保准那天生意格外好。就剛進臘月那天，青青一到店裡，就來了個官夫人，哎喲，一下子買了一百多兩的胭脂。第二天還打發人送好些禮，說是在店裡抱青青，回去就把出喜脈來。」

徐婆子聞言一喜，「還有這事？」隨即又垂下臉來，「不準啊，你大嫂抱她多少回也沒懷一個，就你二嫂還整天摟她睡覺呢，這三年不也沒動靜？」想了想又有些不甘心，囑咐王氏和寧氏，「青青畫的胖娃娃，妳倆整天揣懷裡，我就不信懷不上一個。」

王氏：……

寧氏：……

徐鴻達不是很想讓閨女沾這鬼神之說，他自己本身也不是很信這些，只說：「估摸都是湊巧了，冬夜本來就風大，颳出花來也不稀奇，我看青青嚇得夠嗆，往後別提這事了。」

徐婆子是又信玉皇大帝又信觀音菩薩，她認為都是神仙，哪個都得拜，但是對自己孫女有來歷這事多少還是不信的，那神仙是隨隨便便托生的嗎？那神仙生下來不得伴隨著彩霞滿天百花盛開的異像啥的。哪像青青，出生時沒瞅見異像不說，連雷都沒打一個。要是說有個啥特別，就是剛好那天她爹中了秀才。估計青青有福氣是真的，也許是觀音菩薩紫竹林裡的螞蟻托生的，沾了些菩薩的福氣。

一家人遂把這件事拋到腦後，倒是村裡人嘰嘰喳喳說了好久，傳來傳去都說青青是神仙托生的。青青每次出去玩都會被問些稀奇古怪的問題，多少有些懊惱。要說穿越吧，她認；要說神仙托生的，她上輩子明明是孤兒不是神仙啊！大上輩子，那就不知道了，有兩輩子記憶已經很不容易了好不好？

青青一臉惆悵……我是誰？我來自哪裡？我要做什麼？

小劇場

〈一〉

鄰居王婆子：閨女，快回家來，我帶妳去求子。

王婆子的閨女：哪個廟啊？

鄰居王婆子：瑰馥坊啊！抱青青姑娘一刻鐘，懷一個孩子，抱半個時辰，能生龍鳳胎呢！

王婆子的閨女：那我趕緊去排隊！

瑰馥坊門口排著滿滿的人

徐鴻飛：大娘大姐們，我們這是胭脂店，不是求子廟呀！

〈二〉

布店夥計：再多嘴就把妳賣掉！

青青：嚇唬小孩子是會被雷劈的。

布店夥計：大冬天的，妳讓老天爺劈我個試試。

老天爺：轟隆隆……

一道雷劈下，布店夥計衣衫襤褸，滿臉烏黑：小祖宗，您是老天爺的親閨女吧？

青青：……

〈三〉

徐婆子：妳是福星托生的嗎？

青青：……我記得福星的性別是男！

徐婆子：那妳是觀音菩薩紫竹林裡的螞蟻托生的嗎？

青青：等等祖母，我有些跟不上您的思路。為什麼是螞蟻？您咋不說我是菩薩養的金魚呢？

徐婆子：原來妳是金魚托生的，怪不得那麼愛吃魚！

青青：……

貳之章◆運氣加身好事來

轉眼到了大年三十這天，朱朱醒來以後已經天色大亮了，她趕緊把青青叫起來，幫她穿上棉襖、棉褲，一臉興奮地說：「妳聞到香味了嗎？肯定是娘在炸肉丸子！」

青青看了看緊閉的門窗，使勁抽了抽鼻子，並沒聞到什麼味道，一臉無語，「姊，妳是不是睡餓了？」

朱朱沒空搭理她，手腳麻利地穿好衣裳下了炕，自己穿了棉鞋又把青青的遞給她，「妳趕緊的，怎麼這麼慢呢？」

青青和朱朱住的屋子是連著的兩間，裡間是一個大炕，外間擺著一個小桌、幾個小凳，有一個小爐子生著火，旁邊還有水缸。寧氏早早的起來，過來閨女這屋捅開了爐子，燒了一壺水放邊上，預備著孩子起來洗漱用。

朱朱兌好水，自己拿青鹽刷了牙，又洗了手和臉，用紅緞子綁在頭上，還簪了小絨花，對著銅鏡照了照，自認為很美，接著喜孜孜地幫青青換了洗臉水，還主動要幫她梳頭。

青青一邊刷牙一邊躲，嘴裡含糊不清道：「我不要綁紅緞子，我要那個天青色的。」

朱朱不以為然，「天青色的有什麼好看的，聽姊的，過年得喜慶。」說著不顧青青的哀嚎，把她按住，幫她梳好頭髮，又擰了毛巾，三下兩下幫她擦好手和臉。

青青：姊，妳好粗魯！

朱朱：瞎說，我很淑女！

青青推開房門，寒冷又清爽的空氣撲面而來，隨之一股濃濃的肉香瀰漫在徐家小院內，青青回頭看了一眼興奮的朱朱，「祖母還說我是狗鼻子，明明妳才是。」

兩個人攜手到廚房，浩哥兒已經跟他爹、兩個叔叔更換好了新的桃符和門神，又掛了懸麻絲、葫蘆在門上，此時正抱著一碗肉丸子在吃。

王氏和寧氏，一個在炸丸子，一個在燉豬肉。寧氏裝了一碗丸子遞給朱朱，又盛上三碗粥，切了一小碟醬菜，裝上幾個白麵饅頭，囑咐浩哥兒：「帶著妹妹們到裡頭吃去。」

青青年幼，喝了粥，吃了四五個丸子就飽了。浩哥兒則足足吃了兩大碗肉丸，撐得直打嗝。王氏見他滿院子亂轉，趕緊打發他出去，「帶妹妹出去玩，吃午飯再回來。」

前天剛下了一場大雪，村裡的田地、周邊的小山、大河上都是白皚皚一片。村子裡的丫頭小子們都跑了出來，湊在一起，把零散的鞭炮插在雪裡，拿香點了就跑。每次鞭炮炸開，都會雪崩，朱朱和青青捂著耳朵哈哈地笑著。

正玩得高興，忽然一個十五六歲的姑娘湊到朱朱和青青身邊，小聲地打招呼。青青打小就跟著娘親去了縣城住，一年也不過回來三五回，村裡的人認不全。倒是朱朱多少有印象，笑著道：「桃花姊好。」又小聲跟青青嘀咕了一句：「大柱子的姊姊。」

青青看了眼正打著滾跟浩哥兒要鞭炮的小男孩，有些無語，指著大柱對桃花說：「桃花姊，妳弟弟哭了。」

桃花瞟了眼在那又吵又鬧的弟弟，頗不以為然，「不用管他，他要到東西就好了。」

桃花將被風吹起的頭髮撩到耳後，悄聲問朱朱和青青：「妳三叔回來了？可是有說相中哪家閨女沒？」

青青：……

朱朱頗為尷尬，「不知道啊，大人的事，我們小孩兒不懂。」

桃花很著急，「怎麼不知道呢？就妳祖母和妳三叔咋說沒聽一耳朵？」

朱朱搖搖頭，拿腳去踢雪，不再說話。

青青在一邊裝作沒趣的樣子，「姊，這裡不好玩，我們叫哥上山玩去。」說著拉起朱朱的手就要走。

桃花叫了兩聲，趕緊攔住她倆，「等會兒，我還沒說完話呢！」

青青笑道：「桃花姊，我們家大人說話時小孩都不在跟前。妳要是想問我祖母和我三叔說啥話，不如去我家，當面問問我三叔？」

桃花羞得面紅耳赤，跺了兩下腳，又從懷裡掏出一條帕子，兩下塞到朱朱懷裡，「幫我交給妳三叔。」說完捂著臉跑了。

青青：……畫風變得好快……

朱朱手忙腳亂的，「等等……桃花姊……」話還沒說完，就見桃花跑得不見了蹤影。

青青把手絹搶過來，走到浩哥兒旁邊，看了眼還在打滾要鞭炮的大柱，將手帕丟到他臉上，「你姊讓你擦擦鼻涕趕緊回家。」說著拽著浩哥兒往村外走，「哥，我想上山。」

一群小子丫頭都煩大柱的賴皮樣，趁機跟著浩哥兒跑了。這群孩子們甩開了大柱，才停了下來，問浩哥兒去哪兒玩。

浩哥兒說：「上山肯定不行，雪這麼厚，要是踩到陷阱掉下去就完了。我們去大河那，昨天我爹打了幾個冰洞捕魚，才過去一天肯定凍不結實，咱們把冰洞砸開看誰釣的魚多！」

幾個孩子紛紛響應，各自回家拿了家裡的魚竿到河邊集合，數名大些的孩子找了石塊把幾個冰洞砸開，三人一組圍著冰洞開始比賽釣魚。

如今寒冬臘月的，找不到蚯蚓，青青把從家裡帶來的裹了蛋液的肉絲串在魚鉤上，王大妞看了吐舌道：「拿肉釣魚，妳祖母不打妳？」

青青指揮著浩哥兒給自己搬了個大石頭，又鋪了帕子拉著朱朱坐下，笑嘻嘻地說：「當然是讓我娘悄悄弄來的，哪能讓我祖母看見。」

王大妞看看自己的魚竿，沮喪得都掉淚了，「妳的魚餌這麼香，我肯定釣不上來。」

青青見狀從自己的小盒裡拿了幾條肉絲給她，「給妳，快裝好咱們比賽。」

王大妞破涕為笑，接過魚餌道了謝，趕緊裝上把魚竿放了下去。

這條大河據說有五六米深，冬天再冷也不過凍上一米，浩哥兒、朱朱、青青三人圍坐在一個冰洞前。許是冬天水裡的食物少了，青青剛放下去一會兒，魚竿就往下墜，青青人小力輕，趕緊叫浩哥兒幫忙，「哥，魚上鉤了，我拽不上來！」

浩哥兒忙將自己的魚竿放一邊，一把抓住青青的魚竿，只覺得沉得墜手，笑道：「好沉的傢伙，估摸是條大魚。」說著往上一拽，一隻碩大的烏龜咬著魚竿出了水面。

「哈哈哈……」眾人忍不住捧著肚子大笑，浩哥兒也笑出了眼淚，把烏龜取下來放到了木桶裡，安慰青青說：「烏龜也很好，能吃！祖母就愛吃這個，旁人還想釣還釣不到呢！」

鐵柱抱著肚子哎喲直叫喚，「青青，咱說好了比賽釣魚，釣出旁的可不算數。」

「知道啦！」青青嘟囔了一句，拿起魚竿坐回石頭上，這回等的略微久了點，她都感覺有些冷了，正想起來跺跺腳，魚竿一沉，「哥，快來，又上鉤了，我保證這次不是烏龜！」

浩哥兒笑著去幫她拽住魚竿，往上一甩，只見一條七八斤的大鯉魚在冰上撲騰，所有的小夥伴「哇」一聲，「好大的魚啊！青青，妳好厲害！」

青青笑嘻嘻地伸出手去捧那魚，那大鯉魚雖然離開了水裡，卻依然不消停，在冰面上蹦來蹦去，還是浩哥兒上去按住給裝進了桶子裡。

許是青青開了好頭，大家也你一條我一條地釣上魚來了，直到晌午，大人來喊吃飯，這些孩子才意猶未盡地收起釣竿，各自數了數自己釣的魚，分了勝負，便一哄而散了。

浩哥兒拎著兩個沉甸甸的木桶，帶著妹妹們回了家。一進院，浩哥兒就揚著脖子嚎了一嗓子，「祖母，青青給您釣了隻烏龜吃！」

徐婆子正在炕上等吃午飯呢，聽見大孫子喊，連忙披了棉襖穿了鞋就出去。只見浩哥兒帶回來的兩個木桶裡，一個桶裡有六七條魚，另一個裡面放著一隻碩大的烏龜，正在奮力地往上爬，不禁咋舌，「好傢伙，這麼大個兒，可是有些年頭了！老大，下午殺了，叫你媳婦給燉上，這傢伙可肥著呢！」

晚上，一盆香噴噴的清燉烏龜端上了桌，王氏知道婆婆愛吃這口，做得尤其費心，裡頭不僅放了曬乾的香菇、木耳、白菜心，還放了雞肉進去提味。徐婆子見了這個，那桌上的肥雞、燒鴨、豬頭、肘子之類都看不瞧了，連湯帶肉地吃了兩大碗燉烏龜，連聲誇青青：「沒白疼這丫頭，能給我釣上烏龜來吃。」

青青啃著雞翅直笑，「祖母，那烏龜又不是甲魚，真能吃？」

「能吃，好吃著呢！」徐婆子喝了口酒，看孫女格外順眼，「別老啃雞翅膀爪子那些東西，沒肉！快，抱那豬頭啃去，別讓妳哥搶了！」

眾人哈哈大笑，三個兒子看老娘吃得開心，一個勁兒給倒酒。徐婆子吃了四五盅，把酒杯擱身後了，「不能再喝了，喝酒醉了該沒法守夜。」

眾人見狀也放下了酒盅，收拾了碗筷，圍坐在徐婆子的炕上嘮嗑。

徐鴻飛素來能說會道，他把生意上的事挑那有趣的講來聽，逗得徐婆子哈哈大笑。待覺得有些困倦的時候，一家人就出來到院裡，放上一回鞭炮，撥弄一下大門外的火盆，往裡添些松枝，讓火燒得旺旺的。

青青年幼，早就撐不住躺在徐婆子炕上睡熟了，直到一陣密集的鞭炮聲傳來，寧氏又擺上桌子，端上了熱氣騰騰的餃子，「青青，起來吃餃子了！」

青青睡眼惺忪，徐婆子正瞅著她笑，「還不趕緊起來跟我拜年，妳哥哥姊姊都磕了頭領了壓歲錢，再晚可沒妳的紅包了。」

青青一股腦兒坐了起來，下了炕就向徐婆子磕了頭，吉祥話一串串不要錢地往外倒，逗得徐婆子直笑，「好了好了，快起來吧。」說著遞給青青一貫錢，「喏，給妳的壓歲錢。」

青青看著手裡沉甸甸的一串錢，笑得兩眼彎彎，「可見祖母是真發財了，今年好大的手筆，我記得去年祖母才給了我五百文錢。」說著作勢要把錢掛脖子上，「我可得把錢掛好，免得祖母反悔再摸回去。」

徐婆子用手點點青青的腦門，「小促狹鬼，慣會編排人，還把想錢掛脖子上，也不怕壓得不長個兒了。」

青青被這麼一戳，順勢倒在旁邊王氏的懷裡，「大伯母，您瞧，祖母給了壓歲錢就反悔。」王氏笑著拍了拍她，「把錢給妳娘，讓妳娘幫妳收好，妳去洗了手來吃餃子。」

青青小腦袋撥浪鼓似的搖，「不讓我娘收著，我自己鎖箱子裡。」

寧氏一邊夾餃子給徐婆子，一邊笑道：「大嫂不知，她打從會數數起，就把自己的壓歲錢要回去了，還弄了個帶鎖的箱子，將自己的好東西都放箱子裡，連瞧都不讓我瞧。」

朱朱吃著餃子，說道：「青青給我瞧過，這兩年的壓歲錢她都擱裡頭了，還有兩塊大石頭，一個是秋天跟大伯進山時撿的，有西瓜那麼大，為了幫她拿回來，大伯套的獐子都沒有拿。一個是春天時在河邊挖出來的，死皮賴臉地讓大哥給抱回來，足足有兩個石榴大小。她那箱子總共也沒多大，兩塊石頭倒占了大半個地方。」

青青洗了手回來，聽見姊姊在編排自己，忍不住過去拽朱朱的袖子，「我箱子還空著小半呢！姊，不如妳把妳的壓歲錢給我，我幫妳鎖著？」

朱朱笑著推她，「我才信不過妳，我讓娘幫我收著，妳留著空兒繼續撿石頭去吧。」

徐婆子對青青的行為十分嫌棄，「那麼財迷，也不知道隨誰？」

青青立馬打蛇隨棍上，「當然是隨祖母啦！咱們家祖母最財迷！」

徐婆子咬著嘴裡的餃子，只聽嘎嘣一聲，吐出一枚銅錢來，「哎喲，吃出錢來了！」

大家趕緊說發財的吉祥話，青青捂著嘴直笑，「不愧是我們家的大財迷，第一個吃到錢。」徐鴻達瞪她一眼，不許她胡說。青青對她爹做了個鬼臉，夾起餃子，「我是家裡的小財迷，我也要吃錢。」說著往下一咬，果然也吃出一個嶄新的銅錢來。

眾人笑道：「果然是小財迷，天生帶財運的。」

青青小心翼翼地將銅錢放在一邊，和寧氏商量：「娘，再幫我做個荷包唄，我要把過年吃出的錢單獨裝裡頭。」又說：「裝石頭的箱子不好搬，娘再給我個小箱子吧，我把大箱子裡頭的錢都撿出來放小箱子裡，回縣城時好帶回去。」

徐婆子瞅她一眼，「放家裡還不放心咋著，還得帶縣城去？」

青青笑咪咪地看著祖母，「我這次回家來，每天都能開箱瞅瞅我的寶貝，哎呀，心情好得不得了。我就想著我回縣城時候一定要把我的錢都帶回去，這樣每天都可以開箱子數錢。想想就高興，真是神仙日子呢！」

徐婆子笑罵了她一句：「哪有這麼沒出息的神仙？」

初一不到卯時，徐婆子就起來了，指揮兒子把她的年畫都掛牆上，又讓王氏擺好瓜子、花生和糖果。卯時一過，徐鴻翼的幾個本家堂兄帶著兒子一大家子就到了。

來的親戚是從徐家秀才太爺父親那輩開始算的。秀才太爺的父親有兄弟三個，哥哥弟弟都枝繁葉茂子孫眾多，只有秀才太爺這支單傳了兩代，甚至連個閨女都沒有，直到娶了徐婆子才打破了宿命，生了三個兒子出來，因為徐婆子經常自稱是徐家的功臣，也十分熱衷於盯著兒媳婦生孩子。

徐家本家的遠房親戚多，和自家這支來往比較密切的是徐太爺的叔叔的二孫子徐展棠這支。徐展棠打小一堆兄弟姊妹，因他性格木訥，不是很得父母喜歡，他父親本就沒有幾畝地幾間房，因此分家時只給他些零零碎碎的家什就把他打發出去了。

徐展棠那年不過二十出頭，他沉默地接過分來的一張破椅子和三個碗，向爹娘磕了頭就帶著妻兒離開了生養他的村子。一家子走一路要一路飯，路過南茶村時，聽說村裡有一間別人家不要的草房子便住下來了。

那一年恰好徐鴻翼的父親去隔壁的南茶村找長工，聽人介紹村裡來了個幹活很賣力氣的漢子，便去瞧了瞧。一問名字就知道是本家兄弟，再一敘，祖上果然對上了。

徐鴻翼的父親見這遠房堂兄過得實在淒慘，便出銀子幫他修葺了房屋，給他置辦了兩畝地，平時有活兒常叫他過來，結算時經常多給些銀錢，災年時更打發兒子送糧食過去。

徐展棠是吃苦肯幹的，靠著遠房堂弟的幫襯，慢慢的也把日子過起來了，只是年少時夫妻兩個吃了太多苦，累出了一身的病，四十出頭兩口子就扔下四個兒子去了。好在這些年他也攢了十來畝地，兒子們多賣些力氣再上山打些野物也勉強能吃飽肚子。

徐展棠打認識堂弟那年起，每年初一都帶著妻兒到澧水村來拜年。等他過世了，他的兒子們依然保持著這個習慣。不僅初一來，平時每個月也來瞧一回徐婆子，等到農忙時候，四兄弟更是放下自家的地不管，先幫徐鴻翼把地裡收拾了，才回家幹自家的活兒，徐鴻翼每年都得勸上一回卻勸不動這四個實心眼的堂兄。

徐展棠的大兒子徐鴻文帶著弟弟三人及妻兒一大家子，一進堂屋就齊刷刷跪在地上，結結實實地磕了個頭，「嬸子過年好！」、「叔祖母過年好！」

堂兄弟們互相拜了年，小輩的又向長輩拜年，熱熱鬧鬧了兩刻鐘，這才有的上炕，有的找個凳子坐一邊說起話來。

徐婆子就喜歡這熱熱鬧鬧的樣子，樂得滿臉菊花開，給來的七八個孩子一人一個紅包，又從櫃子裡拿出果子給他們吃。

孩子們吃了果子，大人們就往他們口袋裡塞了糖塊、瓜子打發他們出去玩，別在屋裡鬧大人說話，女人們則到廚下幫著王氏、寧氏整治飯菜。

徐鴻達、徐鴻飛兄弟兩人平時在縣城回來得少，這回見了不免問問生意怎麼樣。徐鴻飛眉飛色舞地講了一通，又笑道：「有幾件事想和哥哥們商議，就不知合適不合適。」

徐鴻文笑道：「飛弟還客氣上了，你有啥需要哥哥們的，吱一聲就行。我們兄弟四個旁的沒有，力氣倒有一把，你直接說就是。」

徐鴻飛抓了瓜子給幾個堂兄，這才說：「我家這胭脂鋪也算開起來了，去年一年生意也算不錯，有幾件一直琢磨的事該做起來了。第一個事是，我們家做這胭脂、香膏、香露每年都得收購幾千斤的玫瑰，但這玫瑰有好有孬，我琢磨著想買些地專門種玫瑰供自家鋪子，能保證玫瑰品質不說，再一個成本也便宜些。再一個事是，如今這鋪子的也有幾分名頭了，很多鎮上的人去縣城也買咱家胭脂，我想在鎮上也開家鋪子，多些進項。第三個事是，我二嫂親手做的高端胭脂產量太小，忙不過來，我鋪子裡想找人幫襯幫襯。家裡這塊蒸玫瑰香露也是一攤大活，光我老娘和大嫂又得領著人忙活又得顧著家裡，實在是太累了。」

拿起杯子喝了口水，徐鴻飛又說：「這幾樁事哪一件離了人都不行，我們家的情況堂兄是知道的，我大哥光家裡的地就忙不完，我二哥將來要考狀元的，沒空理這些俗事，我家能忙生意的就我一個，我也沒旁的兄弟幫忙，只有求哥哥們了。」

徐鴻文聽完半天沒言語，眼睛裡卻多了些淚花，眼睛也紅了。半晌他拿袖子抹了抹，哽咽地說：「老弟啊，你這不是讓哥哥們幫你，你這是看哥哥吃不飽飯，想幫襯哥哥啊！」

徐鴻飛咧嘴一笑，「哥，我真缺人。」

徐鴻文看了看自己的弟弟，心裡盤算了一會兒，說：「行，既然你信任哥哥們，哥哥們一定會帶著媳婦孩子好好幫你幹活。」

四個兄弟商量了一回，定下來老大徐鴻文兩口子帶著兒子媳婦幫忙種玫瑰，老二徐鴻武腦袋靈活，時常去鎮上做些小買賣，就由他家負責鎮上鋪子的事。老三媳婦手最巧，學東西快，加上她家閨女多，個個都很機靈，就讓老三徐鴻雙帶著媳婦去縣城。老四徐鴻全帶著媳婦一家子搬到灃水村來，幫著徐婆子弄家裡作坊胭脂的事。

大人們在家裡頭熱熱鬧鬧地定下了大事，外頭青青領著十來個哥哥姊姊圍著山腳轉悠。浩哥兒一臉納悶地看著東翻翻西看看的青青，「妳到底想找啥？」

「找石頭。」青青很是興奮，「昨晚我夢見這裡有個特別漂亮的石頭。」

浩哥兒無語，「妳撿的那兩塊石頭，沒一個好看的。」

青青低著頭還在四處地瞧，小嘴噘起來，「可是我覺得很漂亮啊！」話音剛落，忽然瞧見一個半藏在枯草堆裡的圓滾滾的石頭，三步作兩步地蹦過去，撿了起來，「找到了，你們看好不好看？」

眾人：……

浩哥兒看著青青手裡的石頭。形狀不是正圓，看著也不潤澤，顏色烏黑，實在看不出好來。要是非得說個優點，那就是這塊比較小，只有蘋果那麼大，終於不用自己扛回家了。

浩哥兒對堂妹喜歡撿石頭這個癖好十分憂心，這麼奇怪的女孩子以後嫁得出去嗎？

晌午這頓飯，女人孩子們早早吃完了就下了桌，男人們一直喝到申時初刻才散了席。王氏把吃剩的魚端了下去，將魚上頭的蔥薑蒜絲去了，單留魚頭、魚骨和魚肉，打了個蛋花，擱了些糖，又倒了許多醋和胡椒，熬了一鍋湯。男人們每人都喝了兩碗，痛痛快快地出了身汗，頓時消了幾分酒意。

妯娌幾個幫忙收拾了碗筷，又陪著徐婆子說了一會兒話，方才散了。

昨兒晚上守夜統共沒睡上兩個時辰，今兒又熱鬧了一天，徐婆子有些乏了，囑咐王氏整理明天去舅家的東西，就倒炕上呼呼大睡了。

想起明天要去舅舅家，王氏和寧氏都露出了幾分苦笑。王氏和寧氏都死了爹娘，不用回娘家，因此每年初二都被婆婆叫著去傅老舅家。

徐婆子本姓傅，有一兄長、兩個姊妹，姊妹們嫁得遠，多少年不回家了，只有一個哥哥住鎮上，開了家鋪子過活。

傅家以前家境貧寒，靠著走街串巷賣些零碎的小玩意兒過活。傅老舅年輕時是個機靈的小夥子，長得也俊俏，待十三四歲便學他爹推了個小車做些小生意。一來二去，鎮上一開米店的商戶瞧中他了，不僅把自己的閨女嫁給他，還出錢幫他開了個米麵鋪子，並指點叫他去灃水村徐家收糧食。

話說這商戶為啥嫁個閨女又貼鋪子又貼銀子的？實在是因為他閨女太醜了，不倒貼真的嫁不出去啊！話說這傅舅母醜到什麼地步呢？細看她，臉黑得像煤球不說，大餅臉上還一副極小的三白眼，臉上坑坑窪窪的，一笑先看見一對大齙牙。

傅舅母醜就算了，偏她還喜歡穿紅戴綠擦胭脂抹粉，一張黑臉塗了厚厚的粉，一說話直掉渣。寧氏第一回見這傅舅母的時候，嚇得一哆嗦，當時傅舅母的臉就綠了。

傅老舅當初娶這媳婦的時候也猶豫了很久，但想起久病的爹娘，兩個未嫁的妹子，一咬牙就應了。琢磨著自己好歹是個俊俏的後生，媳婦醜就醜吧，反正吹了燈啥也看不見，醜俊都一個樣，只要自己的兒女有幾分像自己就行。

誰知人算不如天算，傅老舅的子女有一個算一個，一個比一個醜，個個都像傅舅母的翻版，尤其是兩個閨女，皮膚不僅和她娘一樣黑不說，還滿臉雀斑，腰身也粗壯。

就和傅舅母她爹嫁閨女一樣，傅舅母也為自己的閨女終身發愁。當初她看中了徐鴻翼老實，想把大閨女嫁到徐家去，徐鴻翼聽聞此事，嚇得兩年沒敢去老舅家，傅舅母只得給自己的大閨女找了個鰥夫嫁了。

等到傅舅母的二閨女及笄時，當時還在思念蘭花妹子的徐鴻達，立刻把思念深深埋在心底，火速讓老娘給自己定了個媳婦，主動斷絕舅母的念想。那年徐鴻飛才十歲，拍著自己胸脯說慶幸，好在自己老舅就兩個閨女，要是有一個跟他年齡差不多的，他不如死了算了。

雖說連著兩次結親都不成，但傅舅母還是挺喜歡這三個外甥的，也捨不得生外甥的氣，不過看見外甥媳婦絕對是沒好臉。見了王氏，傅舅母通常給她三個白眼；到寧氏這兒，傅舅母連白眼都不想給她一個：咋長得這麼好看，太氣人了！

傅家如今家境不錯，有一個頗大的米麵鋪子，家裡也有個二進宅子，給他家備禮便多了幾分講究。雞鴨肉蛋之類的，人家可瞧不上眼。寧氏裝了兩斤縣城買的好茶葉，放了幾塊新樣式的綢緞布料，再送上一套自家賣的胭脂就成了。

初二一早，傅老舅盤腿坐在炕上，端著個茶杯搖頭晃腦哼著小曲。傅舅母去廚房轉了一圈，讓廚娘多加了兩個閨女喜歡吃的菜，又去瞧了院子和走廊，囑咐婆子打掃乾淨。

今天不僅徐婆子要帶著兒女過來，老舅的兩個閨女也都帶著兒女回娘家。傅大妞嫁給了鎮上一個打鐵的姓孟的鰥夫，孟鐵匠頭一個媳婦生了個閨女，娶了傅大妞後，又生了一個兒子，傅大妞因此十分自得，經常鄙視嫁到村裡生了兩個閨女的傅二妞。

傅大妞離娘家近，一早帶著全家就回來了，向老兩口磕頭拜年。

傅老舅瞅著閨女，皺了皺眉頭，「妳怎麼又胖了？」

傅大妞翻了個和她娘一樣的白眼，往炕上一坐，又圓又厚的大手從炕桌上的盤子上抓了幾個果子，塞到兒子手裡。傅大舅看了一眼孟鐵匠那個都十歲了卻長得又瘦又小畏畏縮縮的大閨女，瞪了眼傅大妞，也撿了兩個新鮮樣式的果子，和顏悅色地遞過去，「拿去吃。」

小姑娘看了傅大妞一眼，才怯怯弱弱地上前來。

傅舅母見狀，又裝了些果子糖塊給那小姑娘，打發她出去玩，自己拽閨女回裡間屋子，壓低聲說大妞：「我怎麼見那孩子又瘦了？妳家也不差那口吃的，何苦作踐她？要是她有個好歹的，妳男人跟妳能不離心？」

傅大妞抓了一個果子一口咬去大半，含含糊糊地說：「我就看不慣她那嬌嬌弱弱的樣，說話和蚊子哼似的，肯定跟她那短命娘一個模子。她爹也不願意看見她，我估摸著是怕想起她那短命娘來。」傅大妞提起她男人前頭那個就氣不順。

傅舅母雖然也煩便宜外孫女那怯弱的樣，卻也不願意閨女做那糟踐人的事，只得好言好語地勸她。無非就是也就再養個五六年就嫁出去了，到時候就眼不見心不煩了，若是養得瘦瘦小小的，一看就底子不足，該嫁不出去了，到時候更礙眼。

旁的話傅大妞沒聽進去，這句話倒是入了心，自己低頭琢磨不再言語。

母女這邊說著話，外間堂屋裡的翁婿也有一搭沒一搭聊著。好在沒多久，就聽大門口熱鬧起來。傅舅母站起身來，一邊和閨女說：「這麼些人說話，定是妳姑他們來了。」

傅大妞聽見姑姑一家來了，心裡有些不自在。當初她是看上了大表哥的，可惜大表哥死活不願意，她又蹉跎了兩年青春，只能嫁給了那個粗壯的鐵匠。

傅大妞嘆了口氣，小心地掩蓋住自己少女時的心事，木著臉跟她娘去接人。

徐家一行人來到傅家門口就碰見了傅二妞一家人，一邊笑著說拜年的話一邊進了院子。傅舅母出來迎了幾步，把人都請進堂屋，小輩的開始向長輩拜年。

拜起年來，青青就有些尷尬了，這個時候小輩向長輩拜年要叩拜的，偏青青牛心左性，除了跟祖母、爹娘磕頭外，再不肯向旁人跪下。就是向徐鴻翼、徐鴻飛這樣的親叔伯拜年，她也只肯鞠躬到底。

徐家人喜歡她古靈精怪，格外寵她，見她著實不肯便也不為難她。徐鴻達倒是說了她幾回，教她要懂禮節，還讓徐鴻翼給擋了，私下裡和他弟弟說：「你忘了青青是有來歷的，她自然不能輕易跪的。」

徐鴻達：……你還真信那道士？

徐鴻翼是真信，而且深信不疑，背地裡還囑咐徐婆子等人：「可不能說出去，老天爺會怪罪下來的。」

這邊傅家的外孫女向徐婆子磕頭拜了年，浩哥兒趕緊叫朱朱、青青三個去跟傅老舅、傅舅母磕頭，青青見狀立馬趴徐婆子身上，死活不下來。

浩哥兒瞪了青青一眼，先和朱朱去磕頭，說了好些吉祥話。

傅舅母慈愛地看著浩哥兒，「不愧是讀過書的孩子，說起話來就是中聽。」說著給了他一個三百文的大紅包。到了朱朱這，笑容少了一半，勉強誇了句「伶俐」，給了小紅包。

朱朱每年都來一回，早習慣這縮水十倍的紅包，順手塞袖子裡站娘親身後去了。

傅舅母像黑夜叉一樣的臉轉向青青，一臉不耐煩，「這都三歲了，怎麼還沒個長進？去年就這個賴皮樣！」又和徐婆子說：「也就是咱這都說實歲，我聽說在那些大地方都說虛歲的，要是按那算都是四歲的孩子了，怎麼連拜年都不會？」

徐婆子寵溺地拍了拍懷裡的孫女，「哎呀，我們青青還小，嫂子別嚇壞了她。」又低頭問：「青青去向舅奶奶拜年好不好？哎喲，怎麼撇嘴了？好好好，不去，我們不去！」

傅舅母氣得肝顫，狠狠地瞪了眼小姑子，「妳就慣她吧，一個丫頭片子有啥好疼的，將來還不是別人家的人？」

徐婆子以前也重男輕女，在青青未出生時，她對朱朱很少有好臉。雖說青青降生時眾人起鬨說青青福氣好，但那時徐婆子也不以為然。直到青青一天天長起來，長得粉雕玉琢，又伶俐可愛，她這才不知不覺真心疼愛起這個小孫女，連帶著看朱朱也多了幾分喜歡。

聽見嫂子這麼說，徐婆子也不理會，只「祖母的小心肝」叫個不聽。

傅舅母無語，不想再搭理小姑子這個小心肝，可又想起小心肝她娘來，問徐婆子：「不是說開的鋪子前年沒見到回來的錢，只堪堪回了本，去年怎樣？不會又是白忙活一年吧？」說著瞥了一眼寧氏，又把臉轉過來：看著就討厭，扎眼！

徐婆子想起年前分到手裡的白花花的銀子，忍不住笑著說：「雖說賺得少點，但是也見著銀子了，不孬。」又說：「他們幾個商量了，說要自己種玫瑰，再從鎮裡多開間鋪子，今年肯定能多賺些。」

傅舅母冷哼一聲，「瞎折騰吧，那麼些胭脂鋪子都是縣裡的好方子，我不信你們能折騰出多大的花來。」又拿眼角瞥寧氏，「還三兩銀子一盒的胭脂、香膏，傻子才買！」

寧氏抿嘴微笑。去年拜年的時候，徐婆子心疼生意沒賺錢，不肯給傅舅母帶那較貴的胭脂，只把村裡婦人手工做的三五百文一盒的拿來送傅舅母。如今一年過去了，傅舅母想起此事還耿耿於懷。

徐婆子知道她嫂子的德性，左手摟著青青，右手指著桌子上的年禮，「別那副嘴臉，今年給妳帶了好些胭脂，裡頭有三兩銀子的胭脂和香膏，光這些搓臉的玩意兒就值七八兩銀子。」一想想徐婆子多少還有點心疼，看了眼嫂子黑煤球似的臉，心裡嘟囔：白瞎了好東西，多少銀子的東西在妳臉上也用不出好來！

傅舅母聽說徐家送了這麼貴的胭脂，這才露出笑臉，也不介意青青沒向她磕頭的事了，從懷裡拽出一個三十文的小紅包來扔青青懷裡，「喏，給妳壓歲錢。」

青青見躲過了一劫，方鬆了口氣，拿起紅包，對傅舅母甜甜一笑，「謝謝舅奶奶！」

傅舅母看著青青甜美的笑容，用手捂住了心臟，「這孩子，長得和她娘一樣扎心！」

◆　◆　◆

熱熱鬧鬧的日子總是過得格外快，青青感覺才剛吃完湯圓沒幾天，正月就過去了。這天一早，王氏剛整治了早飯，徐鴻文就來了。

徐鴻翼忙把他讓進來，知道他這麼早過來肯定沒吃飯，又叫王氏添了碗筷。徐鴻文不急著吃飯，先喝了兩口水喘勻了氣，這才說：「我們村裡有一個姓尚的賣現成的玫瑰田，我趕緊來和你們說聲。」

眾人眼睛一亮。原本想著玫瑰地插須得秋後才最好，如今過了季節，正愁著買了田現種玫瑰的話也不知養不養得活，卻不想遇到這樣便宜的好事。

徐鴻飛興奮地盛了碗湯給徐鴻文，「鴻文哥，你給我們說說，怎麼有人會捨得賣現成的玫瑰田，再幾個月就開花了可不少進項呢。再者，他家的田怎麼樣？」

徐鴻文詳細說了一回，「我們村有個姓尚的，他家專門種玫瑰，用的都是上好的肥地，且連年施肥養地，開出的花也比旁人家的好。去年秋天，他家又扡插了新的花苗，說選的重瓣玫瑰，開出的花瓣多瓣厚又豔麗，花型也大，香氣濃郁。原本他家也捨不得賣的，只是他家只有一獨子，在縣城開了個鋪子，不知怎麼的瞧中了一家小姐，死活讓他爹娘去求親。那縣城裡的小姐可是好娶的？人家說了，若是姑娘嫁了，可不到村裡來住，需尚家在縣城買個三進的宅子才行。」

徐婆子正在吃包子，聞言一口嗆到，咳得直翻白眼。青青坐在她身後，用盡渾身力氣往徐婆子後背一撞，徐婆子的腹部正好撞在炕桌上，那口包子肉登時咳了出來。

青青虛抹了一把汗，緊張地拍了拍胸口，「祖母，您一把年紀咋還能被包子噎著？要是真有個好歹的，別人豈不笑話您幾輩子沒吃過包子。」

徐婆子正揉著肚子，聽青青這話，不禁為自己辯白：「我這不是聽到娶個媳婦還得在縣城買大宅子給嚇住了嗎？」

青青側著小臉瞅她，「又不是您兒子，您怕啥？」

徐婆子看了眼小兒子，冷哼一聲，「他要能相中個值三進宅子的姑娘也行。」

徐鴻飛縮了縮脖子，捧著碗就要溜出去，徐婆子喝住他，「你上哪兒去？我和你說，等你們回縣城時我就跟去，村裡的姑娘相不中我去縣城找，我就不信今年你娶不上媳婦。」

徐鴻飛虛弱地朝徐婆子一笑，「娘，我哥家小，住不開。」

寧氏剛給徐婆子新換了一碗粥來，聞言朝小叔笑笑，「沒事，我正想著重新租一個大些的宅子。你二哥八月就要去參加秋闈，需要一個安靜的小院給他備考。三堂哥一家到縣城幫忙，也得給準備出幾間屋子來。我年輕，經歷得少，怕想得不周全，娘去了正好教我。」

徐婆子聽了心裡暢快，滿意地看著寧氏，十分自得：咱娶這媳婦，長得又好又會說話，還是府城回來的，還不要三進的宅子，多好！

徐鴻翼眼看著這話兒被親娘帶偏了八百里，偏重要的事沒問，連忙問徐鴻文：「三十畝玫瑰田，尚家要賣多少銀子？」

徐鴻文嚥了口湯，說道：「昨兒我聽了就去問，要三百五十兩。」

徐鴻飛又問寧氏：「前年回的本錢嫂子沒取，還在帳上，去年賺的錢又留下了三百兩，如今鋪子有八百兩。眼下又要買地又要開鋪子又要租縣裡房子的，這銀子要怎麼使？」

寧氏道：「你帶四百兩銀子跟大堂哥去瞧瞧，多帶些有備無患。鎮上的鋪子價格比縣裡便宜一半還多，索性買一間，二百兩銀子也盡夠了。剩下二百兩放在帳上預備著零碎的開銷和發工錢使。縣裡的房子你們不用操心，我用私房置辦了就是。」

徐婆子樂得合不攏嘴：娶了個有錢的媳婦可真好！

吃了飯，徐鴻翼、徐鴻飛和徐鴻文三個就去南茶村看地，王氏收拾了碗筷打發浩哥兒回房讀書，見屋裡沒旁人，王氏忙上炕掀徐婆子衣裳，「娘掀起衣裳我瞅瞅，我看剛才撞那一下可不輕。」

寧氏剛放下屋裡的棉布簾子，就聽到王氏倒吸一口氣，連忙快步過去看，只見徐婆子腹部青青紫紫了一大片，不禁瞪了青青一眼，「沒個輕重，妳祖母噎著了難道我們不會拍？妳怎麼那麼使勁撞妳祖母？」

青青委屈地縮在一邊，用小手輕輕地揉著徐婆子的肚皮，「人家嚇壞了嘛，就想讓祖母趕緊把包子吐出來。」

「沒事，沒事，不要說她，她年紀小難免不知輕重，但好歹救了我不是？」徐婆子躺在炕上，被小孫女的小手一揉，心裡萬分滿足，原本有十分疼痛，如今也只剩三分了。

見婆母說沒有大礙，兩個兒媳婦放了心。王氏陪著徐婆子說話，寧氏拿了幾根繩子在一邊教朱朱打絡子。

徐婆子看著寧氏纖纖玉手三下兩下就編出一根好看的絡子，不禁嘖嘖稱讚，「編得倒是怪好看的，這是配汗巾子的？就是妳用顏色略深了些，妳使著有些老成。」

寧氏道：「給娘編的，我瞧見娘新做的幾條汗巾子，就想著打幾條絡子配。」

徐婆子咧嘴笑道：「我看著也像是給我的。」又對王氏說：「城裡頭的人就是講究，以前咱家那汗巾子哪有絡子使啊，都直接打個結了事。」

王氏一邊吃橘子一邊道：「可不是？我以前只會做衣裳，這些都不精通，還是弟妹教了我才曉得。」

徐婆子看著王氏橘子吃個不停，有些詫異，「吃這麼多橘子不酸？」

「不酸，爽口著呢！」王氏掰開兩瓣塞到徐婆子嘴裡，「娘嘗嘗。」

徐婆子正嘀咕我昨兒吃還酸呢，就被王氏塞了一嘴的橘子，剛咬了兩口就酸得齜牙咧嘴地咽下去，「酸死老娘了，老大一點也不會買東西，買這橘子多難吃！」話音剛落，徐老娘想起什麼似的，一下子坐了起來，瞪著眼睛看王氏，「老大媳婦，妳不會是有了吧？」

王氏剛要往嘴裡送橘子的手頓住了。

徐婆子喜孜孜地道：「肯定是，往常妳可不愛吃酸。」說著就從身後拿了個大枕頭給王氏墊著，又讓朱朱去叫浩哥兒請李郎中來瞧。

寧氏看著王氏臉上的喜意，有些羨慕，面上難免帶出幾分失魂落魄來，打絡子的手也停下了。一隻小手忽然輕輕地覆在寧氏的手上，青青正仰著小臉看著她，「娘，妳肚子裡也會有小弟弟的。」

青青也不知道自己為什麼這麼說，但她就見不得寧氏不開心。她不知道自己到底有沒有福氣，如果有，那就分給母親一些，讓她多給自己生幾個弟弟妹妹。

寧氏看著女兒認真的小臉，心中的鬱結之情不由得消散了。她把青青摟在懷裡，輕輕地親了親她的臉蛋，「娘的好乖乖。」

李郎中來了，讓王氏將手擱炕桌上，中指按在關脈部位，食指按寸脈部位，無名指按尺脈部位，三根手指呈弓形，指頭平齊，感覺似乎有一個個的小珠子快速從無名指、中指和食指經過，又告了罪，問了王氏行經情況，看了看她的舌苔，這才起身向一臉期待之色的徐婆子報喜：「恭喜老嫂子了，大郎媳婦這是喜脈。」

「哎喲！」徐婆子拍著巴掌大笑，順手把寧氏懷裡的青青抱了起來，在她軟嫩的小臉上吧唧親了一口，「我的好孫女！」

李郎中：……

王氏：……

青青：不關我的事！

徐婆子對青青有來歷的事信了幾分，堅定地認為王氏懷的就是青青畫的那個胖娃娃。

「快，李郎中，麻煩你給我家老二媳婦也把個脈，青青也給她畫了一個胖娃娃呢！」徐婆子指著寧氏對李郎中說。

雖不明白孩子畫的娃娃和她娘懷孕有啥關係，但李郎中還是給寧氏把了脈。半晌過後，略有些驚訝地說：「雖然摸著有些淺，確實也是喜脈無疑。」

「哎喲，我的好孫女！」徐婆子又吧唧親了青青一口。

李郎中：徐大嫂這是什麼毛病？媳婦懷孕親孫女？

李郎中覺得奇怪，嘴裡就問了。徐婆子大喜之下，嘴就把不住門，青青捂她的嘴都沒捂住，「我和你說，我這孫女比送子觀音還靈。她在縣裡頭，人家沒孩子的抱了抱她，回去就懷了身子。這回家來，青青給她娘和她大伯娘每人畫了個胖娃娃，每天還叫她們都抱上一會兒，這才一個多月的功夫，兩個都懷上了，你說準不準？」

李郎中詫異地看著青青：這小娃娃還有這本事？

青青無語地靠在徐婆子懷裡：我說是巧合你信嗎？

兩天後，徐婆子和徐鴻達、寧氏、青青一家趁著天還未明就倉皇地離開了澧水村直奔縣城，青青憤怒地握著小拳頭，「祖母，您再和別人瞎說，我就不理您了！」

徐婆子心虛地瞄了瞄孫女才穿了一個月就有些開線的新衣裳，努力擠出討好的笑，「我就那麼一說……」

徐婆子連忙舉手告饒，「好好好，再不說了，再不說了！」

青青高聲道：「祖母！」

青青捂著臉地倒在徐鴻達懷裡，聲音帶著哭腔，「人家再不回來了，太嚇人了！」

徐鴻達帶著妻兒老母回了縣城，先找了家酒樓點了幾樣菜讓徐婆子、寧氏帶著兩個閨女墊墊肚子，自己回家去，花了些錢請了隔壁兩個婆子將屋子裡裡外外收拾了一番，又點了火盆，待把屋子烘得熱呼呼的，才叫了輛車把人接回家來。

如今媳婦有了身孕，弟弟又在家裡忙著買房子買地的事兒，因此找宅子的事就落在了徐鴻達身上。翌日一早，徐鴻達叫了個街面上的經紀來，問他哪裡有二進宅子租。

那經紀笑道：「二進宅子租的人比較多，我手上現還有五處，兩處離縣衙不遠拐個彎就是。另有兩處在桑北街上，離著縣裡最熱鬧的酒樓鋪面都近，就是這幾處價格貴些。還有一處在陽嶺山附近，只是那地界略僻靜，倒因此比旁處的二進宅子略大些，裡頭有個小花園，價格也划算。」

徐鴻達一一記下了去問寧氏，寧氏笑道：「陽嶺山下就很好，那裡清靜不說，半山腰上就是縣學，來往也方便。」

徐鴻達道：「只是妳去鋪子就遠了些。」

寧氏道：「無妨，原本我也不太常去，如今有了身子，更是少出門才好。今年鋪子多了好些人，等每回做好了胭脂，叫小叔打發人來家裡取就成了。」

徐婆子也點頭稱是，在她眼裡，賺再多銀子也沒有兒子讀書重要。

一家人商議定了，徐鴻達就揣了銀子跟經紀去看房子。過了大半日，徐鴻達才風塵僕僕地回來，一進門就笑道：「租好了，已經雇了人打掃，又買了炭火去烘房子，過幾日就能搬過去了。」

寧氏端來一直溫著的茶飯，徐鴻達三口兩口吃了，又說：「就在山腳下不遠，往常從縣學回家來也路過。裡頭略大些，妳懷了身子勞累不得，不如採買幾個婆子丫頭來使？」

寧氏早有此意，不僅如此，她還盤算著單獨買十個伶俐手巧的小丫頭幫忙做胭脂，比親戚更得用不說，關鍵是簽了賣身契更加可靠。

兩人商議好，叫了口碑比較好的一個姓王的人牙子來，王婆子一進門就笑，「奶奶找我再錯不了，我手裡的丫頭都伶俐著。」又朝徐鴻達行了個禮，「這位是讀書的老爺，也該買兩個書僮才是。來往有個傳話的人不說，等進京趕考也有個使喚的人。」

寧氏道：「這位嬤嬤說的是，有那機靈的小子，一會兒給我們推薦兩個。」

王婆子笑道：「奶奶放心就是。」說著叫上五個二三十歲的婦人，「奶奶要找個灶上的，這五人都會廚藝，除了這個婆子家裡有男人，其他家裡都沒牽扯，簽長契短契都成。」

寧氏叫上前看了手臉，又細問家裡是哪裡的？為什麼賣身？還有什麼親戚？擅長做什麼菜？再叫朱朱把她們帶到廚房，一人做一道菜。自己則去請了徐婆子到廚房，一個是看哪個手腳麻利，再一個就是看看誰做的菜好。

徐婆子興致勃勃，大手一揮，「妳放心去選丫頭，這裡交給我了。」

王婆子知道寧氏要買十來個丫頭，所以特意帶了三十個八九歲的丫頭讓她挑選。

寧氏在劉家當大丫頭時，不知帶出了多少小丫鬟，打眼一瞧就知道哪些是木訥哪些是不安分的，把這些叫到後邊去站著。剩下的取了些舊布來，看她們穿針引線做活兒的架勢，選了十五個手腳伶俐的出來。

略微等了片刻，徐婆子那邊看中了兩個，正在猶豫不決。

寧氏過去一問，徐婆子說：「這個做的菜道地，手腳也利索，不浪費東西。那個做的菜色我沒吃過，偏還很順口，吃了還想吃，就是她家有一個男人也得一起簽契才肯。」

寧氏笑道：「索性都留下來，等三堂嫂一家子來，再加上這些丫頭小子，二十來口人，一個廚娘怕忙不過來，她男人就叫他看門好了。」

徐婆子點點頭，說著就去摸袖子裡的暗袋，「就這麼著，要是銀子不夠，娘這有。」

寧氏忙按住她的手，「我的錢夠使了，若是手緊了，自然會和娘說。」

徐婆子趁勢鬆開了手，「那成，妳可千萬別跟娘客氣，娘的錢將來都是你們的。」買了這些人，再加上徐鴻達挑的兩個書僮，這小小的宅院已經住不下了。寧氏打發廚下的王婆子到街上找來一家棉布店的掌櫃，訂了三十套現成的被褥，又給這些人每人新買了兩身衣裳。自己這邊暫時留了五個人，剩下的先去新宅子安頓下來。

寧氏盤點了嫁妝都封箱裝好，日常用的造冊裝箱，收拾了三天才弄利索，這便叫了幾輛車，拉著滿滿當當的東西往陽嶺山駛去。

馬車走了大半個時辰，慢悠悠地停了下來，青青掀開簾子就著她爹的手往下一跳，先跑到宅子東南角的大門前，幾步走完了五階踏道，推開了白板大門，入目的先是一面雕刻著青松圖案的照壁，左右各一排倒座。

穿過西邊的圓月門，又見一道垂花門，兩邊的東西廂房各有一道遊廊與正房相接。正房後頭有一個小小的庭院，連著園子和後罩房。

逛完了左邊，青青又從庭院的小門穿到宅子的東邊，卻是一個小小的院子，一個朝南的屋子帶著兩間小小的廂房。地方雖不大，但十分精緻。出了這個院子往前就是一個園子了，園子也不大，難得的是中間有個占地兩畝的小池塘。

徐婆子跟過來一瞧，不過是些沒有葉的樹、奇形怪狀的石頭，便沒了興趣，嘴裡嘟囔著：「這麼大塊地能造多少間房子，弄這些東西浪費了。」

青青拉著徐婆子的手，笑道：「如今天太冷了，才看著破敗了些。等開春花都開了，那才叫好看，到時候我陪祖母來賞花。」

徐婆子一邊領著青青往回走，一邊說：「花有什麼好看的，咱們村裡那田埂上、房子後頭哪兒沒有花，都是大片大片的，這城裡人就愛弄這些沒用的。」

青青說：「那花在別人家沒用，在咱家可浪費不了，讓娘採了做胭脂使。池塘也不能空著，等天氣暖了都養上螃蟹。」青青想起大閘蟹的味道，吞了吞口水，「我就去年跟爹出去才吃過一回，爹小氣，只給我吃了兩口。」

徐婆子也沒吃過螃蟹，但知道那玩意兒不便宜，「好主意，吃不了還能賣錢！」

兩個人逛了一圈回到正房，寧氏和朱朱兩人正坐在一張紅漆環板圍子羅漢床上吃蜜水，見徐婆子進來，連忙下來，幫她解了外面的大棉襖，「園子裡冷吧？」

徐婆子搓了搓手，也在羅漢床上坐下，挪了挪屁股，左右瞧瞧，有些不滿意，「不如咱那炕好，這不暖和。這還短，晚上也伸不開腿。」

寧氏道：「這個是白天坐著的，屋裡有床，晚上我給娘灌上湯婆子暖腳，一樣熱乎。」

徐婆子聽了，進裡屋轉了一圈，回來問寧氏：「咱們咋住啊？」

寧氏說：「娘住這正院，我和鴻達在左廂房，讓青青和朱朱住右廂房。等三嫂子一家來了，讓她帶著那群做胭脂的丫頭住後罩房就是。」

徐婆子擺手說：「這老二是做學問的人，哪能睡廂房？你們就住正房。」寧氏聽了連聲推辭，徐婆子說：「妳就聽我的，我看那園子邊上有個小院子，我住那挺好，清靜。早上起來，我還能圍著園子轉一圈鬆快鬆快，要不光在這宅子裡圈著，都該發黴了。」

寧氏便不推辭了，打發丫頭將徐婆子的衣裳箱子送過去，又讓徐婆子選個丫鬟。徐婆子咧著嘴笑，「老了倒享福了。」隨手指了一個身材敦實的，「就妳吧，叫什麼名字？」

「回老太太，我叫李大妞。」話音剛落，朱朱和青青噗哧一笑，徐婆子也哈哈笑了兩聲，「甭問，肯定一屋子大妞二妞。」

寧氏笑道：「娘給她改個名字就是了。」

徐婆子其實也不會起名字，要不然當初朱朱也不會大妞大妞地叫了那麼些年。不過當著這些丫頭也不能落了自己「老太太」的身分，徐婆子想起自家地裡種的最多的糧食，當下就隨口道：「妳叫麥穗吧。」

剩下的丫鬟，寧氏留了兩個，徐婆子主動幫忙起名，「一個叫石榴，一個叫葡萄。」這心思昭然若揭，直白得都不用猜。

到朱朱和青青這，更讓人無語了。朱朱生平第一次有丫鬟，興奮得臉都紅了，想了半天的名字，想起自己最愛的一道吃食，「妳叫糖糕吧。」

徐婆子一聽這名字，比自己起的差多了，嫌棄地撇嘴：吃貨！

青青十分有原則地拒絕了徐婆子幫她給丫頭起的名字，自己有模有樣地圍著屋子轉了一圈，終於想出了一個合心意的名字，「妳叫寶石吧。」

徐婆子瞅她，「妳咋這麼財迷？」

青青看著徐婆子直笑，「總比叫高粱好聽。」

寧氏聽見婆婆閨女起的這些這風格各異的丫頭名字，風中凌亂。

剩下的丫鬟要分到後罩房去做胭脂，寧氏遂以花為名，十個丫鬟分別叫芍藥、素梅、茶花、海棠、瑞香、薔薇、紫荊、玉簪、芙蓉、茉莉。

如今家裡沒什麼事，也沒有新鮮的花瓣做胭脂，寧氏便每天把這些丫頭叫到一起，從說話、行禮、走路等規矩教起。待兩個月後，這些丫頭不僅說話做事都有了章法，就連走路的儀態也學得像模像樣。

搬好了家，徐鴻達就不再管家裡的雜事，自己在臨著園子的倒座收拾出一間書房來，每日在裡面苦讀，每隔十日就拿把寫好的文章收拾了去縣學給先生看，等先生批改講解了，徐鴻達回來琢磨透了再作新的。周而復始，轉眼間就到了七月初。

眼見著考試時間一天比一天近，徐婆子給小兒子相媳婦的心都淡了，每日讓廚房變著樣地給徐鴻達做飯，自己親自提了送到書房看著兒子吃。

徐鴻達自己倒不算緊張，他本也沒把握一次中的，連縣學的先生也說他的文章差幾分火候，這次秋闈就當去歷練一番長長見識。

差幾分火候？徐婆子再不認得字也知道這句話的意思，忍不住急得團團轉，一會兒想著去廟裡拜拜，一會兒想著不如去道觀給文曲星捐些香火銀子。

青青看祖母比她爹還緊張，便故意逗她說：「祖母，這兩處都費銀子，也不知道好使不好使。要不，您拜我試試？」

寧氏挺著肚子正給徐鴻達做衣裳，聞言拿眼瞪她，「淨胡說！」

徐婆子卻是眼睛一亮，「可是急糊塗了，把青青忘了，就是不知成不成。」

青青一愣，還以為祖母真要拜她，剛要推拒一番，事實證明她想多了，徐婆子拽著她一股風似的往園子裡跑，都快把青青累趴下了才到徐鴻達的書房。

徐鴻達見老娘氣喘吁吁地領著閨女來，還以為有什麼急事，臉色都變了，「難道青青她娘發動了？」

「不是！不是！」徐婆子擺擺手，喘勻了氣將青青抱起來塞到徐鴻達懷裡，「趕緊的，抱一刻鐘，定能考中！」

父女兩個相對無語的日子沒過上幾天，徐鴻達就收拾了行囊要帶著兩個書僮去省城了。徐婆子、寧氏一遍又一遍叮囑徐鴻達，同時囑咐兩個書僮照看好他的飲食起居。

青青舉起一個如意結遞給徐鴻達，「裡面的石頭是我在山腳下撿的，外頭的絡子是我姊打的，爹記得要掛在脖子上。」

「好。」徐鴻達滿眼溫情地接過小女兒的禮物，掛在了脖子上，摸了摸她的頭，又叮嚀朱朱：「照顧好妳祖母和娘。」接著深深地看了寧氏一眼，依依不捨地上了馬車。

送走了兒子，徐婆子就像失了魂似的，圍著屋子轉了兩圈，還是有些不放心，遂與寧氏道：「找個道觀去拜拜吧。」

寧氏道：「陽嶺山山頂有一家聚仙觀，聽說供著文曲星，不如我和娘去拜一拜？」

徐婆子看了看寧氏的大肚子，擺手道：「妳老實在家吧，若妳摔著碰著可不得了。讓朱朱在家陪妳，我帶青青去就是了。」

徐婆子帶著青青茹素三天，又焚香沐浴，換了乾淨衣裳，才往聚仙觀去。

兩人天濛濛亮時出了門，時值八月，天氣溫暖，桂花飄香，青青一路採著野花哼著不知名的曲調，時不時扶一扶徐婆子，怕她摔著了。走到半山腰時，見到了縣學大門，徐婆子停了下來，朝著大門拜了三拜方繼續往上走。

徐婆子腿腳慢，從縣學走到山頂的聚仙觀足足用了大半個時辰，她扶著腰喘勻了氣，讓青青把手裡的野花放在觀外，這才走了進去。

聚仙觀的主殿為三清殿，供奉著元始天尊、靈寶天尊和道德天尊。主殿後面左側是玉皇殿，供奉玉皇大帝及雷部諸神。右側是娘娘殿，供奉王母娘娘、送子娘娘，泰山娘娘、海神娘娘、三霄娘娘。

徐婆子領著青青一路拜過去，又到左路的文昌殿拜了文昌帝君，祈禱兒子能高中舉人，同時讓青青求了一籤，得了個上上大吉，這才放下了心事。

到了家，徐婆子喜孜孜地對寧氏道：「放心就是，上上大吉的籤，保准能考中。我還幫妳拜了財神爺，保佑妳的鋪子多賺銀錢。」

寧氏滿臉笑容，「借娘吉言。」

二十來天後，徐鴻達回家了，一面休養身體，一面等著放榜日的到來。

……

到了放榜這日，徐婆子急得團團轉，一會兒打發麥穗到門房去看看報喜的來沒有，一會兒讓她去瞧瞧看榜的書僮侍筆回來沒。

徐鴻達倒是淡定，拿著茶杯喝茶，還勸他娘：「我學問不到，這次恐怕讓娘失望了。」

徐婆子瞪了她兒子一眼，堅定地說：「肯定能中的，都拜了文昌帝君，你還抱了十來天青青呢，怎麼可能不中？」

徐鴻達搖頭苦笑，這去考舉人的，家裡哪有不燒香拜佛祈禱高中的，若是這樣就輕易中了，學子們還讀什麼書？徐鴻達自家人知自家事，第三場的經、史、時務策五道題，他答得普通，回來默寫了給縣學的吳先生，吳先生也說，能進副榜便是僥倖。

徐鴻達心裡也是有抱負的，自然不肯副榜了事，怎麼也得等三年再搏一回，考上正榜的舉人，上京會試才行。

徐婆子耐不住，說了一句：「我去前頭瞅瞅。」然後抬腳走了。

朱朱和青青見狀也跟了上去，一轉眼三人就不見了身影。

徐鴻達嘆息了一聲，「是我不爭氣。」

寧氏上前溫柔地扶住徐鴻達的肩膀，無聲地給予安慰。

徐鴻達苦笑，「咱們也去倒座吧，免得侍筆回來說什麼老娘受不住。」

侍筆、侍墨是年初新買的書僮，這大半年來，閒暇時徐鴻達也教兩人認些字，讀兩句

《三字經》。侍筆聰明些，認的字也多一點，因此徐鴻達留他看榜。

夫妻兩個拉著手踱著步慢慢地往前院走，剛進了倒座的一個小廳內坐下，就見侍筆一個健步衝了進來，「中了中了，二爺中了！」

「真的？」徐婆子一個激靈蹦了起來，「哈哈，我兒中了！哈哈，我兒中舉人了！」

徐鴻達只當是僥倖上了副榜，就問了句：「副榜多少名？」

「正榜！二爺是正榜！」侍筆笑得都看到了後槽牙，「正榜五十六名！」

「正榜五十六名？」徐鴻達一臉懵逼，「你看錯榜單了吧？」

「怎麼會看錯了呢？」侍筆急了，任何人都不能汙衊他的專業素養，二爺也不行，「我早兩個月就每天認爺的姓名、戶籍這些字，再不會錯的。」

徐鴻達呆住，「怎麼就中了？」

徐婆子笑著笑著就哭了出來，「中了，我兒中了啊！快放鞭炮，我得燒紙告訴祖宗！」

徐鴻達見老娘往外奔，連忙一把抱住她，「娘，等等！等報喜的人來了再放炮，萬一侍筆看錯了呢？」

「我真沒看錯！」侍筆都快哭了，他家爺咋就不相信他呢？太氣人了！

娘倆一個喜極而泣，一個滿臉糾結。寧氏抱著肚子一會兒喜一會兒憂，喜的是丈夫中了舉人，憂的是若真是侍筆看錯，那婆母能否受得了打擊，相公能否經得住心理落差？

寧氏深吸一口氣，使個眼色讓朱朱和青青先扶住徐婆子坐下，又給她揉胸又給她順氣。寧氏倒了碗茶伺候著徐婆子喝了下去，讓徐婆子的心緒慢慢平穩下來。

前廳一時間靜默，興奮、焦急、擔憂幾種情緒交織在一起，所有人都覺得時間過得慢。

門外忽然響起鞭炮聲，把徐鴻達嚇得一哆嗦，侍筆進來拽著他往外走，「爺，我就說我沒看錯吧？侍墨遠遠看見報子過來了，我這便趕緊點上鞭炮了。」

徐鴻達聞言氣得拿腳踹他，「你就不能等報子到家門口來再放，若是去別人家呢？你讓我的臉面往哪擱？」

侍筆委屈地受了一腳，「我真沒看錯！」

徐婆子聽見外面傳來的鑼聲，再顧不得聽兒子多說，也拽著兒子往外走，「趕緊出去瞧瞧看是不是來咱家。」寧氏也坐不住了，扶住石榴的手說：「扶我也去看看。」

一家人都趕到了門外，報錄的人也到了，「可是平陽鎮澧水村的徐鴻達徐老爺家？」

徐鴻達激動得上前兩步，「正是！正是！」

報子遞上喜帖，恭賀道：「恭喜徐老爺高中第五十六名。」

徐鴻達顫抖著手接過喜報，連看三回方才抬起頭，眼裡還有茫然，「我真的中了！」

徐婆子「嗷」一聲，抱住徐鴻達就哭了起來，「兒啊，你可對得起咱們徐家的祖宗了，光耀門楣啊！」

聽著鑼響鞭炮聲都出來瞧熱鬧的鄰居紛紛上前賀喜，寧氏把備好的喜糖分給鄰居，又拿紅封給報子，請他們來前廳坐。熱鬧間，二報、三報也來了，寧氏撒出去了五六兩銀子的賞錢也不覺得心疼，滿心的喜悅。

匆匆忙忙置辦了一桌酒菜，請了報錄人吃了，又謝了鄰居們，寧氏便回轉房內，打開嫁妝箱子，尋出一塊上好的墨又配了些其他文雅的物件，叫徐鴻達帶著上縣學去拜謝恩師。

縣學裡，吳先生拿了題名錄在瞧，見正榜上頭有徐鴻達的名字，不禁有些詫異，「他也中了？三試那五道題答得中規中矩無甚出彩的地方，運道倒是極好。」

一邊伺候筆墨茶水的書僮笑道：「運道也是考試的一項，有的人答對得倒是好，可運道不行也是白搭。」

徐鴻達帶著禮物上門求見，吳先生見他先恭喜了一番，又拿起剛才的話說：「你運道是有，可三試的五道題答得著實普通，可見底子還是淺薄了些。你這次雖僥倖中了舉人，可會試上就不見得能有這份幸運了。」

徐鴻達躬身道：「先生說的是，學生知學問淺薄，這次中舉實屬僥倖。此番前來也正想和先生商議，學生暫時不參加明年的會試，準備在家苦讀三年再赴京應考。」

吳先生點頭，「這樣也好，免得在路上浪費了時間。只是你在家苦讀也沒多少益處，書要讀得熟，也要會破題作答。你一會兒也別回家了，去山頂聚仙觀，看文道人是否願意指點你一二。」

文道人，在州府乃至全國都赫赫有名。

聚仙觀已經有上百年的歷史，原本沒什麼稀奇的地方，可前幾年不知從哪裡來了四個道人，也不說道號，只一個自稱文道人，一個自稱畫道人，還有一醫道人、一食道人。四人來到道觀不知與觀主密談了什麼，只知從那以後，四個道人便在聚仙觀定居下來。不過他們不住觀內，而是讓人在道觀後頭蓋了間屋子，圍了一個小院，生活起居自有童子服侍，等閒不許人打擾。

頭幾年沒人注意到這幾個道長，只有聚仙觀觀主長明道人每個月會來拜見一次，有時能進，有時卻被童子擋了。縣學的李院長和長明道人相熟，總聽他提起四位道長，言語間頗有推崇之意，便也跟著來了一次。

李院長每次回想起那次見面都難以忘懷，稱文道人學識淵博，堪稱當代大儒，又說畫道人乃畫聖再生。打那以後，李院長時常上門拜訪，但十回能進去三四回就不錯了，可每每進去，李院長都感覺受益匪淺。

李院長何人，兩榜進士，先皇欽賜進士及第，翰林出身，更是任過多年的國子監祭酒，後又在正二品官位上告老還鄉，乃是真正的學行卓異之名儒。連他都推崇至極，且以古稀之齡多次上門拜訪的人物豈是凡人？據說連今上也招攬過他，只是文道人以喜歡閒雲野鶴的生活給推拒了。

不只縣學、州府的學子，連外省的也有來拜訪文道人的，卻是幾百人才能進去一兩人。短的一炷香就出來，多的能在裡頭待半天。倒是不論時間長短，進去聽過文道人教誨的學子無一例外都考中了進士。

徐鴻達在縣學讀書，離聚仙觀不過兩刻鐘的路程，差不多三五天就來試一次運氣。文道士從沒召他進去過，始終被童子擋在院外。

既然吳先生這樣說了，徐鴻達便想再去碰碰運氣。到了聚仙觀，徐鴻達先去拜了文昌帝君，方才又繞到道觀後面，遠遠的就見百來人在院門口候著，個個都拿著帖子想要拜見文道人。徐鴻達細看，不僅有許多這次新考上的舉人，就連解元也在裡頭。

都是縣學的同學，又一同上榜，徐鴻達便上前拱手打招呼，互道恭喜。

門外兩個童子一臉冷漠，見徐鴻達都敘了半天舊也不過來，一個忍不住喝他：「說完沒有？還不趕緊過來，先生等你半日了。」

徐鴻達覺得今天一切都像在夢中，原本無望的鄉試竟中了舉人，多次被聚仙觀的童子冷冷拒絕，這次卻主動邀請他去見文道人。

徐鴻達下意識地摸了摸腰上掛的小石頭，一邊和同榜的舉人拱手一邊快步走到院門前。兩名童子朗聲道：「道長有令，三年內不會再見任何訪客，諸位請回吧。」

說著不顧瞬間疑惑吵嚷的聲音，轉身推開柴扉的小門，請了徐鴻達進去。

安靜的小院不聞人語，只有幾隻喜鵲站在桂樹枝頭嘰嘰喳喳地叫著，院子中間曬著許多草藥，藥香和桂香交織在一起，倒讓徐鴻達有些恍惚的頭腦清醒了幾分。

童子帶他來到從東邊第一間屋子，和坐在門前煮水烹茶的童子互相點點頭，也不說話，垂手立在門前。

不知等了多久，房門咯吱一聲開了，童子這才報了一句：「先生，徐鴻達來了。」

「進來吧！」聲音溫文爾雅又帶了幾分清冷，卻聽不出年紀。

屋內沒有太多東西，牆面雪白，一幅蒼勁有力的「道」字掛在正面的牆上。窗子微開，窗前是一張書桌，擺著筆墨紙硯。微風吹過，幾朵桂花飛進了窗子，在桌面上悄悄地翻滾幾下，最終安靜地落在了雪白的紙上……

「你想讓我指點你？」剛才那個聲音又響起，一個青衣白髮的道長從內室出來，行走間依稀能看見衣襟上繡的松竹暗紋。

「見過道長。」徐鴻達一揖到底。

文道人擺擺手，坐在禪椅上，烹茶的童子進來，奉茶給文道長，又端了一盞給徐鴻達。

「坐。」文道人掀開蓋子喝了口茶，等徐鴻達告罪坐下了，這才說：「若是旁人來，我可指點一二，你卻不行。」

徐鴻達聞言緊張地又站了起來。

文道人做了一個「坐」的手勢，一手端著茶盞一手拿著蓋子撥弄著碗裡的茶葉，「指點一二或許可以短時間有大的進步，長遠來說，底子打不牢，一切都是虛言。」

「你和我有幾分師徒之緣，若是你真想和我學……」文道人抬起頭，直視徐鴻達的眼睛，「便每日辰時上山酉時下山，在我這踏踏實實待足三年。若是做不到，就請回吧，以後也不必再來。」

一瞬間，徐鴻達覺得自己一定是福星的親兒子。

文道人給了他三天假，三日後，便每天到聚仙觀來讀書。

徐鴻達暈乎乎地下了山，到半山腰時還不忘告訴吳先生：「道長叫我上山讀三年書。」

吳先生剛聽下山的學子說文道人三年不再見客，正在極度惋惜懊惱自己沒能進去聽一回教誨時，他的學生就帶來了這樣一個驚天大消息。

徐鴻達傻乎乎地朝先生行了禮，腿腳虛浮地走了。

吳先生呆滯地看著他的背影消失在視線裡，半晌才回過神來，僵硬地將頭轉向自己的書僮，驚愕地問：「他是說，文道人這三年要單獨給他一個人上課？」

「是的，先生。」書僮雖然整天聽自家老爺說文道人多厲害，但畢竟不是讀書人，所以並不理解讀書人對文道人的看重。

「哎呀！」吳先生一拍掌，這才反應過來，趕緊翻箱倒櫃去把徐鴻達舊日作的文章拿出來一篇篇翻看，嘴裡不住地嘀咕：「文道人到底是看中他哪一處？靈性有，不是最好；天賦有，也不是最佳；底子有，不算深厚。哪兒都不算上等，為什麼偏偏選中他？」

書僮看著有些癲狂地吳先生，猜測道：「許是運氣好？」

「運氣？」吳先生翻文章的手頓了下來。

「是。」書僮小心翼翼地斟酌著說辭，「往常也聽老爺說，每日拜訪文道人的多則上百人少則幾十人，可文道人一不讀他們的文章，二不聽他們的對答，三不看他們的面容，也不知用什麼法子挑選可造之才。文道人有時連著三個月一人不見，有時候也有十天能見上兩三個人的。學子們不常說，能被文道人選中是天大的運氣，許是徐鴻達的運氣比較好？」
吳先生聞言心都碎了，捧著自己的胸口眼淚都快出來了，「我去過上百回了，一次都沒進去過，難道我的運氣就這麼不好？」
童子……我似乎說錯話了！
徐鴻達回到家時，家裡已經打發人買了好些燈籠回來，掛在園子裡的臨水亭子裡，又在亭子四角燃了驅趕蚊蟲的香草。
園子裡的池塘在春天時下了好些個螃蟹苗、蝦苗，還種了些蓮花。如今正是蟹肥蝦鮮藕脆的時節，門房老吳下了幾次網，摸了一大籠螃蟹上來，又下水挖了許多蓮藕。廚房裡的兩個大娘使出渾身解數，做了十幾樣美味佳餚。
徐家擺了兩桌酒席，徐鴻文關了鋪子，貼了個東家有喜的字條，帶著徐鴻雙父子也過來了。眾人和徐鴻達再次賀了喜，便都入了座。徐鴻達、徐鴻文、徐鴻雙同他兩個兒子坐了一桌；徐婆子帶著寧氏、朱朱、青青、徐鴻雙媳婦朱氏並三個閨女也坐了一桌，熱熱鬧鬧地邊吃邊說笑起來。
徐婆子心情舒爽地哼著小曲兒，喝了口黃酒，拿了個團臍的螃蟹，用力一掰卻沒捏住，螃蟹飛了出去，掉在徐鴻飛的碗裡。徐鴻飛正在向他哥敬酒，冷不防被天上掉下的螃蟹嚇一跳，回頭看見老娘驚愕的表情，不禁咧嘴笑，「娘這是疼兒子，給兒子螃蟹吃呢！」
徐婆子笑罵了他兩句，又說：「這玩意兒太難剝了。」打月初家裡就隔三差五撈兩個螃蟹出來，徐婆子老是剝不好，偏還喜歡自己動手。
寧氏懷著身孕吃不得螃蟹，便幫徐婆子拆了一隻，弄出滿滿一蟹殼肉來遞給她，「我幫娘剝不好？」

徐婆子說：「這玩意兒自己剝了才香甜。」說著看了朱朱和青青一眼，「小孩子少吃些，這東西寒涼，小心長大了肚子疼。」

朱朱身為一個吃貨，從小到大這是第一年吃螃蟹，哪裡肯少吃，恨不得一頓吃兩個還得再來一籠蟹粉小籠包才成。聽見徐婆子如此說，一邊吃螃蟹一邊用手肘撞青青一下，「聽見沒，祖母讓妳少吃些。」

青青讓她娘幫她掰開夾子，說道：「我多蘸些薑醋就成了。」

寧氏幫朱朱和青青各夾了一塊魚肉，除了刺，囑咐說：「聽妳祖母的，只許吃一個。」

朱朱笑道：「娘，我長大了，可不能和青青一個標準。您讓我吃兩個，我保證晚上喝一大碗紅糖薑水驅寒。」

寧氏見朱朱的嘴饞樣，只得笑著應了。

徐婆子一邊吃一邊嘀咕：「往常紅糖可是待客的好東西，貴著哩，倒給妳驅寒使。」朱朱知道祖母只是嘴上說說，也不在意，夾了塊豬肘子塞祖母嘴裡，把她的嘴堵住。

朱氏和三個閨女也是第一次吃螃蟹，不過她們對這種硬殼肉少的東西不感興趣，更喜歡桌上的雞鴨肘肉之類的，吃得滿嘴流油。

「嬸娘，您可真是好福氣啊！」朱氏啃著一塊排骨一邊說：「您瞅瞅翼子，踏實肯幹，把家裡的莊稼打理得井井有條。這達子更不用說，舉人啊！咱們老徐家祖宗往上數八代也沒出一個舉人，達子這是光耀了咱家門楣了！飛子也強，把鋪子開得紅紅火火的，我聽說這縣裡好幾家打聽飛子的親事，嬸子相中哪家沒有？」

說起小兒子的親事，徐婆子咧開了嘴，笑得開懷，「有些眉目了。之前那家我就有些中意，只是那家早先不太看得上咱家，不肯應聲。這不，老二一中舉，那家中午來賀喜時，我瞅著有幾分意動，只是沒定下來不好說，免得損了人家孩子的閨譽。」

朱氏拍手道：「肯定是個好門楣！咱家運道這會兒正旺，嬸子放心，這事一定能成！」

提起運道，徐婆子忽然轉頭看了眼青青，剛想說什麼，又閉上了嘴，只含糊了兩句便不再提這事了。

原來徐鴻達天天千叮嚀萬囑咐不許把青青有福氣的事往外說，怕給家裡惹來災禍。徐婆子聽兒子說得嚴重，嚇得連住在同個宅子裡的朱氏也沒提過。等到晚上散了席，徐婆子悄悄拉住了寧氏，「也不知青青的福氣能管著姻緣不，要不，等老三相看前讓他抱抱青青？」

寧氏……

青青……

小劇場

〈一〉

吳先生：這王天寧答得比徐鴻達還要好，都落副榜去了，徐鴻達怎麼上了正榜呢？

書僮：難道是徐鴻達買通考官了？

吳先生：不能啊，今上最恨考場舞弊，每次鄉試前都臨時抽調翰林、布政司的官員擔任主考官，更別說還有從按察司出來的監試官，哪個敢舞弊？這些考官到咱省裡，別說徐鴻達了，就是咱院長都見不到主考官一面。

書僮：那就怪了，多半真是運道好，也許他答的題入了翰林的主考官的眼了。

翰林主考一臉茫然：啊？

文昌帝君雙眼望天，一臉無辜……

〈二〉

徐鴻達：福星，我是你的親兒子嗎？

福星：你想多了，我不認識你！咦，我魚缸裡的小運石咋跑你身上了？

青青：我撿的。

福星：魚缸裡還有好多，妳喜歡什麼顏色，我幫妳撿！

青青大驚：難道我是你親閨女？

福星冒冷汗：小孩子不要胡說八道，亂說話會要神命的！

參之章 ◆ 道人收徒授技藝

早晨天剛濛濛亮，徐鴻達就起床了。寧氏也撐起身子要起來伺候他穿衣，徐鴻達按住她說：「妳身子重，不必起來。昨晚我聽妳起了幾次夜，想是沒睡好，再多瞇一會兒。」

寧氏笑道：「倒也不睏，不幫你打點利索了，我躺著也不安心。」說著穿了衣裳起來，喊石榴進來點上燈，又叫葡萄去打熱水。待徐鴻達穿戴整齊洗漱乾淨後，石榴早在堂屋的八仙桌上擺好了早點。

因徐鴻達昨兒吃了很多葷食和魚蝦，又飲了不少酒，早上廚房只上了一桌清粥小菜。徐鴻達就著醬菜吃了一碗棗兒熬的小米粥和四塊蓮子糕，便匆匆要水漱了口，從正院直接穿到園子裡，奔徐婆子的屋裡去請安。

徐婆子昨夜吃多了黃酒，此時還沒醒，麥穗叫了兩聲，聽著屋裡依然鼾聲如雷，只能有些歉意地回稟了徐鴻達。徐鴻達擺了擺手，「無妨，讓我娘睡吧，待醒來，叫廚房做些好克化的粥品果子，今兒萬不能再叫老娘吃葷了。」

麥穗答應著，恭敬地送了徐鴻達出去。

徐鴻達又回轉正院，寧氏正在囑咐侍筆、侍墨好生照看二爺，要時刻叮囑二爺不要喝醉酒，不要與人爭口舌，不要去亂七八糟的地兒。兩個書僮老老實實地答應著，等徐鴻達回來便抱著包袱出門上了車，去參加明日省城舉辦的鹿鳴宴。

原本這鹿鳴宴都是在鄉試放榜第二天舉辦的，但本朝天子體恤父母養子不易，特意將鹿鳴宴改成放榜後第三日，留出足夠的時間給學子們與家人歡聚。當然這個福利只有家住省城及附近的舉人才能享受得到，家遠的舉人兩天時間來不及往返，自然不敢回家去，只能在省城耐心等待。

走了一日，傍晚時分，徐鴻達到了省城，依然住在赴考時住過的客棧。省城裡的掌櫃個個都是人精似的，來他店裡住過的秀才哪個考中了舉人哪個落了第，他一清二楚。見了徐鴻達帶了書僮進來，立馬笑著迎上去，行了個大禮，「恭喜徐老爺高中，徐老爺赴考時的房間還給您留著呢，叫小二帶您過去？」

徐鴻達笑著點了點頭，又道：「備些幾樣可口的小菜，擺在靠窗的那張桌上。」

掌櫃忙點頭，「您放心就是，保准您一梳洗好就能吃上熱騰騰的飯菜。」

徐鴻達上了樓，侍筆將包裹放在房內，侍墨叫了個小二給了他幾個銅板，要了一壺熱水上來。兩人伺候了徐鴻達重新洗臉梳頭，換了一身乾淨的衣裳，方才下去吃飯。

正好到了飯點，留在本地的、附近州縣歸來的學子基本都到了，互相見了禮就討論起這次鄉試來。有平陽來的，知道昨兒徐鴻達有幸聽了文道人教誨忙上前問他文道人說了什麼，又問他可知文道人三年不再見客的緣由。

徐鴻達昨日被沖昏的頭腦早已冷靜下來，只笑著說文道人讓他打實基礎再去會試，至於為何不再見客他也不知。

那人以為徐鴻達是藏私不肯吐露，卻也不以為意，畢竟文道人教誨十分難得，進去過的人從沒有人透露過文道人說了什麼。

等吃了一半，又有同縣的人進來，邀請徐鴻達及諸位同鄉轉過年一起去京城參加會試，徐鴻達又將底子不穩準備要再苦讀三年的話說了一遍，之前問過的那人這才知道徐鴻達說的是真的，一邊慶幸會試中少了個對手，一邊又思忖，難道是文道人看出徐鴻達的潛力，建議他多苦讀幾年再厚積薄發一舉奪魁？那人想著，言語間不由得也對徐鴻達熱切了幾分，吃完飯還主動約了明天一起去鹿鳴宴的時間。

翌日，舉子們都鄭重地打扮整齊後一同前往，拜見了本次鄉試的主考官布政使李重麟李大人和翰林侍讀學士王永博王大人，以及同考、提調等官員，待坐下後，席間奏響了樂聲，舉子們共吟《鹿鳴》詩。

眾舉子敬了老師三次酒，便都有了三分酒意，有單獨去敬老師的，有互相結交的，皆有幾分陶陶然。徐鴻達倒是冷靜一些，只去拜見了老師，和相熟的幾人說了些詩詞文章，並未主動刻意結交那些名次靠前的舉子，因此尋他喝酒的人也極少。

宴席散了時，舉子們多數喝醉了，有的鬧著到青樓來場文會，有的不勝酒力昏昏欲睡，徐鴻達只是半醉，出來風一吹又散了兩分，幫忙把酒醉的同鄉送回了客棧，他又帶著書僮到最熱鬧的街道轉轉。

除了給家人買禮物，重要的是要給文道人準備束脩。

送什麼東西給文道人，這是一件非常頭疼的事。文道人是世外高人，送銀錢太過俗氣，送常見物件又容易落了俗套。且徐鴻達那天雖只在文道人處待了一刻鐘，卻也看到文道人吃穿用具皆是不凡，用來挽髮的簪子也是極品羊脂白玉，想必不是那種缺銀子的窮道人。

徐鴻達走走逛逛，看到一家掛著「金玉滿堂」牌匾的鋪子，想著是賣首飾的便抬腳要進去。掌櫃見來一個面色微紅的年輕書生，猜度是剛參加完鹿鳴宴的舉子，忙上前作揖，殷勤地問道：「相公想看些什麼？」

徐鴻達略微點點頭，「先瞧瞧再說。」便朝檯面上擺著的一排首飾緩緩看去，有樓閣金簪，有嵌寶銜珠的花鳥簪，有梅紋鏤空金簪……明晃晃得直耀人眼。他挨個瞧了瞧，微微皺了皺眉。雖說這些金首飾無一不好，無論做工還是樣式都是時下最流行的，但徐鴻達卻覺得這些東西配不上他的蘭芷。

他的蘭芷相貌極美，說她膚如凝脂面若桃花也不為過。也正是因為她的容貌過於豔麗，徐鴻達總覺得，這些複雜的簪子戴她頭上，反而顯得累贅了，倒不如一根形狀簡單卻又品質上乘的玉簪子能襯出她的美來。

徐鴻達思忖片刻，轉頭問掌櫃：「有白玉的嗎？」

「有。」掌櫃連忙端出一盤白玉簪，徐鴻達挨個瞧去，目光在一件金鑲白玉如意簪上停留下來。只見那支足金的簪盞托住了中間的白玉梅花，那玉質溫潤不說，且梅花花瓣層次分明，清晰可見。

徐鴻達將這支髮簪托起，心裡想著寧氏戴上它的模樣，嘴角不禁露出溫暖的笑意。

掌櫃見狀便知道徐鴻達這是瞧中了，細細地將這個簪子誇了一通，又笑道：「一看您就是有前程的，小店願意跟您結個善緣，也不問您多要，這個簪子您出八十兩就拿走。」

八十兩略微貴了些。

徐鴻達摸摸袖子，袖子的暗袋裡頭裝著兩百兩銀票，是他從小到大攢下的私房。不買？徐鴻達搖了搖頭，成親這麼些年，他也沒給寧氏買過什麼東西，難得來了省城一趟，可不能空手回去。

徐鴻達又看了看手裡的簪子，果斷地遞給掌櫃，「幫我包起來。」

掌櫃原本以為這單生意成不了，卻不想徐鴻達一句話買了，當下滿臉堆笑，「相公您請那邊坐，喝杯茶歇息片刻，我這就叫人好生給您裝起來。」說著喊小二拿上好的匣子來。

徐鴻達等掌櫃去包簪子，眼睛也沒閒著，挨個去瞧那些黃橙橙的鐲子。給媳婦買了首飾也不能少了自家老娘的，徐鴻達深知自己親娘的性子，別看平時她對寧氏千好萬好，若是他給寧氏買東西忘了她，老娘準得陰陽怪氣地幾天不給寧氏好臉。

給徐婆子挑鐲子不像給寧氏買簪子那樣費勁，徐婆子是個有原則的人，審美從年輕到老堅決不變：鐲子越粗越好！價格越貴越好！

徐鴻達看了一圈，挑了一個最粗的來，「掌櫃，這個幫我包上。」家人的禮物有了，可文道人的束脩還沒著落。也不只是文道人，那後院還住著畫道人、醫道人、食道人，也都得備一份禮才是。徐鴻達走走轉轉，這裡瞧瞧那裡看看，眼看暮色將臨，倒是給家人又買了不少玩意兒，卻還沒選好送給幾位道長的東西。

侍筆和侍墨抱著大大小小的匣子、紙包，侍筆見徐鴻達還在漫無目的地轉，忍不住建議說：「那些道長都乃世外之人，鮮有能看得上眼的東西，二爺不如給幾位道長買幾匣子新書聊表心意。」

徐鴻達點點頭，「也只好如此了。」便轉身往剛才路過的一家書店走去。侍墨朝侍筆豎起大拇指，侍筆露出幾分得意的神色，連忙跟上徐鴻達的腳步。

奔波了一日，到家時已見暮色。徐婆子站在大門外張望，見到徐鴻達平安回來，方才放下了心，拉著兒子的手說：「你媳婦早就讓人備好了飯菜，就等著你回家來。」又問鹿鳴宴是啥樣？赴宴時有沒有吃醉酒？一路絮絮叨叨地回了正院。

徐鴻達換下衣裳，拿出一個方匣子，「娘，看看兒子給您買的東西。」

「喲，還買禮物給我了！」徐婆子笑得合不攏嘴，「娘沒白疼你，快讓我瞅瞅！」徐鴻達打開匣子，拿出一個金鐲子，足有男人的大拇指粗細。徐婆子眼睛一下子就直了，立馬接過來套手腕上，舉了舉沉甸甸的手腕，「這鐲子好，實誠！」

見老娘笑得開懷，徐鴻達又拿出一個狹長的匣子，從中取出那支梅花白玉簪。寧氏見了相公親自給自己選的簪子，眼神裡滿是柔情，略微羞澀地微微低下頭。徐鴻達嘴角含著笑，親自替她簪在髮上。

徐婆子看了一眼寧氏的白玉簪子，金子不如她的多，細細窄窄的一根也不好看，還是自己的大金鐲子好。

朱朱既不看簪子，也不瞧鐲子，只是緊緊地盯著親爹帶回來的其他幾個紙包，舔了舔嘴角，問道：「爹，這些點心是給我的嗎？」

◆◆◆

徐鴻達帶著書僮，抱著四匣子書爬上陽嶺山，此時聚仙觀後方，那座寂靜的小院周邊聚著滿滿的人。雖然文道人說了三年不再見客，但附近的學子不甘心放棄，依然抱著僥倖的心理一天三次地來瞧，也有在這裡一坐一天的，只是誰也沒能敲開門。學子們只能隔著略有些簡陋的籬笆往裡看，小院靜悄悄的不見人影，彷彿無人居住一般。

徐鴻達從書僮手裡接過書匣，囑咐他倆晚上再過來，便在眾人的注視下，輕輕推開了那扇有些簡陋的木門。

邁步進去，木門咯吱一聲就自己關上了，有緊跟著徐鴻達身後的學子忙用手去推，可那看似一碰就會散架的門卻宛如磐石般牢固地立在那裡，堅不可摧。

眾人隔著籬笆看著徐鴻達的身影在院子裡轉了兩下就不見了蹤影，不禁急得有些抓耳撓腮，「怎麼一進去就瞧不見人了？難道裡頭有書上說的五行八卦陣之類的？文道長果然是傳說中的世外高人！」

從外面瞧著裡頭沒人，徐鴻達進來後才發現院子裡熱鬧得緊。一位綠衣道長在陽光最好的位置翻曬著藥材，想必他就是醫道人。文道人負手站在桂樹下，正在和一白衣老道說話。

另有一道人盤腿坐在一張禪椅上喝茶，他率先看到徐鴻達，不禁微笑道：「你來了。」

「是。」徐鴻達知道這就是傳聞中的四大道人，忙上前挨個行禮。

文道人看了眼徐鴻達手裡的書匣子，問：「帶了什麼？」

徐鴻達道：「學生不知給道長準備什麼禮物，便去買了幾匣子書送給幾位道長。」他的話音剛落，忙有朗月、星辰、虛無、萬物四個童子將書匣子接過，打開給道長們瞧：一匣子新印遊記、一匣子近百年內新著醫書彙編、幾本西洋那邊傳來的有些半舊的畫冊、幾本民間小吃介紹及食譜。

文道人面無表情地看了一眼遊記，也看不出是否喜歡，其他三位道長倒是露出了幾分興味，徐鴻達也從他們拿的書上分出了誰是畫道人誰是食道人。

醫道人將醫書遞給童子萬物，示意徐鴻達伸出右手，給他把起脈來。徐鴻達有些驚愕，卻不敢亂動，直到醫道人鬆開了手，卻不再看他，只和食道人說了一句：打發童子去我那拿藥膳方子，就轉身回屋了。

畫道人、醫道人也各自散去。文道人依然帶著徐鴻文來到最東面那個屋子，從書架上拿出一本書遞給他，「今日須將這本書讀熟。」

徐鴻達應了聲「是」，便在朗月的引導下，坐在窗前那張桌邊翻開了書。朗月點燃了一根香，插在香爐裡，又端了一盞清茶給他。

徐鴻達有些不解，卻不敢多問，只是低頭看書。慢慢的一股清涼芳香的味道盈滿這間不大的小屋，徐鴻達原有些浮躁的心逐漸沉靜下來，一字一句認真誦讀著書上的內容……

不知不覺，徐鴻達已喝下了五盞茶，肚子有些脹，這才從書中的玄妙世界回過神來，就見那七八歲的朗月一臉肉痛地看著他。

「怎麼了？」徐鴻達有些奇怪。

朗月氣他不知細品這茶的好處，只知牛飲，當真是個俗物，浪費了這等好茶葉，便白了他一眼，伸手把香掐滅，問：「可是要去茅廁？」

「是。」徐鴻達頗為羞赧，「麻煩童子給指路。」

「轉過房後，大約五十來步，那棵老松樹後便是。」朗月甕聲甕氣地回道，頓了頓，又道：「師父吩咐，解了手不必急著回來，到院子裡和醫道長鬆散鬆散筋骨。」

徐鴻達不解，卻也不敢多問，方便以後洗乾淨了手到前院去尋醫道人。

醫道人此時已經換了一身短衫，對徐鴻達道：「讀書人大多手無縛雞之力並以此為榮，其實很不可取。久視傷血，久坐傷肉，久坐讀書不僅倦怠乏力，長期以往，疾病也將接踵而至。讀書是為成為了國之棟樑，可若是沒有一副好身體，如何能施展心中抱負？」

徐鴻達十分贊同，忙拱手稱是。

醫道人點了點頭，「從今天起，讀書半個時辰，休息一炷香時間。讀書半日便做上一回五禽戲，強身健體不說，亦有養生之效。你跟隨我這童兒去換一身衣裳，再來和我學。」

徐鴻達換了衣服出來，醫道人便道：「五禽戲者，一曰虎，二曰鹿，三曰熊，四曰猿，五曰鳥。」說著俯身躬下，四肢著地，「虎戲者，四肢距地，前三擲，卻二擲……」

徐鴻達打小連地都沒下過，哪裡有過這體力，不過學了七八個動作就冒出了汗。醫道人見狀便停了下來，左右看了看他，無奈地搖了搖頭，「體質太差了，還得好生補補……」說著轉身走了。

徐鴻達隨童子去擦了汗，換回了衣裳，略微坐了片刻，待呼吸平穩後，再次回到文道人那裡讀書。他記住了醫道人的話，讀半個時辰，就起身到小院裡轉一圈。一本書讀了大半，忽然一陣濃郁的飯菜香氣從窗外飄了進來，甚至蓋過了屋裡的那股清涼芬芳。

朗月皺著眉頭出來，把那根燃了大半的香給掐滅，和他說：「想必食道人已做好午飯，先去用飯吧。」

院子中間支了一張大桌，上面擺滿了碟子。徐鴻達挨個看去，各菜餚香味撲鼻，幾種肉瞧著不像常見的豬、羊、肉、兔之類，也不知是什麼肉。徐鴻達便問在一邊吞口水的朗月，朗月看了他一眼，含糊道：「不過是些飛禽走獸罷了，食道長常打些野物來吃。」

說話間，食道人又端來一盆晶瑩剔透的米飯，四位道長方才各自坐下。徐鴻達挨著文道人，朗月等四個童兒幫眾人盛好米飯後坐在另一側。

四位道長並不忌葷食，因此十五樣菜，葷素魚蝦皆有，食道人還單獨給徐鴻達煲了一盅湯，說是醫道人開的藥膳方子。

徐鴻達原以為會有藥味，打開蓋子，一陣香氣撲鼻。往盅內細看，湯清見底。他嘗了一口，鮮美絕倫的濃湯從舌尖滑過，落進喉嚨，直奔肺腑，只剩滿口餘香。

兩行清淚從徐鴻達眼角滑了下來。

挨著他的童子是那個叫虛無的，正夾著爆酶鵝在吃，見徐鴻達哭了，詫異地問道：「可是燙著了？」

徐鴻達不好意思抹掉眼淚，「不是，是太好吃了。」

虛無不解地看著他，「好吃就多吃點，你哭什麼？」

徐鴻達笑了一下，把一盅湯都喝光，這才拾起筷子，夾了一塊離著自己最近的燒筍尖，入口輕輕咀嚼，只覺筍尖鮮嫩又脆，鹹淡適宜，美味非常。

起初每吃一樣菜，徐鴻達還在心裡品鑒一番，連嘗了四五樣後，他已經忘了這回事，滿腦子都是：好吃！這個好吃！嗚嗚嗚……這個太香了！徐鴻達自打懂事以來每餐飯只堅持七分飽的習慣在這裡被打破了，等所有人都下了桌，他還在和滿桌的美食奮戰。

文道人搖了搖頭，吩咐朗月：「看他吃這麼多，想必一會兒也讀不下書了。收拾一間淨室，讓他小憩半個時辰再來繼續讀書。」醫道人則拿了一個藥丸遞給萬物，「一會兒給他吃下，消食。」

也許那香醒腦提神效果太好，也許是中午的佳餚有補腦之效，剛過申時，徐鴻達就將這本書讀熟了。文道人針對書裡的內容詳細講解，又提問題叫他答，來回一個時辰，徐鴻達才深刻理解書中的內容。文道人又出了三道策問叫他晚上寫好明天帶來，便打發他回家去。

徐鴻達起身行禮告退，剛出了房門，就見醫道長、食道長在院內說話，旁邊的桌上還放了一個提盒。食道人見徐鴻達出來，叫他到跟前說：「裡頭一個淮妃燉牛肉是醫道長開的藥膳方子，單獨燉給你的，晚上記得吃了。另外幾道是送給你家人的，我旁的拿不出手，就做菜還算有一套，也請他們嘗嘗我的手藝。」

徐鴻達聞言朝兩位道長鞠躬道：「鴻達何德何能得道長如此照顧。」說著羞愧起來，自己只能送出一套書，但四位道長不但給他講書，又是教他健體之術，又是給他做藥膳調養身體，簡直恩重如山，不知如何報答。

徐鴻達這樣想的，也這樣說的。

醫道長笑道：「不妨，相逢即是有緣，合該你有這造化。」

文道人從房內負手出來，看著徐鴻達道：「若是想報答也有個法子。」

徐鴻達忙問：「不知什麼法子？」

文道人說：「我們整日為你忙得團團轉，卻沒有個伶俐的給我們打下手，著實不便。」

醫道人則說：「文道長說的是。聽說你有個閨女叫青青？明天帶她來，讓她幫我曬曬藥材，幫文道長研研磨，幫畫道長裁裁畫紙，幫食道長打打下手吧。」

徐鴻達有些驚愕，連忙搖頭，「道長，青青還不滿四歲，哪裡會做這些？只怕幫不了忙還添亂。倒是我家大閨女朱朱已滿六歲，可以做些事情。」

文道人眼裡閃過一絲懊惱，嘟囔了一句「這麼小」，便又道：「那一起帶來吧，讓她們幹活抵你的束脩。」

徐鴻達到家時，夜幕已經籠罩了大地。

飯廳裡，桌上已經擺好了六碟菜，一家人坐在椅子上等著徐鴻達。

朱朱有些餓了，拿著一塊點心在吃。

「二爺回來了！」葡萄在外面喊了一聲，隨即打起簾子。徐鴻達快步走了進來，身後的侍筆、侍墨將盒子拎了進來。

寧氏忙問：「怎麼才回來？這是誰家的提盒？」

徐鴻達洗了手臉，笑道：「是食道長送的。」回想起中午的那餐飯，徐鴻達忍不住吞了吞口水，「食道長做的菜餚，當真美味至極！」

「咕嚕嚕……」朱朱的肚子叫了起來，忙把吃了一半的點心放下，湊到提盒旁邊掀開蓋子。剎那間，香味撲面而來，連青青也坐不住了，爬下凳子去瞧，還不忘了指揮，「麥穗趕緊把桌子上的菜撤下去兩個，空出地兒來。寶石，妳和糖糕把裡頭的菜擺上去。」

吃過了飯，徐鴻達才將文道人的吩咐說了，讓寧氏給朱朱、青青備兩身換洗衣裳，明日一早一同上山。

徐婆子只當真是去幹活，嘟囔道：「不是有童子嗎？做什麼把我家女兒當丫頭使？」又囑咐朱朱：「妳妹妹年紀小，妳多幹點活兒，好好照應著妹妹。」

朱朱樂得不行，使勁點頭，能和爹一起上山，就能每天都吃到美食了。她道：「就這飯食，別說研墨裁紙了，讓我一天劈四個時辰的柴火我也樂意。」

青青笑說：「又能吃又能幹，回頭長大成女壯士了。」

朱朱聽了呵她癢，「叫妳胡說，妳才是女壯士！」

兩個女孩嘻嘻哈哈笑鬧著滾成了一團。

寧氏避開兩個淘丫頭，叫葡萄把自己親手蒸的薔薇花露、香櫞露、桂花花露各取兩瓶，拿匣子裝好，預備著明日送禮。時下很流行一種花露拌飯，米飯剛剛蒸熟時，把花露澆在飯上，再蓋上鍋蓋燜上一會兒，吃時只需拌勻便可。那花露飯吃起來不僅可口，說話還滿口噴香，這三樣花露便是寧氏蒸了特意留出來拌飯用的。

其實說起來花露並不難做，只是需要大量的新鮮花朵，又得反覆蒸了提純，只有那種真正的大富人家才有功夫自己倒騰，畢竟一家一戶能製作的花露量極少，一次做出來也只能用三五日罷了，因此多數有些錢財的人家還是從外面買現成的來使。

寧氏將自家鋪子新做的各色鮮花點心、自製的各種花茶果茶，逐一選了最好的放進提盒裡，讓四位道長嘗個新鮮。

寧氏的胭脂鋪子，除了玫瑰露，還根據四季花色不同，出了多種花露、胭脂及點心。

徐鴻雙如今就在跑收購一事，到外省或本地買回大量品質好的各色花朵作為蒸花露、做胭脂的原材料。寧氏又尋了兩個好廚娘，根據時令在鋪子裡拿能食用的花瓣做玫瑰餅、蓮葉羹、藤蘿餅、桂花糕、梅花香餅之類，又做了花茶和果茶。待客人到後，先嘗花茶、品清露、吃花點，再賞胭脂。如此一來，不光女客們接踵而至，還有些文人、公子哥也附庸風雅，常來逛上一逛。

寧氏索性把旁邊那家店鋪盤下來，一樣的裝飾，一樣的花茶和胭脂，只一個鋪子的牌匾是紅色，一個鋪子的牌匾是藍色。紅色牌匾的是專門接待女客，由徐鴻雙媳婦帶著兩個小丫頭領著招待，另一個藍色牌匾的鋪子則專供男客購買胭脂。如此一來，生意越發紅火，就連十分講究的官家娘子也常來坐坐。寧氏估摸著，到年底，鎮上、縣裡的兩個鋪子怎麼也能賺上個一千多兩銀子。

第二天清晨，朱朱早早地起了，聽見外面有些聲響，便推開門往外瞧，只見徐鴻達穿著個短衫，四肢著地在做些奇怪的動作。許是醫道人的藥膳效果極好，昨兒上午才做了七個動作就出汗，今早徐鴻達把這七個動作做了五回才有些汗意，想起醫道人囑咐的「以出汗為度」，便停了下來。

「爹，您在玩什麼？」朱朱好奇地看著徐鴻達。

徐鴻達拿起帕子擦了擦額頭上的汗，笑道：「醫道長教的健體術，叫做五禽戲。」又問朱朱：「妳妹妹醒了嗎？叫她起來洗漱吃飯吧，咱們得早點上山。」

「我出來時她還在床上打滾，這會兒應該起了，我去瞧瞧。」朱朱轉身又跑回屋裡。

此時寧氏也起了，幫父女三人收拾好替換的衣裳，便讓人擺上飯。

徐婆子帶著麥穗過來，寧氏忙問：「娘昨晚又沒睡好？怎麼這麼早就醒了？」

徐婆子「嗐」了一聲，「年紀大了就覺少。」說完又又看了看寧氏的肚子，「妳現在晚上得起幾回夜？估摸著妳也睡不好，吃了飯再去補補覺。」

其實徐婆子向來能吃能睡，如今不過是算著家裡的大兒媳婦還有大半個月就生了，心裡有些焦急所以才睡不好覺。回去瞧瞧大兒媳？可眼瞅著寧氏還有一個月也到了產期，如今徐鴻達每日都不在家裡，雙哥兒媳婦在縣城忙活鋪子的事，晚上住鋪子附近租的那個宅子，自己要是不在這裡，家裡除了這些十來歲的丫頭片子就沒主事兒的人了，因此也不敢走。

寧氏雖說細心，但是近日心思都放在丈夫和女兒身上，還真沒有空琢磨徐婆子在想啥，趕緊招呼著徐鴻達和兩個女兒吃了飯，又抱著肚子親自把他們送到大門外。

東西有書僮抱著，父女三人上山的速度不算慢。朱朱和青青正是愛玩愛鬧的時候，跑跑笑笑的反而走在了前頭，直到聚仙觀腳步才慢了下來。

青青和朱朱拉著手，指著聚仙觀道：「上回爹考試前，祖母就是帶我來這裡拜神仙。」

朱朱聞言眼裡立馬多了幾分敬畏，手腳也放輕了幾分，嘴裡還不忘悄聲說：「小聲些，也不知神仙們都睡醒了嗎？千萬別擾了他們。」

青青道：「……應該都醒了吧？」

徐鴻達聽見小孩子們天真的言語，忍不住笑了，上前拉了她倆的小手，順著小路，到了道觀的後面。

天還不亮就爬上山碰運氣的學子遠遠地看見手把手郊遊一般的父女三人，不由得都瞪大了眼睛，「自己拜訪文道人就算了，竟然還帶著閨女，居然還帶了兩個！」

有那聰明的不作聲，瞄了一眼就轉過頭去繼續殷切地看著小院。也有那冒失的還上去一攔，「如何能帶著幼童來擾道長清靜？簡直不知所謂！」

徐鴻達看了他一眼，帶著女兒繞過他，那人見狀氣急，閃身堵在院門處，「你既得道長教誨就應該好生學習才是，帶孩子來玩耍做甚？耽誤了道長時間，你倒是無妨，我們這些等候的學子何時才能見到道長？」

有些還在看熱鬧的學子心裡一凜，不由得圍了過來，也七嘴八舌地指責他。那守著院門的書生一臉得意之色，似乎想看徐鴻達如何辯解。

徐鴻達怕嚇著朱朱、青青，忙將他們攏在懷裡，高聲喝道：「我帶小女前來道長自然是知道的，還請諸位不要擋路！」

那學子冷哼，「兩個小丫頭片子道長見他們做什麼？你倒不如趕緊送她們回家去，省得道長看了厭煩。」說完又故意朝著院內高喊：「文道長好心指點你功課，你卻帶女兒上山玩耍，豈不是辜負了道長一片苦心？我此時攔住你，也是為了道長好！」

話音剛落，院門咯吱一聲打開，靠在門上的那個學子一個踉蹌險些摔倒，忙扶住一邊的籬笆方才站穩了腳跟，卻不料籬笆上有根荊條朝外支著，瞬間將他的掌心劃了一個大口子，登時血流如注、疼痛難忍。

朗月站在門口，小臉鐵青，朝那學子喝道：「你是何人，還管起我家道長之事？道長要見誰自有道理，與你何干？」

別看朗月小小童子一個，往那一站卻頗有氣勢，學子們哪個也不敢小瞧他，就連擋著院門的那個學子也白著臉捂著手掌不敢吱聲。

徐鴻達帶著朱朱和青青過去，朗月看著青青，忍不住輕聲問道：「可嚇著了？」

青青搖搖頭，朝朗月露出甜甜的笑容，「哥哥好！」

朗月滿臉堆笑，「妳也好！快進去吧，道長等著呢！」

徐鴻達聞言，趕緊帶著孩子們進了小院。

朗月這才又轉過身來，面若冰霜，和剛才笑臉相迎的樣子判若兩人。

「道長原憐惜眾學子求學不易，方才選品行上佳之人指點一二，卻不料爾等得蜀望隴，不知感恩不說，連道長的弟子也敢驅逐。」朗月看了眾人一眼，有那機靈的忙說：「不敢不敢，都是誤會！」

「道長已說三年內不會見客並非戲言，你們不必再等了。」郎月說完又看了一眼那個手掌滴血的學子，「我知道你在想什麼，不過是自己見不了道長，也不想讓別個得了便宜。」

那人被說中了心事，臉色一白，不自然地低下了頭。眾學子聞言臉上皆帶出幾分不屑，也都離他遠了幾步。

「給你一個建議，不必再去參加鄉試了。以你的品行，一輩子只能是個落地的秀才。」朗月說完轉身離去，院門啪一聲關上了。

鬧了這一場，學子們都沒臉等下去，三三兩兩結伴走了。那人等到最後見自己的同村都不理他，不禁朝小院怨恨地瞪了兩眼，發誓自己要加倍苦讀，三年後非得考個舉人出來。幾十年後，有人想起文道長提起過這件事，有知道底細的還當笑話來講：那人真的就一輩子止步于秀才，考了三四十年也沒能考上個舉人……

父女三人進了小院，四位道長圍坐在一起喝茶，空氣中茶香如蘭。徐鴻達細細一聞，感覺有幾分熟悉的味道，不由心虛地看了朗月一眼，怪不得昨天不給自己好臉，原來自己讀書入了神，竟將這等好茶當白水牛飲，真是暴殄天物。

朗月似乎忘了昨日之事，笑吟吟地道：「師父，徐鴻達帶著師妹來了。」

醫道人面上含笑，「來得正好，我昨日剛採的藥材正要晾曬，妳們隨我來。」

朱朱和青青一聽，剛要答應，就見畫道長不幹了，「昨兒我的顏料用完了，今天得新製一些，應該先去我那。」

食道長看看這個，看看那個，猶豫地說：「要不，你們先吵著，我帶她倆去洗菜？」

「休想！」

「你敢！」

這會兒，醫道長和畫道長倒是保持高度一致了。

「咳咳！」文道長輕輕咳嗽了兩聲，責備地看了三人一眼，方說：「先讓醫道長給兩個小丫頭把把脈，看身子骨如何。再讓她們跟我去書房讀書認字，中間休息時候學五禽戲，之後讓她們幫食道人準備午飯。晌午休息半個時辰，接著跟醫道長去認藥材，之後再去畫道長那。每人每天只有一個時辰，不許拖時。」

青青：……工作好滿！壓力好大！

徐鴻達來到昨天讀書的屋子，發現室內完全變了樣，原本靠窗的紅木雕雲龍紋的書桌不見了蹤影，牆角處那堆滿書的架子也沒蹤跡，只有兩張明顯是為幼童打造的祥雲紋展腿方桌放在屋子中間，而文道人慣用的那張禪椅大約離兩個桌子兩米遠，與書桌遙遙相對。

徐鴻達有些懵，轉頭問童子：「我坐哪兒？」

朗月清了清喉嚨，指著隔壁的屋子，「昨兒你睡覺那間屋子已經收拾出來了，往後你在那兒讀書。」

徐鴻達：……這就給換了地方？

朗月領著徐鴻達到了隔壁，桌椅架子都已擺好，只是屋子不大，顯得略微局促。

朗月點上醒神香，又倒了盞茶給他，把茶壺放桌上，告訴他：「喝沒了自己倒，我今天忙著呢，沒功夫伺候你。師父吩咐，讓你將昨日學的書背完，便從架子上拿歷代的史記來讀。」說完就跑走了。

徐鴻達看著滿滿一架子的史記，有些呆愣……

朱朱和青青兩人拉著手跟在文道人身後進了書房，朗月已經過來在案旁點燃上了香，聞著比徐鴻達書房的那支醒神香的味道更加清爽些。

朱朱和青青見屋裡有兩張桌子並排，好奇地跑過去，摸了摸上頭的筆墨紙硯和書本。

文道人也不管她兩個，坐在自己的禪椅上問：「在家可讀過書？認識多少字？」

青青說：「會背《三字經》和《千字文》，認識百十個字。」

朱朱則頗為心虛，「正在讀《大學》。」朱朱也算是個有靈性的孩子，人也聰明，就不愛讀書。打三歲起，寧氏給她啟蒙，教她背《千字文》，朱朱一背誦就打瞌睡，字也不好生認，完全顯露出學渣本質。

雖說不用參加科舉，但寧氏認為女孩子得認識字懂得道理才行，就是以後嫁人也能理清家裡的帳冊，不至於被人矇騙，因此壓著她每日讀兩個時辰的書，甚至說不好生讀書不許再去廚房看人做點心，朱朱這才稍微收心，磕磕絆絆地跟著寧氏學到《大學》。

文道人掃這兩個丫頭一眼，就知道這兩人是個什麼水準。先是讓青青背了《三字經》和《千字文》，又考校了朱朱《大學》的內容，朱朱想了半晌只能說出個大概。

文道人說：「不積跬步，無以至千里；不積小流，無以成江海。讀書之法，在循序而漸進，基礎至關重要，我們今日便從《三字經》講起吧。」

文道人的講課速度極快，《三字經》這種東西，在他看來就和成人會說話一樣簡單，張口就來。青青聽得仔細，朱朱也不敢含糊，不過小半個時辰，文道人就將《三字經》給二人通了一遍，便放兩人到院子裡去學五禽戲。

那邊徐鴻達也從屋子出來了，看著兩個女兒手把手蹦蹦跳跳的，心情難以言喻，這個情形怎麼這麼像爺仨一起上學堂呢？

醫道人依然是從五禽戲的第一式開始教，徐鴻達體力明顯有了進步，朱朱平日就愛蹦愛跳，五禽戲也跟得上。難得的是，青青小小孩兒一個，居然也做得有模有樣，動作比她爹還標準，喜得醫道長摸著鬍鬚直誇：「有天分，是個好苗子！」

朱朱正學得開心，醫道人就停了下來，打發他們回去繼續上課。朱朱一步三回頭地往文道人書房挪，青青使勁兒拉著她的手，「姊，快點，文道長都瞪妳了！」朱朱抬頭果然看到文道長面無表情地看著二人，嚇得忙縮起脖子，幾步就從文道長身邊竄進了書房。

文道長……雖然人懶了點，但還算識時務。

好不容易在文道長這裡上完了課，朱朱鬆了一口氣，行了禮後一個箭步竄出去直奔廚房找食道人去。青青則一板一眼地將書收好，擺放整齊，躬身向文道人行了一禮。

文道人不知從哪裡摸出四本字帖遞給青青，認真地囑咐：「回去比著好生練字，待練出七八分像的時候，我再給妳旁的字帖。」

青青看著封面上龍飛鳳舞的「王羲之」三個字，手都僵硬了。顫抖著手翻開一看，四本皆是王羲之的真跡，分別為隸、草、楷、行各體。

青青道：「道長，我筆還拿不穩，只會寫大字。」

文道人擺了擺手，「無妨，拿紙蒙上，描就是了。」

青青：把王羲之的真跡當描紅，不會被人打死嗎？

小院的廚房裡占了極大的一間房，虛無蹲在灶台旁，不停往五個灶坑內添著柴火。食道人取下豬肋骨上的肉細切粗斬，將肉切到如米粒般大小方才停下來。將和好的稀澱粉倒在肉裡，搓成肉圓，再拿洗淨的大青菜葉子包裹起來，放在鋪了乾淨肉皮的陶罐燜缽裡，然後放入干貝、冬菇、春筍、風雞等物，蔥、薑、酒依次撒上，蓋上缽蓋。

朱朱在旁邊目不轉睛地看著，「道長，您做的這是什麼菜？」

「紅燒獅子頭。」食道人說著，舀水洗乾淨手，問朱朱：「青青呢？」

「在和文道長說話。」朱朱小鼻子聳動，四下裡看了看，目光盯在一個小瓦罐上，「道長，您煮粥嗎？聞著似乎是白米粥，可又不像，白米粥怎麼可能有這麼香甜的味道？」

食道人看了眼朱朱，「鼻子倒是好使，可是餓了？」

朱朱摸著肚子，不好意思地點了點頭，「聽了一個時辰的書，還練了半個時辰健體術，確實是餓了。」

一個小腦袋從門口伸了進來，一臉好奇，「食道長，您在做午飯嗎？」

食道人朝她招了招手，「快來，先給妳們盛碗粥吃，墊墊肚子。」說著，拿起一個網子往水缸裡一抄，一條六七斤重的草魚在網子裡掙扎跳躍。食道人拿起一把刀，快速旋轉著魚身，幾個呼吸間，原本還活蹦亂跳的草魚已被開膛破肚去乾淨了魚鱗，躺在案板上。

食道人又洗了手，換了一把刀過來，就見他手起刀飛，片刻間，一條草魚就被剔了主骨去了細刺切成薄片。朱朱偷偷伸手拎起一片，魚肉晶瑩剔透，薄能視物。食道人用乾淨帕子將魚片上的水分吸乾，放在大碗裡，加了些醬油、胡椒粉，再下生薑絲、醬薑絲、釀薑絲、茶瓜絲、蓮藕絲，放上炒熟的香芝麻和熟松仁，澆上瓦罐裡熬煮的白米粥，頓時香味撲鼻。

食道人將粥分好，給虛無、青青、朱朱一人一碗，叫他們在廚房的小桌上吃。青青舀起一勺粥，吹了吹便送進嘴裡，略微燙舌的生魚片粥在舌尖上跳躍，飯濃魚鮮配料味香，鮮嫩的味道充盈口腔。青青一邊張著嘴吸氣，一邊含糊不清地說：「好吃！」

熱呼呼的一碗粥下肚，食道人又將獅子頭端了上來。原本這道獅子頭得蒸上三個時辰味道才算最濃，也不知食道人用了什麼法子，爐子的火舌整個將陶罐燜缽包起，不到一刻鐘時間，肉香就散發出來。

食道人走到灶台旁，也不怕那火燙，直接上手去摸，火舌遇到他的手掌瞬間退縮回去。食道人掀開缽蓋，將青菜包著的獅子頭取出來，又拿碗給幾人一人盛了一個。

青青剛喝完粥，滿足地打了一個嗝，一顆躺在翠綠青菜間的紅燒獅子頭就送到了她的面前。她用小勺將油亮的獅子頭一分為二，瞬間醇厚的湯汁將肉丸裹起，散發出陣陣香氣。

青青吸了一口飄散在空中的香味，這才下嘴去咬。一口嫩香腴潤的獅子頭入口，油而不膩，滿嘴肉香……

朱朱一邊狼吞虎嚥地咬著獅子頭，一邊淚流滿面：實在是太幸福了，好想一輩子都待在廚房裡，我不想學《大學》，嚶嚶嚶……

醒神香燃燒到了最底端漸漸熄滅了，沉浸在書中的徐鴻達慢慢回過神來，方才覺得飢腸轆轆。起身推開窗子，偷偷往從窗縫往外看，只見虛無一邊打著嗝一邊在擺桌子。

要開飯啦！徐鴻達面露喜色，從窗邊蹦躂到淨室洗手，準備吃飯。

飯桌上，文道人、醫道人、畫道人、徐鴻達及朗月、星辰、萬物默默地看著桌上明顯分量不足的菜餚，又轉頭看著抱著肚子打嗝的食道人、朱朱、青青和虛無……

朗月學他師父面無表情，瞪著滿臉油光的虛無。虛無和他對視了一眼，立馬別過臉去，假裝無辜地望著桂樹：嗝……

朗月：……

朱朱吃的太多，只能邊打嗝邊看著專門為她做的藥膳發呆。萬物怨念地看著盤子裡分量不足的菜，毒舌地攻擊朱朱：「妳只不過有些先天不足，脾胃略微虛寒。不過我看妳這麼能吃，這藥膳吃不吃也沒什麼必要，我怕妳把脾胃補好了，再來十盤菜都不夠妳吃的。」

朱朱看了他一眼：嗝……

萬物：太討厭了！他最愛的獅子頭呢，明明之前聞到了，怎麼一個都沒見到？

青青看了看徐鴻達一勺一勺喝著湯，又看了看朱朱面前的瓦罐，有些委屈地看了食道人一眼，「為什麼沒有我的藥膳？」

醫道人冒汗，「妳的身子骨極好，沒有什麼要調養的地方，正常吃飯就行了。」

青青噘起小嘴，「可是他們都有啊！」

醫道人無奈地轉頭看食道人，食道人笑咪咪地端出一盞蜜水來，「這個是給妳的，我自己釀的百花蜜，妳嘗嘗。」

青青吃不下菜，蜜水還是能喝得下。清涼的百花蜜剛入口，味蕾率先品嘗到那絲滑順甘美的味道。花香和甜蜜交織在一起，滋潤了喉嚨，潤澤了五臟。

食道人笑道：「我這百花蜜是在靈峰採了數百種花釀製而成，數十來才得一小瓶。明日起，我每天給妳沖上一碗，只需喝上一個月，不僅能美容養顏，也有肌膚生香之功效。」

青青摸了摸小臉：我才三歲半，現在美容是不是早了點？

朱朱看了看青青的空碗，舔舔舌頭，「我能來一碗嗎？」

食道人糾結地看著她，半晌才心痛地點了點頭，「就一碗啊！妳和我的蜂蜜八字不合，喝多了對妳身體不好。」

朱朱認真地點頭，「我就嘗嘗啥味。」

青青：和蜂蜜八字不合？道長，你太能扯了！

中午吃得很滿足，午覺後朱朱上進心爆棚，握緊拳頭發誓下午一定要努力幹活，不能偷懶，要不然被道長嫌棄的話，就有可能再也吃不到這麼美味的菜餚了。青青深以為然，抓緊時間洗臉喝水，就拽著朱朱去找醫道人。

「肉蓯蓉，亦名肉鬆容、黑司命，氣味甘、微溫、無毒。炮製肉蓯蓉有酒酥複製法、浸法、酒洗法、水煮製……」醫道人詳述這一味藥的藥理、藥性和使用方法，又說明了這味藥材的各種炮製手段。每說一種炮製方法，醫道人就將用此種方法炮製好的藥材給兩個小丫頭看，解釋優缺點和適用範圍。

醫道人講得很細緻，朱朱和青青也聽得很認真，在心裡反覆背誦。雖然很多術語不能理解，但先背下來總是沒錯。當醫道人講到豆蔻這味藥時，朱朱聽到「用豆蔻仁二枚、高良薑半兩，加水一碗合煮，去渣取汁，再以生薑汁半合倒入，和麵粉做成麵片，在羊肉湯裡煮熟空腹吃下，治胃弱嘔逆不食」這段話時，眼睛都亮了，又想起中午自己那沒吃上的藥膳，頓時覺得打開了新世界的大門，原來藥材有這麼好的作用……

醫道人正說得起勁，就見畫道人沉著臉過來，站在醫道人身邊低頭默默地看著他。被他直白的目光盯著，醫道人講不下去了，「不就多說了一會兒，你瞅什麼瞅？」

畫道人「哼」了一聲甩袖起來，拉住青青和朱朱兩個，大步往自己的畫室走去，「你拖延時間，我晚上告訴文道長！」

醫道人站起來，朝他跺腳，「有本事別讓我給你開藥膳方子！」

青青無語，兩個神仙一樣的道長相處起來怎麼像是小學生互相告狀的模樣。見畫道人臉上帶著明顯的不開心，她也不敢多說，趕緊跟上畫道人的腳步。

跨進畫室的門，青青愣住了，只見室內滿布七彩祥雲，幾位仙人乘仙禽奔赴蟠桃盛宴。眾仙人有的在交談，有的笑容狂放，舉止華妙，衣服飄帶如迎風飄揚栩栩如生，剎那間，青青感覺自己宛如置身於仙境一般，彷彿聽見了仙樂飄飄。

原來畫道人將一幅《仙人赴宴圖》畫滿了畫室的整面牆壁和地板，效果頗為震撼。

青青上輩子是國內排名第一的美術學院畢業，雖不是主修國畫，但對國畫多少也有些認識。「畫聖」吳道子擅佛道、神鬼、人物、山水、鳥獸等，尤精於佛道，長於壁畫創作。觀畫道人之畫，似乎在繼承了吳道子的風格基礎上又將其發揚光大，僅拿這一幅《仙人赴宴圖》來說，畫道人在繪畫造詣上就在吳道子之上。

原來這世間竟有這樣的繪畫大家，能給這樣的大家研磨，青青覺得自己沒白重活一回。都說「內行看門道、外行看熱鬧」，青青看這幅畫想的是畫法、構圖比例、下筆方法、線條運用，甚至是藝術價值，而朱朱此刻的想法是，「神仙啊，蟠桃宴啊，蟠桃啥味啊？神仙都吃什麼菜呀？」

畫道人：要不，妳還是去食道人那裡待著吧！

「外師造化，中得心源，要以形寫神，形神兼備，做到意存筆先，畫盡意在……」畫道人簡單講解了繪畫基礎，又拿出數十張畫作給二人賞析。

畫道人隨手抽出一張畫，就是一張絕世名作，青青最初震驚得恨不得趴在畫上跪舔，可是看了十張、二十張、三十張後，青青已經麻木了，或山水，或鳥獸，或人物，每一幅拿出來都能震驚世人，每一幅都價值千金。

講完了畫，還有些時間，畫道人便指了指桌上的兩張畫，皆是只畫了線條的半成品，然後指著桌上的各色畫筆和顏料道：「去把這幅畫上顏色。」

幼童天生喜歡塗色，朱朱聞言，把袖子一捲，拿起筆就畫。青青則仔細看著眼前的畫，拿著筆卻不敢下筆。畫道人輕聲問道：「怎麼了？」

青青有些為難，「道長若是將這幅畫畫完肯定又是一幅經典之作，若是讓我塗色，豈不是毀了這張好畫？」

畫道人笑著摸了摸她的頭，「無妨，儘管著色便是。」

青青想了想，自己都拿王羲之的真跡當描紅本了，拿畫道人的畫布練色似乎也不是那麼讓人難以接受。她看了一遍畫稿，在腦海裡添補上各種顏色，直到覺得無可挑剔了，這才大膽下筆，選了自己想要的顏色，一筆一筆畫去……

兒子和孫女都不在家，徐婆子從前面轉到後頭，從園子裡轉到後罩房，看了會兒丫頭做胭脂，還是覺得無趣，不由得又琢磨起小兒子的親事來，找寧氏商量：「妳說後面那條街上的吳娘子到底怎麼想的，現在也沒個回信。」

「女兒家本就金貴些，若是娘著急了，我下個帖子給她家，找個由頭讓她帶她閨女來咱家坐坐。」寧氏一邊做著針線一邊安慰徐婆子道。

「這法子好，妳快寫那個……叫啥……叫帖子？我趕緊打發人叫三郎回來。」徐婆子說著下了榻穿鞋走了。看著婆婆風一陣雨一陣的，寧氏不禁搖了搖頭，叫石榴鋪紙，自己寫了個帖子叫葡萄送去。

後街吳家娘子本是一秀才家的女兒，十六歲時嫁給父親的學生吳可究。吳可究無甚讀書天分，勝在能吃苦，二十來歲考上秀才，三十出頭做了副榜的舉人。

副榜舉人不算正式錄取，多數授予學校教官去教書，但這吳可究為人酸腐，又不甚會變通，連學校教官都沒撈著做，只附在一書館當先生，賺些銀錢。

吳家本就不是富有之家，再加上多年來吳可究不通庶務只知讀書考試，把家裡僅存的一些銀子花了十之七八。考上副榜後雖說賺些教書錢，可家裡兒子也在讀書，每月賺的錢還不夠買書本紙墨，因此家裡的吃穿嚼用多是吳娘子帶著她閨女月娘做些針線來維持。

當初徐家搬到這附近時，吳娘子作為鄰居來賀喜看見了徐鴻飛，見他說話機靈，人也長得俊俏，更何況管著那麼大一家胭脂鋪子，可見是個能幹的。再一聽說這麼好的後生還沒定親，吳娘子就動了心思，回家和吳可究說想結這門親事。

吳可究是有名的臭酸腐，自然不願一個店鋪掌櫃做自己的女婿，因此勃然大怒，罵了吳娘子一場，拒絕了此事。成親十幾載，吳娘子自然知道自家男人是啥樣的人，她雖不敢明目張膽地提親事，私下裡也沒少和徐婆子接觸，時間長了，兩邊心裡都有了意思。

前幾天徐鴻達高中了正榜的舉人，吳娘子心思更活了，忙回家和她男人說：「那徐家二郎中了舉人，還是正榜五十六名，我覺得他弟弟和月娘這親事可做。」

吳可究本來對自己這副榜的舉人有些洋洋自得，一聽人家裡有正榜的，頓時滅了火。吳娘子見吳可究態度鬆動，乘勝追擊道：「和那家做親也不是為了我自己，你想，如今家裡越發困難，大郎今年鄉試沒中，三年後又得考一回，那盤纏就不是個小數。二郎如今也有十五了，該考慮親事了，若是拿不出像樣的聘禮，誰家女兒願意嫁給咱家？」吳氏嘆了口氣，「我也不是拿女兒換銀子的娘，若是找有錢人家的，那縣裡頭多的是，往常也有問的，可我誰也沒應。實在是可徐家合適得沒話說，家裡出了舉人不說，還有幾間鋪子，月娘嫁去肯定比現在過得強。」

吳可究不再說話，半晌後丟下一句：「等他家上門來提，不許妳上趕著去說這事。」說著甩袖子走了。

吳娘子見狀喜不自勝，連忙到女兒屋裡，搶下她手中的針線笑道：「我的好閨女，娘給妳相了門好親事。」月娘聞言臉色羞紅，將臉往裡一扭，不肯聽她娘說。

吳氏也不以為意，拉著她的手細說：「是前頭那間大宅子住的徐舉人的親弟弟，如今十八歲，是縣裡瑰馥坊的掌櫃。」

說起是個掌櫃，月娘並沒有什麼不喜。說起來，當朝商人的地位並不像前朝那麼卑微，世人多認為富而好禮，可以提躬；富而好行其德，可以澤物。以義主利，以利佐義，通為一脈。如今不僅商人子弟考生員者比比皆是，連棄儒就賈的讀書人也不算少見。

月娘雖是個女兒家，但從小跟著父親讀書，這些年更是時常拿針線找鋪子交易，見識也算比平常女孩寬廣些。聽聞徐家家裡和氣，老太太待人熱情，那少年郎更是十分機靈，心裡就有幾分願意。雖說子不言父過，可讓月娘說，她真是受夠了她爹這種沒有能力沒有擔當又死好面子的男人了，倒不如嫁給性子爽利的商人，縱然不如讀書人好聽，日子卻是絕對過得更加舒心快活。

見女兒也有幾分意思，吳氏心喜，恨不得趕緊去徐家定下親事來。衝動過後，吳氏又冷靜下來，自己主動上門未免落了閨女的身價，倒不如等徐婆子主動來提。

於是，吳氏等了一天等兩天，等了兩天又到了第三天，正等得有些心焦的時候，忽然聽見有人敲門，吳娘子見是徐家二房太太的丫鬟，名叫葡萄的，笑盈盈地遞上一個帖子，「我們家娘子請吳娘子和月姐兒明日去我家賞菊花。」

吳娘子「哎喲」一聲笑出來，找了個素紙回了帖子，送走葡萄拿著帖子給月娘看，「到底是正經舉人的娘子，還怪講究的。」又說：「趕緊把妳去年秋天做的那件胭脂紅的衣裳找出來熨了，明天就穿那件，趁著妳臉色好看。」

月娘應了一聲，自去找衣裳不提。

吳氏家裡做著準備，徐婆子那裡也沒閒著，打發人叫了徐鴻飛回來，拽著他說：「今日不許再回去了，明日晌午你就在花廳的屏風後頭躲著，瞧瞧看中意那姑娘不？」

徐鴻飛無語，「娘，您打發個人說聲我明日回來不就得了，這會兒讓我回家做什麼？」

徐婆子瞪眼道：「我不是怕你不回來嗎？鋪了裡有你雙哥在，少了你也不要緊！」

寧氏笑道：「娘說的是，小叔的親事可是咱家的大事，馬虎不得。」

徐婆子聞言洋洋得意，瞅著兒子說：「你聽你嫂子說了，就消停在家住一晚，晚上你就住我那院的廂房，我早叫麥穗給你收拾好了。」

徐鴻飛只得應了一聲，問寧氏道：「我哥什麼時候下山？」又問：「朱朱和青青呢？午睡還沒起來嗎？」

「不是。」徐婆子嘆了口氣，「教你哥讀書那個道長嫌沒人裁紙研墨，叫朱朱和青青上山伺候去了。」

徐鴻飛大驚，「她倆才多大，哪會這些東西？若是沒人裁紙研墨，我買兩個機靈的小子上去且不便宜？」

徐婆子連聲道好，「還是你機靈，我們都沒想著這些，白讓朱朱和青青累了一天。」

晚上，徐鴻達帶著兩個女兒回來，徐婆子一瞧，朱朱的袖子上五顏六色的黏了不知什麼東西，青青倒是好些，但身上也有幾個墨點。

「哎喲，我的乖孫女！」徐婆子很心疼，忙叫丫頭打水給她們洗手換衣裳，又和徐鴻達說：「明日你和道長說說，她們實在太小幹不來活，讓老三買兩個伶俐的小子上去。」

徐鴻達原以為道長真的叫丫頭們去做活，心裡還奇怪有童子在，哪裡用這麼小的孩子做事，但今天一到小院，徐鴻達就瞧出不對來了，文道人鄭重地給兩個女孩準備了書房，食道人說是叫兩人洗菜，但兩個丫頭據說連水都沒沾，就光坐那等吃了。醫道人則以翻曬藥材為名，跟她們講解藥材和醫理。至於畫道人，昨天徐鴻達只跟著文道人讀書，並沒有踏入畫道人的畫室，直到他今天過去接閨女……

徐鴻達雖不懂繪畫，但家裡娘子善丹青，文人聚會也時常品鑒一番，略懂一二。往常他覺得省城書畫鋪子裡那些幾百兩一幅的畫作已經很好了，但今天進了畫道人的畫室，他才知道什麼是繪畫，什麼叫震撼。

從畫道人的曠世巨作回過神來，才發現自己的閨女並不是在調什麼顏料，而是在學畫。縱使徐鴻達再愚鈍，也明白過來，道長是不知聽說了什麼，想要點撥女兒一二……

徐鴻達將事情細細說了，徐婆子有點不著頭腦，想了半晌說：「是不是咱村邊上清華山道觀的廣城道長和這聚仙觀的道人說了咱家青青送百神上天時的異象，道長覺得稀罕，才叫青青去的？你不是說一開始道長只叫青青沒叫朱朱嗎？」

徐鴻達也摸不到頭緒，「也許是吧。反正也是兩個丫頭的造化，在山上三年，往後這書畫學問都能拿得出手。」

徐鴻飛和徐婆子一聽還有這好事，便不再多說了，倒是寧氏拉著徐鴻達，仔細問了那幅壁畫，心中十分嚮往。

◆　◆　◆

月娘昨兒就被她娘拉著洗了頭髮，晾了一下午才乾，早上起來頭髮顯得有些蓬鬆。吳娘子趕緊拿出頭油，給她抹在髮上，直到整齊利索了才罷手。

月娘並沒有什麼像樣的首飾，但她正是人比花嬌的時候，只需剪下一株花簪在髮上，便是極美了。吳娘子自己換了一身半新不舊的衣裳，又提了自家姑娘提前做好的幾樣點心，這才帶女兒到徐家拜訪。

雖說賞菊花是藉口，但如今正值九月，菊花開得正豔。寧氏選了園子裡的一處亭子，叫丫頭們打掃乾淨，又讓人將自己精心伺候的菊花搬了過去，像模像樣地擺弄起來。

徐鴻雙打發瑰馥坊的夥計李二送來剛出爐的點心，其中有幾樣是用菊花做的，看起來十分精緻。李二將點心匣子交給葡萄，就去花廳尋徐鴻飛，見他穿了嶄新的綢緞褂子，頭上還簪了朵菊花，忍不住笑出聲來，「這重陽節都過去好幾天了，您怎麼還簪菊花？」

徐鴻飛不自在地清了清喉嚨，小心翼翼地摸了摸頭上的花，「人家是讀書人家的小姐，聽說能寫會算的，我若是打扮得不像樣，豈不失禮？」

李二咧嘴一樂，「人家讀書人家的小姐能讓您見到？您也就是偷偷瞅瞅，您就是戴十朵花，人家姑娘也瞧不見啊？」

徐鴻飛臉上一黑，氣急敗壞地從頭上揪下花來丟李二臉上，「滾回鋪子幹活去！」

李二笑著躲開，一邊跑一邊回頭嘲笑徐鴻飛，「掌櫃，您現在的表現是不是就是您說過的惱羞成怒？」

徐鴻飛氣得跳腳，「兔崽子，等爺回去扣你工錢！」

李二早跑得不見蹤影，徐鴻飛喘了兩口氣，這才發覺自己沒那麼緊張了，又從地上撿起那朵菊花來看了幾眼，終究沒再簪在頭上。

正在愣神的時候，石榴忽然進來了，見他還站在屋子中間，忙拽他，「我的三爺，快躲屏風後頭去，吳家娘子來了。」

徐鴻飛聞言，連忙三步併兩步到屏風後頭，見裡面擺了一張圓凳，便悄無聲息地坐下，片刻後就聽見笑聲傳來。

寧氏見過吳娘子多次，卻是第一回見月娘，笑著讓了坐，又讓丫鬟上了菊花茶和各色點心，「這是我們鋪子自己做的，正應時節，吃個新鮮。」

月娘道：「早就耳聞瑰馥坊點心的大名，可惜無緣一嘗，今日倒是有口福。」說著拿起一塊品嘗，「果然味道不一般，滿口花香又香甜可口，怪不得嫂子的鋪子生意興隆。」

寧氏笑道：「不過是借個花香罷了。」

月娘站起身，將身邊的食盒遞給石榴，「來嬸子家，我也沒什麼好帶的，也只會幾樣點心，便做了給嬸子和嫂子嘗嘗。只是手藝不精，您別見笑。」

石榴打開食盒，裡面擺著幾朵漂亮的菊花。

徐婆子眼花看不清，問：「這是把菊花炸了？」

寧氏道：「不是，是做成菊花的樣子，妹子好巧的心思。」說著端出來給徐婆子細看，只見一朵朵菊花盛開在盆中，花瓣中隱隱可見豆沙，襯得花朵越發嬌豔。

「哎喲，好精緻，我都看差了！」徐婆子拿了一塊咬一口，滿口鮮香。月娘做的這個菊花酥，用了豬油和麵，放了不少白糖，又香又酥，正合上了年紀人的口味。徐婆子連吃三塊才停了手，連聲說道：「好吃，比我們家鋪子的好吃。鋪子裡的點心太文雅，我吃著倒不如這個香。」

月娘道：「嬸子喜歡就好。」

外面說笑得熱鬧，徐鴻飛在裡面著急，想探出頭來看，又怕人家姑娘瞧見他。古來只有姑娘躲在屏風後頭相郎君的，他一個大男人躲屏風後頭也算頭一遭了。若是讓人知道，可不得被笑死。

想了又想，實在不敢探頭出去，徐鴻飛便沾了口水輕輕在屏風紙上一戳……

寧氏正對著屏風，剛奇怪怎麼後頭沒動靜，就見一個手指頭「噗」地從屏風裡戳出來，登時她屏風紙上那個婀娜多姿的美人的臉就沒了，多了一個黑乎乎的窟窿。

寧氏心疼得一哆嗦，她畫了整整大半年的十二美人圖啊，才糊上沒三天，就讓這敗家玩意兒給戳了個洞。還沒哀悼完自己的屏風，就見那根手指又出來了，左右轉了轉，成功地毀了整個美人的腦袋，這才心滿意足地縮了回去。

寧氏：……

躲在屏風後面的徐鴻飛小心翼翼地從自己製造出的小洞往外看，就見花廳右側第一把椅子上坐著一個穿著紅衣裳的姑娘，因她是側臉，也看不清眉眼，只能瞧見一頭烏壓壓的好頭髮，襯托得肌膚越顯雪白。

那姑娘忽然爽朗地笑了起來，銀鈴似的聲音搔得徐鴻飛心裡直癢。

「說起來，我還遇見一回趣事……」月娘笑道，細細將自己在街面上看見的事娓娓道出來，她絲毫不避諱自己靠做針線賺錢，反而為自己的手藝賣上好價格而自得。

寧氏偷偷看了徐婆子一眼，見她笑得開懷，便知婆婆十分中意這月娘了，心裡暗忖：也不知小叔是啥想法？

最初寧氏聽婆婆說相中吳舉人的女兒時，心裡相當擔心，這吳舉人的酸腐程度在這一帶可謂是遠近聞名，又聽說這月娘從小跟著她爹讀書，寧氏擔心這月娘的性情像她爹。徐婆子不認識字，徐鴻飛也讀了沒幾年書，自然不知道和那酸腐之人相處有多難受，寧氏實在怕他們為了那個舉人閨女的名頭就應了這門親事。

今日一見月娘，寧氏可算是鬆下一口氣來，雖然只相處這一會兒，但從月娘言談中也能看出其性情灑脫，又因讀過書，舉止言談有度，說笑大方，可見是個好姑娘。

見點心吃了一半，茶也倒了三回，寧氏就邀吳娘子母女到園子裡賞花，又藉口說要換衣裳，先將人送了出去。

待徐婆子和吳家母女走了不見人影，寧氏到屏風後頭，一巴掌把徐鴻飛拍了出來，「不是讓你探頭悄悄看一眼嗎？誰讓你戳我的屏風？你瞅瞅我的屏風成啥樣了？」

徐鴻飛探頭一看，一個好好的美人頭上多了個大洞，立馬心虛地縮了縮脖子，「嫂子，我錯了，我錯了，回頭我就給您修好！」

「修好？」寧氏冷笑兩聲，「怎麼修？拿紙從後面糊上？」徐鴻飛被說中了心事，訕訕笑了兩聲，「我這不也是心急嗎？嫂子，您瞧那吳家姑娘怎麼樣？長得好看嗎？」

寧氏驚訝地看著他，「你戳那麼大的洞都沒看見她的臉？」

徐鴻飛羞澀地摸摸鼻子，「我就看見了側臉，聽見她笑了，我就害羞沒敢再看……」

寧氏：蠢成這樣，怪不得這麼多年娶不上媳婦！

既然知道了小叔的心意，寧氏到園子裡時便對著吳婆子殷切的目光微微點了點頭，徐婆子樂得一拍巴掌，把正在賞花的月娘嚇了一跳。

「沒事，沒事，妳繼續看。」徐婆子擺了擺手，又悄悄拉著吳娘子道：「我瞧著月娘這孩子很好，長得俊俏不說，人也懂禮，妳看啥時候讓兩個孩子見一面？」

吳娘子沒想到這事進展這麼快，頓時笑得不知如何是好，半晌道：「其實我們家也沒那麼些說道，要不，直接請三郎來一見？」

徐婆子道：「這樣好。」連忙讓人去請徐鴻飛來，轉頭和吳娘子說：「正巧他今早送點心回來了，估摸著這會兒還沒走。」又說：「不瞞您說，我家世代都是莊稼人，在村裡不像外頭那麼講究，我家二郎媳婦之前囑咐我好些話，說不能唐突了姑娘，要不，我早把我家三郎叫進來了。」

吳娘子笑道：「二郎媳婦是怕月娘面皮薄。」

今朝社會風氣開放多了，熱鬧的廟會、街道經常能看到三三兩兩的女孩子，更不流行帷帽一說。月娘每個月總要上街兩回，或是買絲線，或是買繡品，自然不忌諱見人。更何況，她也想見徐鴻飛一面，看看他是不是娘說的那樣。若是個舉止粗俗、油嘴滑舌之輩，那她絕對是不肯應的。

月娘佯裝看花，其實思緒已飛得很遠，耳中忽然傳來一陣沉穩的腳步聲，月娘循聲看過去。一青年男子闊步走來，模樣雖不是那種俊美的公子，看上去也算是儀表堂堂。

徐鴻飛大步流星，看似灑脫，其實心裡無比緊張，正握著拳頭給自己鼓勁兒，忽然看到一秀美的少女正撐著腮對自己笑，急得不知如何是好，手腳也不知怎麼擺了，沒走上兩三步就左腳絆了右腳。

「哈哈哈……」銀鈴般的笑聲傳來，徐鴻飛羞愧地捂住了臉。

月娘看著徐鴻飛羞紅的耳朵，忍不住笑得眉眼彎彎。

徐婆子：這還能娶上媳婦嗎？

「妳覺得這徐三郎怎麼樣？」回家後，吳娘子拉著女兒問，月娘想起那個身材高碩卻偏偏動不動就臉紅的徐鴻飛，忍不住撲哧一笑，「有些呆頭呆腦的。」

吳娘子也忍俊不禁，「他一個胭脂店鋪的掌櫃，什麼樣的俊俏娘子沒見過，偏生見妳又是臉紅又是說不出話來，可見是相中妳了。」

月娘微微一笑，低下了頭，「但憑娘做主就是了。」

吳娘子拍手道：「那就好，妳只管專心繡妳的嫁衣便是，其他的不用妳操心。」

不遠處的徐家，也上演著同樣一幕。

徐婆子盤腿坐在榻上，瞅著臉紅得像猴子屁股似的兒子，「你這是相中月娘了？」

徐鴻飛那頭點得像小雞啄米似的。

徐婆子對寧氏說：「往常在村裡，相看的姑娘沒有十個也有八個，沒見他這樣啊？」

徐鴻飛小聲地道：「她們長得不好看，月娘……月娘好看！」

徐婆子道：「你不是只要能寫會算的姑娘就行嗎？合著之前那些沒相中的不是因為不識字，是因為不好看？」

徐鴻飛捂住臉，點了點頭。

徐婆子朝徐鴻飛扔出一隻鞋。

既然兩家都有了意向，徐婆子就請了媒人，換了庚帖，順便讓徐鴻達上課時把八字帶過去，請文道長幫忙合八字。文道長拿著八字，心情難以言喻。

第一回有人找他合八字，這塊不屬於他管啊！

看著徐鴻達期待的表情，文道人隨意掐算了一番，合了個多子多福、天作之合來。

徐婆子聽見多子多福幾個字，樂得旁的都聽不見了，直嚷著好姻緣。忙走了納采、納徵、請期的流程，下的聘禮裡頭，單白銀就有五十兩，定了臘月初八的日子成親。

兒子的終身大事定了下來，徐婆子放下了心，打發門房的老吳帶著他媳婦往家裡送信。隔兩日，吳嫂子才回來，進屋就喜孜孜地說：「送信那天，大奶奶發動了，我沒敢走，等著大奶奶生了才敢回來。」又將王氏生產時候的情形說了一遍。

徐婆子心急得不行，「廢話連篇，到底生了個啥？」

吳嫂子愣了一下，忙拍了自己的嘴巴一下，「原來我沒說啊！大奶奶生了個大胖小子，足有七斤八兩呢！」

徐婆子哎喲哎喲的雙手合十直拜佛，又連聲說要去還願。坐在一邊的寧氏心情複雜：當初沒拜佛求神啊，是讓青青畫了個胖娃娃，要把青青供起來還願嗎？想了想那個情景，寧氏打了個寒顫，連忙把那畫面從腦海裡驅除出去。偏生此時徐婆子還不停地問：「等妳生了一起還願，妳說咱到哪裡還願比較合適？」

寧氏不想將閨女供起來，只得建議說：「不如給聚仙觀捐些香油錢，上次娘不是去拜了三霄娘娘和送子娘娘？」

徐婆子點了點頭，「妳說的是。」咬了咬牙，痛下決心，「我捐五兩香油錢。」

寧氏笑道：「我給添五兩，咱娘倆一起。」

徐婆子點頭，「妳是心誠的，肯定會生一大胖小子。」想了想，又道：「還願的時候記得提醒我些，眼看著三郎也要成親了，我也幫月娘拜一拜。」

寧氏：您這錢倒不白花，還願還順帶許願的！

婆媳倆說得熱鬧，道觀裡也在提這事。畫道人剛講完繪畫技巧，就囑咐自己的兩個女學生：「放妳們五日假，得了空自己琢磨琢磨我剛才講的，五日後再來上課。」

另一間書房，文道人也同樣囑咐，父女三人正摸不到頭緒呢，就見醫道人拎了四包藥過來，「這包是發動後喝的，能增強體力。這包是發動後半個時辰喝的，促進產道打開。這包是生產後立即喝的，有助於產乳。最後一包是生產後一天喝的，促進排惡露。」

徐鴻達接過藥包愣了半晌，這才反應過來，呆呆地看著醫道人，「我家娘子要生了？」

醫道長無語：你自己不會算嗎？

徐鴻達道：「占卜術嗎？我沒學過啊！」

醫道人道：「誰跟你說占卜術了，你媳婦什麼時候生，你自己不知道嗎？」

青青年紀小，卻是活了兩輩子的人，也會算預產期。只是她按照現代方法算的預產期還在八日後，想必寧氏會提前發動。想到這裡，青青拽了拽一臉錯愕的徐鴻達，「爹，咱們趕緊下山把產婆請回家來。」

「對對對！」徐鴻達回過神來，轉身撒腿就跑，出了小院，方才想起忘了兩個閨女了，又麻溜地跑回來，向四位道長行了禮，拉著閨女趕緊回家。

父女三人下山沒直接回家，先去請了產婆，等帶著產婆跑回家時，寧氏還坐得穩穩當當地喝湯。產婆一臉疑惑，「不是說發動了嗎？」

徐鴻達撐著膝蓋，喘著粗氣，「快了，道長說就是今天。」又趕緊拿出第一包藥來給葡萄，「趕緊去熬藥。」

朱朱忙說：「我也去，醫道長特意教過我怎麼熬才能發揮最好的藥效。」

石榴見狀，跑去廚房叫燒熱水。」

產婆看著喝完湯又吃了一碗飯的寧氏，實在不像要發動的樣，不由得有些無語，「要不我先回家去，等發動了再叫我？最近生產的婦人多，我可在這裡等不了。」

話音剛落，就聽寧氏尖叫一聲，「啊，羊水破了！」

產婆：……

一陣手忙腳亂，幸好這時藥也熬好了，熱水也燒好了，寧氏躺在臨時收拾出來的產房，喝了醫道人的藥，不到一個時辰就生了個七斤半的胖小子，喜得徐婆子連忙叫廚房煮了一籃子紅雞蛋，送去給道長們，也沾沾喜氣。

被迫沾喜氣的道長們：……

小劇場

〈一〉

青青拿著自己塗好色的畫在欣賞，徐鴻達過來，摸著閨女的頭問：看什麼畫呢？

青青揚起畫紙：爹，您看，畫道長畫的線條，我著的色！

徐鴻達細看一番，捂住心臟：敗家孩子！

徐鴻達將畫紙小心翼翼地收了起來，又看見她家閨女在描紅：道長指派的作業嗎？我看看妳描的。

青青：爹，您看！

徐鴻達：……王羲之……

青青：爹，您醒醒！娘，我爹吐血暈過去啦！

〈二〉

食道人蹲在灶台邊：青青啊，我看妳身上有喜氣，是不是家裡有什麼喜事將近啊？

青青：不知道呀！

食道人將啃了一半的豬蹄塞嘴裡，掐指算了起來。

青青：……畫風有些清奇！

食道人：算出來了，妳叔叔要成親了，要不要我幫妳家弄隻大雁來？

青青滿臉驚喜：真的嗎？太感謝您了！

食道人得意洋洋：小意思！虛無，去捉隻大雁來！

剛進來的虛無又一頭霧水地出去了，半天後，用葉子包了一隻香噴噴的烤大雁回來：師父，我直接烤好了，您嘗嘗是不是這個味？

食道人：……

青青：……

朱朱：真香啊！我能嘗一口嗎？

肆之章 ◆ 山間尋寶得祕笈

「採蘑菇的小姑娘，背著一個大竹筐，清晨光著小腳丫，走遍樹林和山崗……」六歲的青青背著竹子編的大藥簍，一邊唱著前世學的兒歌，一邊尋找可以採摘的藥材。

在四位道長這裡待了也有三年了，當初那個連筆都拿不穩的幼童，如今已能寫出一手好字，懂得許多醫理了。繪畫更不必說，在畫道人的悉心教導下，青青從著色開始，不知毀了幾百幅畫，才得到畫道人一個讚許的點頭，之後又開始了臨摹之路。

五歲那年，她試探著讓朗月幫著找了塊石墨，自己做了枝鉛筆，畫了一幅素描出來。畫道人對這種畫法十分感興趣，倒沒問她怎麼想出來的，反而覺得理所當然。兩人互相交流，互相學習，各補所長，如今青青的畫作拿出去一幅賣個上百兩沒問題。

青青知道自己的繪畫水準在世人眼裡算好的，但在畫道人眼裡還只是初級，自然不敢洋洋得意，也不敢輕易拿畫出去搏那虛名，反而學習時更加虛心刻苦了。

這天，青青被醫道人派出來採藥，畫道人拿著一幅青青的畫陷入沉思。明年三月，徐鴻達就要參加春闈了，以文道人三年的知識傳授，徐鴻達到時定是進士及第，只怕一家人都要搬到京城去，自己就無法繼續教導青青了。

有這種焦慮的不僅是畫道人，醫道人對此也十分不滿：三年能學多少東西？至少得再學三年才勉強能出師。

食道人點點頭，「青青雖然興趣不在廚藝上，但這三年來也有長足的進步。朱朱在廚藝上倒有些天分，雖當不了貧道的入室弟子，我也願意再多指點她一些。」

三位道長發表了看法，又齊刷刷看向文道人，文道人摸著鬍鬚，心裡相當糾結：自己的一肚子知識也沒教完啊！雖不指望他們全都學會，能學個三五成也夠他們受用終身的了。

看了看三位道友，文道人思來想去，終於下了決心，「朗月，一會兒趁著徐鴻達做五禽戲時，把書架上的書換掉。」

朗月不解，「師父，換哪些書上去？」

文道人心疼地捂住胸口，「歷朝歷代的珍本、絕本，以及當今世上失傳的書。」

如今徐鴻達已經能配合著心法做完一套完整的五禽戲了，雖還不到飛簷走壁的地步，可也能徒手對戰兩三個大漢。不過徐鴻達不自知，還以為自己只是身手矯健了些。

做完一套五禽戲，徐鴻達出了一身的汗，回到房間拿熱水簡單擦了一遍，換上乾淨的衣裳，又回到書房裡，心裡想著：手裡這本書馬上要讀完了，前幾天看到一本書似乎很有趣，一會兒就看那本。

以徐鴻達現在的學識，春闈對他來說已經不算難事，但他依然每天來文道人這裡讀書。文道人的藏書不僅涉及了各朝各代的歷史、社會、經濟、農作、漁牧業、手工業、釀造業等方方面面，讀書累了還能看看天文、地理、方士方術等方面的書增長見識。

徐鴻達深知，如今讀的這些書，不僅能拓寬自己的視野，豐富自己的學識，就是以後為官，也能利用自己的知識造福百姓，因此他學得格外認真，文道人也十分稱許，細細講了許多連書籍上都沒有的知識。

將手裡的讀完，記下來幾處理解不透的地方，拿著書到文道人禪房請教了一番，又去書架上找書。

徐鴻達：……我眼花了吧？

看著書架上那一排排的書名，徐鴻達有些顫抖，「這幾本經典之作不是說被秦始皇焚書坑儒時燒毀了嗎？這本書據說在前朝就失傳了啊！咦，這本書聽聞世上只有一本存在皇宮，怎麼文道長也有這本？」

徐鴻達越看越心喜，越看越興奮，宛如餓了三個月的難民看到一碗香噴噴的紅燒肉般，恨不得將這些書都讀個遍。

文道人漫步進來，態度高冷，「離你春闈已不足半年，想必你過了年就要趕赴京城。從明日起，你在家溫習功課就可以了，以後不必再來。」

徐鴻達聞言，立馬跪在地上抱住文道人的大腿，「道長，功名對我來說不如學識重要，懇請道長再讓我多留三年，我的書還沒有讀完啊！」

文道長青色的道袍隨風飄飄，他拈著鬍鬚微微一笑。

此時，青青正一邊哼著歌，一邊採摘藥草。她五禽戲學得好，又跟著醫道人多次進山採藥，學會了如何辨別方向，如何躲避危險，如何尋找水源、食物等，因此當青青提出想自己來山裡逛逛時，醫道人便爽快地同意了。

「昨日給祖母把脈，略有些體虛，給她開的湯藥裡有一味老山參，不知今天能不能挖到。」青青小聲嘟囔著，四下裡尋找。

「咦，那個葉子像是山參的！」青青快步跑過去，拿出小藥鏟，慢慢地將人參挖出來，赫然是一株已初具人形的兩百年老山參。

青青看了看，遺憾地放藥簍裡，「年頭太足了，只怕祖母受不住。咦，那裡還有！」她跑過去一鏟，一支百年的山參順利出土。青青四下一看，還有幾株人參散落附近，索性都挖了出來，從五十年到三百年的山參都有。

青青無語地看了看自己的位置，雖離著聚仙觀也有半個時辰的山路，但也不算人煙罕至啊，這百年人參就像大蘿蔔似的遍地都是？

咕噥了幾句自己古怪的運氣，她便將此事拋到腦後，往前走了一段路，當她看到幾株參天大樹上長著十幾個百年靈芝時，她已經麻木了：第一次獨自採藥，真刺激啊！

拿起藥鏟，默念五禽戲的心法，將力氣運用到手上，小心翼翼地將靈芝都採了下來。草叢中傳來一陣簌簌的聲響，青青將小藥鏟拎在手裡，好奇地走過去，剝開草叢，只見一個六七歲的男孩子抱著腳在裡頭打滾。

他身上精緻的絲綢衣裳已被枯枝荊棘刮得破破爛爛，小臉上滿是泥土看不出模樣，只有一雙明亮清澈的桃花眼分外引人注意。

「你怎麼了？」青青放下藥簍，蹲下來看他，「扭到腳了？」

小男孩疼得臉上都是冷汗，卻不堅強地咬著嘴唇不肯吭聲。青青扶住他的腳，輕輕地按了按，笑著說：「沒事，扭了一下，沒傷到筋骨。」

看著眼前甜美可愛的笑臉，小男孩有些恍惚，似乎連疼痛都遠去了。猛地聽見咯一聲，只覺得腳裸間的疼痛瞬間消失，他連忙低頭看去，青青已將他的腳放下了，又笑了起來，「你的腳踝錯位了，我幫你正回來。你起來試試，看能不能走？」說著伸出了小手。

小男孩看著那隻又白又嫩的小手，把自己的手搭了上去，只覺得入手柔軟滑膩，又看著那張精緻漂亮的小臉，小男孩認真地想：「就這是傳說的神仙姊姊吧？」

小男孩試著走了兩步，發現腿真的不疼了，萬分驚喜地看著青青，「神仙姊姊，妳年紀這麼小，醫術就這麼好啊！」

青青無語地看著比自己高半個頭的小男孩，「妳見過我這麼矮的姊姊嗎？」

小男孩不好意思地搔了搔頭，勉強能看出膚色的耳朵有些泛紅，「剛才妳出現在我面前的時候，我就感覺妳像神仙姊姊一樣，不僅身上香噴噴的，長得還好看。」

青青撲哧一笑，「你叫什麼名字？我看你的衣裳可不像是我們縣城的人。」

小男孩說：「我叫朱子裕，我家住在京城。神仙姊姊，妳叫什麼名字？」

青青笑道：「都說別叫我神仙姊姊了，我叫青青，我爹剛給我起了個大名叫徐嘉懿。」

朱子裕驚訝，「剛起名？妳才六歲嗎？」

青青點頭，「是的。」

朱子裕很興奮，拉著她笑道：「我也正好六歲。」

青青抬頭看了看他，又低頭瞅了瞅自己，瞪了他一眼，「六歲你長這麼高幹什麼？」

朱子裕憨笑兩聲，不知怎麼回答。青青不忍欺負小孩子，見他手臉實在髒得不像樣，便領著他找到藏在山澗裡的小溪。朱子裕過去洗乾淨了手和臉，露出原本漂亮的臉蛋。

青青暗自欣賞六歲男童的「美色」時，朱子裕將自己收拾利索了，朝青青笑道：「還是妳厲害，我在這山裡逛了八天了，也沒找到過小溪。」

「八天？你八天都沒出去？迷路了嗎？你家大人呢？」青青不解，又趕緊從藥簍裡翻了翻，從裡面拿出一個紙包來，遞給他，「餓了沒？快吃吧！」

剛想說自己不餓，便聞見一股誘人的香味從紙包裡傳了出來，朱子裕忙將未出口的話吞了回去，接過來道了聲謝，打開紙包就狼吞虎嚥地吃了起來。

青青帶的是肉夾饃，她中午自己烙的餅煮了肉，做了十來個餡料足足的肉夾饃，留下十個給道長們，自己帶了兩個出來，預備著半路餓了好吃。

見朱子裕大口大口地吃著，險些噎到，青青便把自己腰間的水壺也解了遞給他。朱子裕打開蓋子仰頭就喝了一口，頓覺滿口甜香。

「是玫瑰露？」朱子裕又嘗了一口，「還加了蜂蜜！」

青青笑道：「你舌頭倒挺靈敏。」

兩個肉夾饃下肚，朱子裕心底把這個漂亮的小姑娘當成了知心朋友，慢慢傾訴起自己內心裡的煩惱……

「我家住在京城，我爹是當朝的鎮國公朱平章……」

鎮國公是本朝太祖打下江山後賜下來的爵位，傳到如今已經四代了。朱子裕很少聽父親說起祖輩的赫赫戰功，因為他爹，如今的鎮國公朱平章是個肩不能挑手不能提的弱男子。

朱平章未出生時，其父奉命征戰沙場，平息叛亂，當時他母親已身懷六甲，相當擔憂丈夫的生死。由於思慮過重，不滿八個月就生下了朱平章，結果傷了身子不能再生育。老夫人當時心存愧疚，想給國公爺納兩房小妾傳宗接代，卻不想鎮國公斷然拒絕，聲稱男人就該在沙場上馳騁，哪有那麼多時間應付小妾，有一個兒子足矣。

朱平章身為鎮國公府唯一的男丁，嬌生慣養地長大，當老國公卸下邊防大任，回到京城時，才發現自己的兒子文不成武不就。面對公國爺的斥責，老夫人只能掩面哭泣，「當時他那麼弱那麼小，我只怕養不活，哪敢過多苛責他？」

國公爺無奈，只能將希望寄託在孫子身上。朱平章成親後一年得了一對雙胞胎兒子，等孩子們略大些，國公爺便將他們帶到身邊親自教養，又親自給起名叫做朱子誠、朱子信。

朱子誠、朱子信在其祖父的教導下，十餘歲就文韜武略樣樣精通，時值邊疆蠻人來犯，兄弟倆金鑾殿上請命願赴沙場上陣殺敵。

國公爺領了聖旨後，欣慰地將孫子送上沙場，不料這一走便是永別。兩年後，隨著邊關大捷的喜訊報到京城，同時傳來兩兄弟戰死沙場的噩耗。老國公聽聞此信，當場吐血而死，朱之裕的母親也接受不了這個打擊，生下朱子裕不久就去世了。

朱子裕停住了話語，似乎在望著遠方又似乎什麼也沒看，眼神裡全無光彩。

青青感受到朱子裕的悲傷，拉住他的手，想要安慰他，可是又不知道說些什麼。

朱子裕露出一個勉強的笑容，微微地搖了搖頭，「我沒事，已經不難過了。」

朱子裕的母親去世後，朱平章第二年又娶一妻，並於隔年生下一對龍鳳胎，如今剛滿四歲，長得白嫩可愛。

青青問他：「可是你後娘對你不好？」

朱子裕自嘲一笑，「好著呢，吃穿用度樣樣不缺，行走起臥十來個丫鬟伺候我，我一天上幾回廁所她都知道，哪有不好？」

青青不知如何接話，只能沉默以對。

朱子裕將頭埋在膝蓋裡，半晌才又抬起來頭來，「家裡沒人關心我，沒人知道我在想什麼。我說想看書，母親說我們家無須考功名，何苦累壞了身子。我說想練武，母親說，可不能有此想法，說我哥……」

青青握緊了朱子裕的手，「那你怎麼來這裡了？是他們把你扔山裡不要你了嗎？」

聽著青青天真的話語，朱子裕伸手摸了摸她的頭，「哪有？誰也不敢把我扔山裡。」

「這裡是我娘的家鄉。」朱子裕仰頭看了看茂密叢林裡露出的一點天空，眼裡多了幾分溫情，「她在這裡出生，長到了五歲。本月初三是我娘的忌日，我說我想要來娘的家鄉祭拜，她……」頓了頓，朱子裕似乎不知怎麼稱呼，「我後來那個母親說服了我父親，派了幾個人就送我來了。」

青青想起這幾日聚仙觀在做法事，問他：「是在聚仙嗎？」

「嗯。」朱子裕點頭，「我趁著他們做法事，每天偷偷從窗戶溜出來，到這山裡來。」

青青聞言簡直覺得不可思議，「你一個孩子每天跑進山裡來，渾身弄得髒兮兮的，你的隨從就沒發現？」

朱子裕歪頭想了想，「沒有人發現，我晚上回去他們就當我剛午覺睡醒。」

青青心情難以言喻，「估計是你後娘的親信吧！」

朱子裕不願在這上面多說，忽然他不知想起了什麼，一掃之前的鬱鬱之色，眼睛亮晶晶地看著青青，「妳經常上山嗎？妳對山裡熟嗎？妳知道哪裡有寶藏嗎？」

「寶藏？」青青不太跟得上朱子裕的思路，等想明白後又有些無語，「你話本看多了？山裡哪有寶藏？你缺銀子？」

朱子裕搖搖頭，「我不是想找金銀寶藏，我想找傳說中的武功祕笈。」

「武功祕笈？」青青一臉懵逼。穿越過來也有六年了，雖說這個朝代也有些武藝高強的人，但所謂的武功祕笈可聽都沒聽說過，「是那種學了可以飛來飛去，一躍就能跳上高山，踩在湖面踏路而過可以不濕鞋面，用手一指化出劍氣戳破敵人心臟的那種武功祕笈？」

朱子裕眼睛亮得堪比星星了，一臉興奮地問：「居然有這種武功祕笈？我以為胸口碎大石就很厲害了！妳說的那種武功祕笈要去哪裡挖？」

青青無語地看著他，「不知道，我也是從話本上看的。」

朱子裕明亮的眼睛瞬間暗淡下來，看了看天色，他站了起來，「明天我就得回京城了，我今天必須把武功祕笈找到。」他認真地說：「他們說我以後會繼承父親的爵位，可我不想像我父親一樣，當個只會吃喝玩樂的鎮國公。我想成為像祖父和哥哥那樣的大英雄，可以上陣殺敵，就是將來真的戰死沙場，也比渾渾噩噩一輩子強。」

朱子裕身上迸發的氣勢讓青青感到震撼，她震驚這樣一個小小的孩童心中竟有如此雄心壯志，她驚訝這樣一個被繼母試圖寵壞的幼童依然能保有純粹的上進心。

青青認真地道：「我幫你一起找。」

朱子裕的桃花眼裡閃過一絲驚訝，「妳不採藥了嗎？」

青青拎過自己的藥簍給他看，「你看，藥簍裡都裝滿了。」

朱子裕低頭一看，半人高的藥簍裡裝著滿滿當當的小兒手臂粗細的人參和比盤子還大的靈芝，朱子裕頓時愣住了。這是哪裡種的蘿蔔？怎麼長得像人參似的？

找武功祕笈，說起來容易做起來難，青青只當哄小孩子開心，便一本正經地問他：「武功祕笈一般都藏在哪裡啊？」

朱子裕很有心得，連忙傳授經驗，「話本上說了，一般藏在山洞裡或者埋在地底下。」

「山洞裡？地底下？」青青環顧四周，指著不遠處的一個陡壁說：「那裡說不定會有山洞，我們過去瞧瞧。」

朱子裕回頭看了一眼，搖搖頭說：「那裡我昨日轉了三圈了，山壁很光滑，不像是有山洞的樣了。」話雖如此說，但他的腳步還是不自覺地跟上了青青。

走到峭壁旁邊，青青將藥簍放在一邊，從地上撿起一根被風吹落的粗枝，三下兩下掰去上面的枝椏，拿樹枝撥弄著峭壁下方的一人多高的野草。朱子裕見狀也撿了根樹枝，四處戳著地面，似乎想看哪裡鬆軟。

青青拿著樹枝，一面走一面試探著往峭壁上刺，沒多久就試著樹枝刺了空，她連忙叫了一聲朱子裕，「快來看！」又拿樹枝剝開茂盛的野草，隱約看到裡面有個半人高的洞。

「真的有山洞！」朱子裕大喜，扔下樹枝就要往裡爬。

青青拽住他，「不能這樣進去，太危險了。」說著將朱子裕拽了出來，扔到一邊。

朱了裕揉了揉摔疼的屁股，滿臉熱切地看著青青，「原來妳就會功夫啊！要是我找不到武功祕笈，妳就把妳學的功夫教我唄！」

青青從腰上解下鐮刀，一邊割著野草一邊笑道：「我這是普通的練體術，頂多讓人身體康健一些矯健一些，可無法上陣殺敵。」

朱子裕聞言有些洩氣，但是看到已經半露真容的山洞又興奮起來，趕緊爬起來跑過去，將青青割下來的野草抱到一邊。兩人忙活了一刻鐘，終於把山洞前的野草處理乾淨了。

坐下來歇息了片刻，青青估摸著山洞裡已經灌進去了不少新鮮空氣，這才起身去找了些滿是松脂的樹枝，拿出小刀往朱子裕的衣襟上一劃，拽下來一條長長的布條。

朱子裕低頭看了看自己瞬間少了半截的衣裳，有些無語，「妳割我衣裳幹麼？」

青青拿布條纏著樹枝，理所當然地說：「做火把呀，要不，怎麼進山洞裡？」

朱子裕摸了摸鼻子，覺得青青說得有道理，便自己拿過小刀，割了一條遞給青青，「多做一個吧，我怕黑。」

青青看了眼朱子裕勉強蓋著肚子的衣裳，忍俊不禁，「你倒實在。」

朱子裕很是自得，挺起了胸膛，「那是，男子漢大丈夫，做人就要實誠才行！」

青青抿嘴一笑，幾下就做好了兩個火把，拿出火石將其點燃，試探著往山洞裡一伸，看著火苗依然旺盛，絲毫沒有熄滅的跡象，這才放心地往裡走去。

山洞不大，入口處僅有半人高，就連青青和朱子裕兩個這樣的小毛孩也得彎著腰才能進去。低頭走了十來米，順著小路往右一拐，山洞瞬間高大了起來。兩人挺直了身體，就著火把的光亮往裡看，只見山洞盡頭隱隱約約坐著一個人。

朱子裕有些害怕，拉著青青的手說：「妳看，前面是什麼？」

青青的視力比常人略好些，她往前走了幾步，回頭說：「不怕，是個神像，估摸裡頭真的有武功祕笈。」

想當蓋世英雄的想法戰勝了恐懼，朱子裕快步上前，兩人又走了幾米，來到山洞盡頭。

朱子裕看著眼前一個三米多高的塗金描銀的神像，仰頭望去，只見那神像面貌醜陋，一腳站在鼇頭之上，一腳向後踢。

「武魁星。」青青道。

「什麼？」朱子裕看得癡迷，沒聽清青青說的話，下意識問了一句。

「這是武魁星。」青青鄭重地又說了一遍，「傳說武人想要考中武狀元必須拜武魁星，你若是想習武，不妨也拜上一拜。」

朱子裕連忙跪下，實實在在地磕了三個響頭，想想該給魁星老爺上香的，可他自己又未帶此物，思來想去，從青青手裡要來自己那根火把，費勁地插進武魁星神像前的香爐裡。

青青：……

插好了「香」，朱子裕滿意地拍了拍手，轉頭問青青：「武魁星老爺通常會把武功祕笈藏在哪裡啊？」

青青四下裡看了看，也有些茫然，「我也不知道，我看過的話本裡沒說這事。」想了想，又說：「許是有機關暗道？」她試探著在石壁上摸索，也不知碰到哪裡，山洞陡然一陣晃動，武魁星神像前的一塊石板沉了下去，一個木頭匣子緩緩升了起來。

青青：……還真有機關？

朱子裕上前又磕了許多個頭，這才小心翼翼地將匣子抱了過來，打開一看，裡面有一套九本的兵書，最底下看似是用獸皮做成的書卷，上面四個大字：以武入道。

青青：感覺我又穿越到了一個新世界！

兩人抱著匣子從山洞裡退了出來，到外面略微翻開獸皮書一看，裡面圖文並茂地講了些武功的心法和招式，青青這才放了心。

朱子裕抱著匣子朝青青連連行禮，「妳真的是我的神仙姊姊，我自己找了八天都沒找到武功祕笈，跟著妳不到一個時辰就找到了。」

青青無力地揮手：說了不是神仙姊姊啦！

朱子裕開懷大笑，漂亮的臉蛋分外招人，「那叫妳神仙妹妹成不成？」

青青差點被那桃花眼閃瞎了眼，忍不住用手指往他腦門上一戳，「滾開！」

兩人分別在即，青青少不得對他囑咐了又囑咐，什麼「把書藏好，別叫人發現」、「你母親肯定有自己的舊僕，你回去找找看」、「追隨你祖母和你哥的親兵呢？他們肯定向著你」。

單純無知的朱子裕被青青打開了新世界的大門，純潔的古代少年還沒學會自己夢寐以求的武功，就先被灌輸了一腦袋的宅鬥套路。

跟著青青抄小路，半個時辰兩人就遠遠看到了聚仙觀，青青指著後面那個小院說：「我和我爹、我娘在那裡讀書。」

朱子裕看天色尚早，於是略帶乞求地看著青青，「我能去妳家坐坐嗎？」

「那不是我家。」青青認真糾正，「那是四位道長的住所。」

朱子裕點頭，不肯放棄，「即使不是妳的家，也是妳經常待的地方，我想去看看。」

青青看著他帶著期盼的小眼神，頗為無奈，又不忍心拒絕這個漂亮的小男孩，只得點了點頭，「好吧，你見人要有禮貌，要向道長行禮喔！」

朱子裕認真地答應下來，又有點委屈地看著青青，「我很懂禮貌的。」

青青只得讓他跟著自己，當朗月打開門扉，看著青青身後跟著一個衣衫不整的男童時，一聲尖叫劃破了安靜的小院，「青青帶回來一個男的，還把人家的衣服給撕破了！」

青青：朗月師兄，你跟我說說，你最近都看了什麼話本？

朗月的尖叫聲成功地引來了小院的所有人，當大家問明緣由，看著朱子裕懷抱著的匣子時，心情都難以言喻。

文道人：這運氣好得太不靠譜了！

醫道人看著青青身後的藥簍，臉頰直抽：整座山我走了百十來回也沒看見過一支上百年的山參，我到底是不是得道高人啊？

徐鴻達看著朱子裕，目帶審視：臭小子，毛還沒長齊就敢摸我家青青的小手！

總而言之，朱子裕飽受了一番驚嚇，直到喝了食道人做的健骨湯才緩過神來，「要不，我還是走吧，天色不早了。」他舔了舔嘴唇，十分緊張。

文道人上下打量他一番，吩咐朗月：「去聚仙觀悄悄給他取一套新衣裳來。」又把朱子裕叫到跟前來，嫌棄地問：「就讀了《三字經》？」

「是。」朱子裕萬分羞愧。

「那你能看懂屁兵書啊！能明白心法是怎麼回事嗎？就你這文盲還想自學成才，不怕走火入魔啊？」文道人一反飄然若仙的形象，爆出了一句粗口。面對諸人驚愕的神情，文道人不自在地輕咳了兩聲，又瞪著朱子裕，「明天道場就做完了？沒事，回頭我和聚仙觀長明道長說一聲，就說你母親托夢了，讓再做九天法事，需要你在淨室內親自誦念經文。這幾日你就待在我這裡，我好歹把這裡頭的東西給你講明白，要不然這書落你手裡算毀了。」

朱子裕聽了半天才反應過來，這位道長是要指點自己？想起青青說文道長學問好，喜得朱子裕連忙跪下行了個大禮，「謝謝道長，原來道長是個熱心腸的，我剛才誤會您了！」

熱心腸？

文道人抿緊了嘴唇。

「什麼腸？」朱朱的腦袋從廚房裡伸了出來，「誰中午想吃香腸？」

畫道人看著文道人的表情，琢磨著這表情難得一見，得畫出來留作紀念。

翌日一早，果然長明道長說起了先國公夫人托夢一事，朱子裕也這般說起，兩人說的絲毫不差，縱使國公府的下人再怎麼不情願，也不敢在這上頭做文章，只得強忍著不耐煩，每天跪在那裡看著一群道士做法事，而朱子裕早被悄悄地送進了後面的小院。

能和聰明漂亮又香軟可愛的青青一起讀書，朱子裕覺得的這是世上最美好的事情了。事實證明，他想太多了，早上剛一進院，還沒來得及見青青一面，他就被文道人揪進了書房，書桌上厚厚的一疊書記錄了從古至今所有的戰役。

由於時間過於緊迫，文道人讓醫道人熬了一劑藥給朱子裕灌了下去，朱子裕立馬耳聰目明、精神百增。文道人一邊快速地講解著各種類型的戰役，一邊配合著兵法解說，時不時穿插些奇門遁甲、五行八卦之術，每天講到二更天才放朱子裕回去洗漱。等朱子裕洗漱乾淨，本以為可以上床就寢了，不料又被文道人給揪了起來，把他扔到一個蒲團上，引導他練習獸皮書上的武功心法。

當朱子裕膽怯地說：「聽不明白的時候。」文道人只是丟給他一個高冷的表情，「不理解沒關係，都給我記在腦子裡，等你回京城有十年二十年的時間去理解。」

許是醫道長的藥劑管用，又或是那根每天才從早燃到晚的香起了作用，朱子裕把文道人的每一句話每一個字都牢牢地記在了心裡，包括那句：「要對青青言聽計從，要將青青的話視為聖旨！」

在這高強度的學習生活中，唯一能夠給朱子裕鼓勵的就是每天中午午飯時，青青坐在自己身邊，露出甜甜的笑容，說道：「子裕，多吃點。」

聞著青青身上淡淡的百花香氣，吃著青青夾的菜，朱子裕覺得自己能多吃兩碗飯。

朱子裕這邊忙著學習，青青那邊也沒閒著，自打她聽說老鎮國公的書房裡有著滿滿的手箚、兵法卻關著不讓人進去時，心裡就有了個想法：她準備畫一幅老國公和朱子裕兩個戰死在沙場的哥哥的畫像。

只是，朱子裕出生時，他的祖父和哥哥就已經去世了，並不知道他們長得什麼模樣，僅能偶爾聽祖母說兩句：你和你哥哥們長得像，你的眼睛隨你爺爺，此外再無途徑獲知祖父和兄長的資訊了。

青青一面按照朱子裕的隻字片語打著草稿，一邊託文道長看看能不能找到朱家的舊僕。也不知是趕巧，還是文道人神通廣大，不過半日就尋來一張嬤嬤。張嬤嬤是朱子裕母親的陪房，當年在朱家伺候時，兩個哥兒的吃穿住行都是她來操辦，甚至兩個哥兒上沙場前來母親房內拜別，還是她將人送了出去。

等兩個哥兒死了，夫人也沒了，國公爺新娶的夫人嫌他們晦氣，便把他們打發出來照看先夫人的陪嫁。張嬤嬤被分到了先夫人的家鄉，看著幾處房子和鋪子。

當張嬤嬤看到朱子裕時，登時就認出他來，也不顧主僕之別，抱著他就痛哭起來，「我的哥兒啊，我的哥兒啊！」

朱子裕被哭得心酸，輕輕地攬住了張嬤嬤的肩膀，「是我不好，母親將你們留給了我，我沒能護住你們。」

「哥兒快別這麼說。」張嬤嬤拿起袖子擦了擦臉上的淚水，看著到自己肩膀的孩子，露出欣慰的笑容，「我們現在挺好的，她起碼沒動夫人的嫁妝。我們這些舊僕旁的本事沒有，但夫人的嫁妝我們會好好打理的，得多賺錢給哥兒花。」

朱子裕點了點頭，想多問問母親的事，但文道人不許他將時間浪費在這上頭，把他領回去讓他喝了一碗靜心茶，又繼續講課。

青青將張嬤嬤領進畫室，細細問了朱子裕兄長的樣子。張嬤嬤將哥兒的體貌特徵說得無比詳細，連臉上幾顆痣，長在什麼位置都能講出來，而老國公爺，張嬤嬤雖見得少，但一年總能看到兩三回，再加上朱子裕長得和他爺爺有幾分相像，因此也能說出八九分來。

青青打好草稿，一遍又一遍地讓張嬤嬤瞧，直到和真人無二後，才正式動筆。

張嬤嬤被送出小院，走之前欲言又止，直到朗月快要關上門時，張嬤嬤忽然轉身一把抓住他的手，「這位小道長，您能不能幫我給青青姑娘傳個話，等她畫完哥兒的畫像，可不可以把那個草稿送給我？我伺候哥兒十來年了，實在是想念得緊……」

朗月看著哭得滿臉是淚的張嬤嬤，輕輕地抽回自己的手，「妳回去吧，過幾日我將草稿送到妳家中。」

張嬤嬤含著淚，再三地謝了朗月，又戀戀不捨地看了看朱子裕讀書的屋子，這才一步三回頭地走了。

青青得了草稿，連家都不回了，吃住都在小院裡，廢寢忘食地畫那幅爺孫三人的畫像。畫道人心疼徒弟辛苦，每當她入睡後，都幫著修改幾筆，動作不大，卻頗有畫龍點睛之效。食道人則變著花樣做吃的，又讓醫道人開了補氣血的藥膳方子，每天親自看著青青吃。

朱子裕知道青青為自己做的一切後很感動，又心疼她不分晝夜地作畫，只能每天在一起吃飯時，拚命地告訴青青要注意休息，別累壞了。歷經五天，青青終於畫好了祖孫行樂圖，並親自裝裱起來。

朱子裕看著青青遞過來的畫卷，又將視線挪到她略微消瘦的臉頰，心裡一酸，一把將青青摟在了懷裡，「青青，妳對我真好，謝謝妳！」

目睹了此場景的四位道人外加徐鴻達，氣得頭髮都豎起來了：臭小子，你想幹麼？

朱子裕緊緊摟住青青的肩膀，眼淚流了出來，「妳是我最好的好朋友！」

青青笑著拍了拍他的肩膀，拉著他的手，小聲道：「我跟你說，你回家以後……」

眾道人心情複雜，對著徐鴻達怒目而視。

文道人恨鐵不成鋼地指了指他，「回頭讓你娘子好好教教青青，不能跟臭小子牽手，不能讓臭小子抱她！」

徐鴻達無語，「青青就晚上回家睡個覺，我家娘子哪撈得著教她啊？」

短短的九日很快就過去了，文道人選了幾本記錄經典戰役的史書、一本奇門遁甲之術、一本星象學遞給朱子裕，「這幾本書送給你，回去好好學習，也不枉我教導你這幾日。」

朱子裕向文道人行了個大禮，「道長放心，我不會辜負您的期望。」

文道長難得地溫和起來，「一會兒將書放在你帶來的那個木匣子裡，你自己悄悄回到聚仙觀去。回頭我叫長明道長將木匣子和畫卷當眾給你，就說是裝經書，要每日誦讀。」

朱子裕點頭，再三感謝了文道長，又將視線轉移到青青身上。

徐鴻達緊張地攔在閨女面前……

朱子裕往旁邊挪了兩步，伸著脖子使勁兒揮手，「青青，等妳去京城時記得找我！」

青青從她爹的胳膊下面伸出頭來，「我知道，你好好保護自己，按我教你的做！」

徐鴻達低頭看著自己胳膊底下的小丫頭，「妳是不是又看什麼不靠譜的話本了？」

青青不服氣地反駁：「什麼不靠譜啊，都是經典的宅鬥，肯定有一招管用的！」又轉頭囑咐朱子裕：「記住我說的啊，要智鬥！」

朱子裕用力地點頭，「青青讓我怎麼做，我就怎麼做！」

他依依不捨地看著青青，試圖繞過徐鴻達再給又軟又香的青青一個充滿著友情的擁抱，卻不料徐鴻達早就堤防著他，一邊伸開雙臂攔著朱子裕，一邊轉圈擋著青青。

朱朱做了幾樣路上方便攜帶的吃食，一出來就看見這奇怪的一幕，不禁上前問：「不是著急走嗎？怎麼又玩開老鷹抓小雞了？」

看不過眼的文道人，將朱子裕拎起來，幾步走到院門口，打開院門把他扔了出去。

朱子裕登時哭了出來，拚命拍門，木門忽然打開，他剛露出笑容，就見一個布袋子丟出來摔在他的臉上，「給你做的乾糧。」說完，木門砰一聲又關上了。

朱子裕知道自己得走了，他將布袋子扛在肩膀上，朝著小院裡大聲呼喊：「青青，我走了，妳記得到京城以後一定要找我啊！」

等了半晌，也沒聽見回音，朱子裕只能失望地離開了。

鎮國公府的八個家丁跪得腿都快斷了，終於等法事結束，幾個人爬起來，就要帶著他們那位大爺趕緊回家。

朱子裕眼睛紅紅地坐在屋裡，也不知在想什麼，幾個家丁互相看了看也不敢上前。還是為首的那個名喚賈二的湊過來，作勢安慰他，「我的大爺，快別傷心了，你看咱們做了這麼多天法事，大夫人肯定早投胎到大富大貴的人家去了。爺，你看，這天色也不早了，咱們趕緊收拾東西下山吧。在山下住一晚，明天一早我們就趕緊回京城，這回出來了這麼久，夫人該擔心了。」

朱子裕紅著眼睛盯著他看，直把他看得心虛不敢說話，這才收回了視線，冷冷地丟下一句：「收拾東西，我去找長明道長道別。」

賈二給手下使了個眼色，自己跟了出去。朱子裕也不管他，自行去找長明道長辭行。長明道長勸慰了幾句，拿出了一個小箱子遞給朱子裕，說道：「這裡面裝著一些道家的經典，記得常常誦讀。」

賈二聞言連忙要去接，不料長明道長直接將箱子塞到了朱子裕的懷裡。朱子裕更是不知從哪裡摸出一把小銅鎖，當著賈二的面就喀一聲將箱子鎖起來，隨後向長明道長行禮，「多謝道長饋贈，子裕回家會好生誦讀。」

長明道長又拿起桌上的一個畫卷遞給朱子裕，什麼也沒說，便命人將他們送了出去。

賈二湊在朱子裕的身邊，伸手去拿箱子，「這箱子看著不輕，我替大爺抱著。」

朱子裕閃身避開他的手，抿著嘴，看他一眼，「不必。」

賈二不死心，又試圖去拿那個畫，嘴裡還不忘嘀咕：「道長這是給的什麼畫啊？」

朱子裕忽然停下腳步，冷冷地看著他，「是不是你不把我當成主子，所以才敢一而再，再而三把我的話當耳旁風？賈二，你很好！」

賈二縱然在心裡看不上朱子裕，面上卻絕不敢不把他當一回事，畢竟朱子裕現在是國公府裡的大公子，是爵位名正言順的繼承人，但凡回府裡，朱子裕告他一回狀，不用旁人，夫人怕落人口舌就能收拾了他。

想到此處，賈二撲通一聲跪下，不停地磕頭，「大爺，借給小的十個狗膽，小的也不敢不聽您的話啊，小的真的是怕累著了您！」

朱子裕冷哼一聲，抬腳上了自己的馬車。

另外幾個下人趕緊過來扶起賈二，互相擠眉弄眼了一番，卻沒一個敢出聲的。

賈二暗自叫苦，如今這位爺長大了，越發有主子的架勢了，往後可不能隨意糊弄了。於是收起輕視之心，小心翼翼地伺候朱子裕回京。

朱子裕回到京城的鎮國公府後，先將自己的東西放在大箱子裡落了鎖，又去洗澡換了衣裳，這才從箱子裡將畫卷取出來，伺候他的大丫頭明月見狀不禁笑道：「什麼樣的好東西這樣寶貝著，也不許我們看。」說著就要伸手去拿。

朱子裕看了她一眼，冷喝道：「放肆！憑妳也敢摸這幅畫？」

明月被罵得臉上青白，又不敢還嘴，只能勉強擠出笑容，「大爺這是從哪裡受了氣了回來？拿我們撒氣好沒意思！」

朱子裕沒空搭理她，拿著畫卷匆匆忙忙地走了。

「這是怎麼了？」夫人那邊的大丫頭紫提過來，從窗外見這情形也沒敢露面，直到朱子裕不見了蹤影才走了進來，拉住明月道：「大爺這是怎麼了？」

明月擦了擦微紅的眼角，搖了搖頭，「不知從哪裡觸了楣頭，回來就拿我們撒氣。」

紫提略安慰了兩句就直奔主題：「聽賈二說，大爺帶回了一個箱子和一幅畫，妳可看到是什麼東西了？」

明月聞言心裡難受得緊，「大爺一回來就將東西鎖到大箱子裡，那個箱子的鑰匙一直是他自己拿著，我們誰也沒有看到。剛才大爺換了衣裳取了畫出來，我想看一眼，結果被大爺喝斥了一番，好生沒臉。」

紫提聽聞此話，臉色略微變了變，心裡暗忖：「大爺的防備心越發重了……」

此時，朱子裕已經到了老國公夫人的屋子，上前跪下請了安，又笑嘻嘻地爬起來蹭到炕上，將頭輕輕地埋在老夫人的懷裡。

「怎麼了？不是去你娘家鄉祭拜了，怎麼又不高興？」老夫人摩挲著他的頭，「是不是你娘沒給你托夢？你娘葬在咱朱家的祖墳裡，魂魄自然不在家鄉，夢不見也是正常的。」

朱子裕在老夫人懷裡點了點頭，待眼淚逼回去才將頭抬起來，朝老夫人笑笑，「祖母，雖然我回去沒夢到我娘，但我夢到祖父和哥哥了。」

老夫人一愣，隨後斥責道：「胡說八道，老太爺的魂魄怎麼會在那？」

朱子裕想了想，才說：「許是那家道觀靈驗，我又親自誦經，神仙見我心誠，遂引了我的魂魄拜見了祖父。」頓了頓，又說：「祖母，我哥哥們和祖父在一起。」

老夫人想起寵了她一輩子的夫君，心情也沉重了幾分，摸著朱子裕的頭問：「你夢見你祖父和你說什麼了？」

「祖父說……」剛要拿編好的瞎話糊弄老夫人，一名穿著青衣坎肩的丫鬟撩起簾子進來回稟道：「老太太，夫人來了。」

鎮國公府的老太太從年輕起就是個沒心機的，可以說她除了優越的家世和出眾的美貌以外，什麼學識、見識、才華、心計全都沒有。也是她命好，當姑娘時是家裡唯一的女孩，爹娘疼著哥哥寵著，出嫁後上沒有婆婆下沒有妯娌，國公爺也沒有小妾通房之流。這麼說吧，就算哪天她閒得難受想來場宅鬥活躍一下人生，都找不到人陪她玩，因此天真的老太太到老了依然還是天真，養廢了鎮國公府的當家人朱平章還不自知。

朱子裕的生母楊氏去世後一年，已近不惑之年的朱平章又續娶了二八年華的高氏。高氏在嫁入國公府之前，娘家就已見衰敗之勢，家裡十幾個哥兒沒一個肯讀書的，成日裡漫天散銀招貓逗狗，各房主子們也不齊心，不想著怎麼開源節流，反而都拚命往自己房裡撈好處，高家早已是寅支卯糧，入不敷出了。

高氏憑著長輩的一點臉面，攀上了鎮國公府這門親事，且她勝在年輕貌美，甫一進門就抓住了朱平章的心。剛進門時高氏還算老實乖巧，雖然那時老太太讓她掌管中饋，但家裡的大事小情她依然向老太太請示了才吩咐下人去做。如此不過半年的時間，高氏摸透了老太太的性情，開始自己當家做主起來，而老太太樂得清閒，每天逗逗孫子聽聽小曲兒，旁的什麼事也不想操心。

朱子裕打出生就沒了娘，高氏過門時他才一歲多點，正是蹣跚學步、咿咿呀呀學話的好玩時候，高氏見他白嫩可愛倒也真心喜歡他，將他挪到自己耳房裡，一日三餐細心照看。

也不知什麼時候變了心思，龍鳳胎出生後，高氏就漸漸對朱子裕沒了耐性，一想這偌大的國公府，這世襲罔替的爵位，這令世人羨慕的榮華富貴與自己的兒子無緣時，她就難受得整夜睡不著覺，恨不得把朱子裕攆出家門。

只是，高氏雖有這個心思卻沒這個膽子，旁人不說，老太太是最寵孩子的，而她自己又特別好面子，最容不得別人說她一句不好。雖然她肚裡滿是見不得人的心思，偏面上做出慈母的姿態來，心裡盤算著長久的計劃。

好不容易忍到朱子裕三歲，高氏便叫人收拾了一處精緻的小院，把他挪了出去，每天叫漂亮的丫鬟哄著他吃陪著他玩。朱子裕三四歲了還極少下地走路，都是奶娘一步步抱著。偏生老太太不認為這是事兒，只當高氏寵愛朱子裕，想當年朱平章就是如此這般在老太太的寵愛下長大的。

幸好朱子裕從小就敏感，從懂事起就覺出高氏待自己和龍鳳胎的不同，雖然每次高氏見他都和顏悅色，但朱子裕總覺得她看自己的眼神讓自己發毛。

當時朱子裕年紀太小，又沒有人教導他，他不知道什麼是好什麼是壞，他只當自己不乖所以母親才不喜歡，便有意識地去和弟弟學，嘗試著自己吃飯，不再讓奶娘抱。當他在祖母的屋子裡聽到兩歲的弟弟用含糊不清的奶音背著《三字經》時，他忍不住好奇地問：「娘，弟弟說的什麼？我怎麼沒聽過？」

剎那間，高氏臉上閃過一絲慌亂，下意識去看婆婆和丈夫的表情。而此時，國公爺的眼神正在一貌美的丫鬟臉上打轉，老太太正瞇著眼聽小曲兒，沒人在意朱子裕的童言童語。

高氏這才放下心來，連忙攬住他哄道：「弟弟念著玩呢，你身子弱，可念不得這東西，小心勞神。」

高氏的敷衍沒有打消朱子裕的好奇心，他私下裡拉住老太太的大丫鬟玉樓詢問。

玉樓是朱家的家生子，當年她爹娘生病，朱子裕的親娘楊氏不僅給銀子賞藥材，等她爹娘歸了西還叫人好生發送了，給了五十兩的喪葬銀子，因此玉樓相當感念楊氏的恩德。當年楊氏沒了，她還痛哭了一場。

自打高氏進門後，玉樓冷眼瞧了幾年，自然能看明白高氏打的什麼主意，私下裡也試著提醒老太太兩句。只是老太太糊塗一輩子了，委婉的她聽不懂，直白的她不明白。玉樓又不敢主動去和朱子裕說什麼，怕朱子裕被高氏養熟了，將自己說的話告訴她，到時候夫人把自己攆出去，老太太可不會管自己死活，因此只能閉緊了嘴巴。

所以，當朱子裕溜進她的小屋，悄聲問：「玉樓姊姊，弟弟念的是什麼的時候？」玉樓萬分糾結，不知該不該說。倒是這孩子機靈，看出玉樓的為難，先下了保證，「姊姊，我知道好賴，妳放心，我不會讓夫人知道的。」

玉樓心裡一酸，將他摟在懷裡，眼淚差點掉出來。只是她也不敢在耳房裡說，怕會被旁人聽見，便藉口帶他到園子裡賞花，四處看著沒人，便一點一滴地從老國公爺講起，細細地告訴他近十年來國公府發生的事情。從那時起，朱子裕才知道自己並不是夫人親生的，原來自己還有兩個戰死在沙場上的親哥哥。

打那以後，朱子裕時常拽著玉樓陪他到園子去玩，讓玉樓講些祖父和哥哥的事情給自己聽。紫提撞見過兩回，回來和高氏說玉樓整日陪著裕哥挖土，高氏也沒當回事，只當朱子裕喜新厭舊，她所有的心思都放在了自己的寶貝兒子身上。

高氏之子朱子昊滿三歲後，高氏為了兒子請來一位名師，朱子裕聽說後吵著鬧著也要上課。高氏恨得牙直癢癢，少不得一邊糊弄他一邊又在老太太那邊打馬虎眼，「裕哥兒從小體弱，兒媳實在怕他讀書勞神再壞了身子。」

老太太想起自己兒子小時候的事，立馬哄著朱子裕不叫他去，奈何朱子裕聽了祖父和哥哥的故事，又明白了自己在府裡的處境，早就下了奮發圖強的心思，死活不肯甘休。老太太是個最疼孩子的，見他哭得傷心，連忙答應了。

高氏從來不敢在面上違背老太太的意思，因此隔三差五地找出一件事來攔著不讓朱子裕去書房，先生不明所以又不願聽孩童狡辯，當下厭惡這個三天打魚兩天曬網的公子哥，索性從來不去管他，故而一年多來，朱子裕只學會認字，背個《三字經》罷了。

玉樓見朱子裕一年來學的東西有限，心裡著急，琢磨了幾日，偷偷尋了一件楊氏舊日做的針線叫朱子裕塞在房裡，又叫朱子裕裝作無意間找出來一樣，問丫鬟是誰的東西。

雖說楊氏亡故時這群丫鬟才七八歲，但楊氏身為府裡的當家夫人，丫鬟們都認得她的針線，因此見了這件東西臉色大變，雖不敢當著朱子裕的面言語，但私下裡少不得議論。

朱子裕按照玉樓的指示，「恰好」撞破了丫鬟們的私話，趁機大哭大鬧起來，死活要自己的親娘。高氏聽聞此事，氣得一口銀牙恨不得咬碎，狠狠地發作了幾個丫頭，又去老太太那裡告罪。

老太太不明白高氏的想法，只說這事也沒什麼大不了的。高氏掩面哭得傷心，「娘，您知道的，兒媳倒不是有意瞞著子裕這事，只是擔心子裕知道這事該和兒媳離了心了。」

老太太勸慰道：「不會的，子裕是個好孩子，他知道妳的好。」登時把高氏氣得倒仰。

既然撞破了這件事，朱子裕也無所顧慮起來，事事不再聽丫鬟安排，自己跟老太太要了個箱子拿了一把銅鎖，將自己的月例銀子、壓歲錢、各種樣式的長命鎖、老太太賞的各類玉件以及自己心愛之物鎖了起來，誰也不許碰。

朱子裕又光明正大地去找老太太問了母親的忌日，提出了回母親家鄉去祭拜的想法。高氏已經不想搭理他了，既然他要求了，便和朱平章回稟了一句，打發自己陪房的男人賈二帶著幾個家丁送他去了楊氏的家鄉。

誰知朱子裕這一去竟然去了一個多月，回來時賈二只匆忙來回了句：聚仙觀裡的長明道長給了大少爺一個箱子和一幅畫卷，不知是什麼東西，又說大少爺脾氣大了許多。

高氏驚疑不定，連忙讓紫提去朱子裕的院子探個究竟，誰知紫提回來說明月不僅什麼都沒看到，大少爺還給了她個沒臉。

這回高氏坐不住了，忙往老太太院子裡去，到了門口叫丫鬟去通報，自己則拿著小鏡子擠出一抹溫柔的笑意。

丫鬟撩開簾子進去，低頭回道：「老太太，夫人來了。」

玉樓正跪在炕上拿著一把美人錘給老太太捶肩，聞言悄悄地朝朱子裕使了個眼色。朱子裕立馬心領神會地滾到了老太太的懷裡，兩隻小手摟住老太太的脖子，「祖母，先不叫母親進來好不好，我還想跟您講祖父和哥哥的事，我不想叫別人知道。」

老太太最見不得孫子撒嬌，見狀笑得很是開懷，摟著他連聲說好，便對那丫頭說：「讓夫人先回去吧，我和裕兒說會兒話，讓她晚飯時再過來。」

玉樓忙從炕上下來，笑道：「還是我去說，這小丫頭嘴不利索，怕她說不明白。」

老太太從不在意這樣的小事，胡亂點了點頭，就問大孫子夢見了什麼。

玉樓使了眼色，領了所有的丫鬟出來，先叫她們到廊下候著，自己則向高氏行了禮，這才小聲說道：「老太太一個來月未見大爺，心裡想得緊兒，這會兒祖孫兩個正說悄悄話呢，讓夫人晚些時候再來。」

高氏捏緊了帕子，手指有些發白，略微頓了一下，很快揚起無事般的笑臉，「也好，也該叫裕哥兒好好陪陪她祖母了。那我先叫廚房安排飯菜，等二爺放學了，我打發他和萱姐兒一起過來。」

玉樓將高氏送走，也沒再進屋，反而搬了個小杌子坐在門口，以防有人聽牆角。

朱子裕坐在老太太的懷裡，詳細地說起自己夢見祖父之事，「祖父住在一個金碧輝煌的大房子裡，房子後面種著好大一片竹子，還養了許多仙鶴。院子側面有一片活水，我去的時候，祖父正帶著哥哥釣魚。」

老太太聞言，面上露出幾分懷念，「是呢，你祖父最愛釣魚，當年他在家時，咱家池塘裡的魚都養不大，三天就得釣上一回。」說著咯咯咯笑了起來。

朱子裕從老太太懷裡鑽了出來，悄悄拿起畫卷，緊張得手有些顫抖，「祖父叫我找人畫一幅行樂圖帶回家來。」說著緩緩地打開了畫卷。

老太太的視線落在畫卷上，下一刻呆愣住了。那個寵了她一輩子的男人就這樣出現在眼前：潺潺泉水從畫卷上流過，老國公爺半靠在白玉砌成的欄杆上，手裡正拿著一根長長的釣竿，一條顏色金黃的大魚跳起來咬住魚鉤。國公爺左側一個少年正指著水面哈哈大笑，右側的少年則伸出手去，似乎要幫著老國公爺拉魚竿。

也不知盯著這幅畫看了多久，直到感覺到孫子拿帕子給自己擦淚，老太太才回過神來。

老太太嘆了一口氣，將朱子裕摟在懷裡，「我原本只當你是做夢，卻不料你真的見到了你的祖父。他見到你的時候歡喜不歡喜？他一定很喜歡你的，要不然怎麼會單單引你去見？你可是咱家未來的小國公爺呢！」

朱子裕摟住祖母的胳膊，聲音裡帶著崇敬，「祖父見我歡喜得緊，還說會保佑我身體康健，只是祖父不許我整日在後院傻玩了，說叫我搬去前院住。」

老太太嘆氣，「原本我想你體弱，捨不得你搬到前院去，都是些毛躁小子，怎麼能伺候得了你？既然你祖父說了，那你就搬過去吧。」憶起往昔，老太太臉上帶了幾分眷戀，「你祖父一直不喜歡男孩兒養在後院，當初你哥哥才四歲，他就叫他們到前院去住了。裕兒，你且看看……」

老太太指著左側的少年，「這個是你大哥，他眼角下面有一顆小痣你看到沒？他啊，極其機靈，什麼事也瞞不過他。」又指著另一個道：「眉心有顆黑痣的是你二哥，他從小就淘氣，上山下河就沒有他不敢的。」

「祖母，我有兩個哥哥，為什麼府裡的下人都叫我大爺？我該行三的。」朱子裕的眼神裡閃過一絲憤怒又極快地掩飾了下去，「哥哥們並非幼時夭折，族譜上也有他們的名字，下人們怎麼能胡亂稱呼？哥哥若是知道了，豈不在地下難安？」話音未落，便已泣不成聲。

老太太連忙摟住他，大實話一個勁兒地往外掏，「是你母親提議的，說你體弱，怕你知道有過兩個哥哥又沒了該傷心了，因此讓下人們都叫你大爺的。」

朱子裕氣得直發抖，「祖母，因這輕飄飄的一句話就能抹滅哥哥們的存在嗎？現在不過才六年時間就已經沒有人提起大哥、二哥了，如此再過十幾年、二十年，還有幾個人能記住他們？況且我根本就不體弱！」他抬頭高喊了一聲，可看到老太太鬢角上的白髮，又忽然沒了氣勢，只聲音中依然憤憤不平，「縱使我娘懷我的時候身子不好，我也是足月生的。小時候怎樣我不記得了，反正打五歲起我就沒生過病，就昊兒每到換季的時候還得吃上幾日湯藥呢，母親怎麼不說他身子弱呢？」

老太太恍然大悟，「你說的是，你母親定是記差了。」

朱子裕瞬間對祖母沒了脾氣，只能再次強調了自己的不滿，「世上這麼些人家，或高官或百姓，就沒聽說過哪一家亂了排行的，也不知母親打的什麼主意。」

「好好好！」老太太連聲答應，「原本也是為了哄你的，只是嘴上亂叫，哪會真的讓我的兩個孫子沒了歸宿呢？我立馬就囑咐人，不許再亂叫了。」

隨著祖母的話音落下，朱子裕低頭看著畫卷上兩個哥哥歡快的神情，眼神中滿是崇拜之色，「祖母，我見到哥哥了，他們還是那個性子。大哥說，讓我住他們之前的那個院子，用他們的書房。祖父吩咐，叫我找人畫好這幅畫，就掛在他書房裡，往後不許旁人進去，讓我每日親自進去清掃、祭拜、誦經。」

老國公爺吩咐的事情，哪敢不聽，老太太便打發玉樓去找夫人，吩咐道：「不許府裡下人再混叫，誠哥兒、信哥兒依舊是大爺、二爺，往後只叫裕兒為三爺，稱昊兒為四爺。」又道：「將前院早先大爺用過的小院和書房修整一番，給裕兒配幾個小廝，選個好日子叫他搬到前院住去。」

見一切都按自己的計畫走，朱子裕不由得更加信服青青：看青青說的多對，搞定了老太太，什麼都不是問題。至於高氏信不信，那他就管不了了，只要老太太信了就成了。

朱子裕親自拿著畫卷去了前院，跟大管家朱永要過來祖父書房的鑰匙，親自將行樂圖掛在書房的牆壁上。朱永見老國公爺的畫宛如真人一般，容貌與自己的記憶一般無二時，瞬間淚眼滂沱，跪下直磕頭。

朱子裕也不去管他，吩咐院子裡一小廝：「取個香爐來，再拿些好香。」

那小廝聽了卻不動，只拿眼瞅朱永。

朱子裕冷笑兩聲，「大管家，您看行嗎？」

「不敢！不敢！」朱永瞬間冷汗淋漓，爬起來踹那小廝一腳，「沒眼力兒的東西，沒聽見大爺的吩咐嗎？還不趕緊取去，看我回頭我就賣了你去挖煤。」

那小廝嚇得一溜煙跑了。

朱子裕脆生生道：「大管家，往後叫我三爺，大爺是我大哥朱子城。」

朱永一愣，瞬間反應過來，忙低頭應道：「是，三爺說的是！」

朱子裕像模像樣地點了點頭，「祖母已經將這事吩咐給母親了，你也提醒提醒前院這些小子們，誰敢叫錯被我聽見了，先打斷腿再送去煤窯。」

看著一個月前還懵懂無知的孩童如今竟有一絲老國公爺的殺伐之氣，朱永有些愣住了，盯著朱子裕看了好半晌才在他越來越冷漠的眼神中回過神來，忙連聲應道：「三爺放心，小的就這吩咐下去，有敢犯大忌的，抓住先打上五十板子。」

朱子裕這才點了點頭，等那小廝取來了香爐，他恭恭敬敬地上了香，又拿出一把新鎖鎖上了老國公的書房門。看著朱永驚愕地表情，朱子裕淡淡地說：「這也是老太太的意思，往後除了我，誰也不能進這屋。」

朱永低下頭，下意識思索著該怎麼向夫人回話，就聽見朱子裕冰冷的聲音：「大管家，你姓朱，不姓高。」

一盆冷水澆在頭上，瞬間將朱永澆醒。

◆　◆　◆

總覺得有什麼不好的事要發生，高氏站在窗前，注視著窗外的葡萄架，有些心煩意亂。紫提見夫人心緒不寧，連忙捧了一盞熱茶過去，笑道：「夫人喝茶。」

高氏回過神來，接過茶喝了兩口，「這次子裕回來雖然我還沒見到他，但聽賈二所言，似乎有什麼不對勁。」

紫提道：「不過是祭奠親娘心情不好，發了兩回火罷了。一個來月的功夫，能有什麼天翻地覆的變化？夫人多慮了。」

高氏沒言語，神情有些惱怒，「賈二辦事就是不靠譜，我讓他看好那個小子，你看他幹了啥事？知道朱子裕整日翻牆出去也不攔著，跟了兩天就再不管了，他是不是覺得朱子裕死外頭我能賞他？若真有此事，別說他得讓老爺打死不說，就我也撈不著好！」

「賈二是個糊塗的，夫人別和他一般見識。聽賈二說，不過是到山裡翻找些什麼，幾天都是兩手空空一身狼狽地回來，他們才鬆了弦。」紫提掩嘴一笑，「大少爺想到山裡找些什麼？難道話本聽多了去挖寶藏不成？我記得明月說近半年大少爺看的都是這樣的話本。」

高氏噗哧一笑，心情鬆懈了下來。

一個丫頭進來稟道：「夫人，老太太屋裡的玉樓來了。」

高氏收斂了笑容，點了點頭，「讓她進來。」

玉樓進來先行了禮，然後垂手站在一邊。

高氏端起茶，淺淺地喝了一口，這才道：「怎麼叫妳過來了？打發誰來不成？老太太可是有什麼要緊的吩咐？」

玉樓恭敬地回覆道：「事情比較重要，老太太怕旁人說不仔細耽誤了事。老太太剛才吩咐，往後家裡的排行不能亂叫，大爺往後是咱家的三爺，二爺是四爺，若是發現誰叫錯了，要嚴懲。」

高氏頓時臉色漲紅，有被撞破心事的惱怒。玉樓雖不知高氏當年堅持讓子裕稱大爺打的什麼主意，但是這五年的努力化為春水，想必高氏心情不會很愉快。

「老太太還吩咐，讓人把早先大爺、二爺在前院的屋子和書房收拾出來，讓三爺搬過去住。另外，三爺要每日在老太爺的書房裡念經祈福，往後不必再派人進去打掃，由三爺自行打理即可。」

玉樓回完話，等了半晌才聽到一聲「嗯」，便輕手輕腳地走了。高氏半晌沒有言語，但看她青筋暴露的雙手、惱羞成怒的臉色就知道她的心情非常糟糕。

「啪！」高氏一揮袖子將茶碗拂到地上，面露猙獰之色，「他到底想幹什麼？」

紫提見高氏氣得厲害，連忙扶她坐下，又揀那不重要的說：「也許真的是想每日為老國公爺念經？賈二不是說那道長送了他一匣子道家經文嗎？」

高氏冷哼，「道家經文？我看他是拿道家經文當幌子！這半年來他就不對，看我的眼神越來越防備。不過是不讓他讀書罷了，哼，養不熟的白眼狼！妳看他回來這大半天了，可想起給我這當母親的請安？我親自去了，還叫人把我攔在外頭。別以為我不知道，老太太才不會有這個心眼。」

紫提見高氏的話裡連老太太都捎帶上了，知道她這是氣狠了，不敢再言語，高氏則越想越氣，「還要霸占老國公爺的書房，那是我給昊兒留著的！」

紫提心裡也覺得有些奇怪，「是不是在外頭誰指點他什麼了，要不然怎麼回來直奔書房去？難道他想讀那裡的兵書不成？」

高氏冷笑兩聲，惡狠狠地道：「不過就認識兩個字，不過是睜眼瞎罷了，連四書五經沒看過，他還能自學成才不成？」

紫提沉默片刻，試探著問：「那真讓人給他收拾前院的屋子？開老國公爺書房的門？」

高氏揉了揉眉心，感覺疲憊，「先應下來，反正屋子刷大白、換窗紗、換擺設也要半個月的時間，先看看情形再說，晚上看能不能說動老太太。」

兩人說著話，又有一個丫鬟撩起簾子進來，脆生生地喊了一聲：「夫人。」

高氏見到她，臉上多了兩分笑意，「點心送去了？可對昊哥兒的口味？」

「昊哥兒就著蜜水吃了三塊，姑娘今天胃口略差些，吃喝了點蜜水，吃了半塊。」

高氏點了點頭，她對女兒不是很關心，若是想一輩子富貴舒坦，指望的還是昊哥兒。

「夫人……」丫頭往前湊了湊，欲言又止。

「怎麼了？還吞吞吐吐起來？」高氏白了她一眼。

同樣做為陪嫁丫鬟，雖然在夫人的心裡比不上紫提，但綠提也算是高氏的心腹了。她瞅著高氏的臉色，斟酌著字眼，慢慢地說出來：「我從前邊過來，聽見大總管吩咐說往後不許再叫大爺、二爺了……」見高氏的臉色慢慢鐵青，她索性一股腦兒說完，「違者仗五十，發賣到煤窯。」

雖剛才已經知道了老太太的意思，但高氏原本以為自己還有時間想個應對的法子，卻不料直接被朱永給破壞了，她氣極反笑，「好個大總管！」

兩個丫鬟面面相覷，對於這事她倆也有些迷惑，不明白當初高氏為何非要將朱子裕拱到大爺的位置。

誰也不知道，其實這不過是高氏的一點愚蠢念頭罷了，因此她連自己的心腹丫頭也不肯多說緣由。生下昊哥兒後，高氏開始覬覦鎮國公府繼承人的寶座，但有個前頭的嫡子擋著，少不得要費些心思。

高氏其實也不懂得什麼叫捧殺，只是想著讓朱子裕除了吃喝玩樂樣樣不會，她的昊哥兒文韜武略樣樣精通，兩下一對比，世人心裡那桿秤就會偏頗到昊哥這邊，可她想起子裕那兩個被人稱讚的哥哥，又覺得有他們在，自己的昊哥不占優勢，遂琢磨出這樣一個主意。想著自己府裡叫上十來年，等兩個孩子十來歲出去應酬交往時，外頭的人聽著他們是大爺二爺，估摸著就想不起原來的大爺二爺了。

高氏也知道自己的想法有些蠢，未必能成功，但她依然做了，但凡有一絲機會，她都不願放棄。眼看著這些年府裡似乎都忘了大爺、二爺這兩個人，她心裡一直洋洋自得，覺得自己的計策可行，誰知……

高氏捂住胸口，覺得憋屈得喘不過氣，心裡惡狠狠地道：若不是皇上叫太醫十日就來府裡把一次脈，我早給你下藥了！

思來想去，這三件事自己一個對策都沒有，不禁頗為抑鬱，見紫提、綠提兩個也想不出什麼好主意，不禁怨恨起自己娘家敗落，連個得用的人都沒有。

不知沉默了多久，昊哥兒和大姑娘下了課，高氏見朱平章還沒從姨娘的屋裡歇晌出來，也不耐煩等他，便帶著孩子去了老太太屋裡。

老太太見了龍鳳胎，摟在懷裡稀罕了一陣，高氏看了眼朱子裕，趁機笑道：「聽說子裕想搬到前院去？是不是房裡哪個丫鬟淘氣鬧你了？你和母親說，母親給你換幾個好的。」

朱子裕笑道：「母親多慮了，是我長大了，早就該搬到前院來住了。」

高氏嘆口氣，又老生常談起來，「你身子弱……」

「妳記差了！」老太太忽然拍著巴掌笑著打斷她，「我還以為就我上了年紀記性不好，想不到妳年紀輕輕的也不強。子裕身子好，都不鬧病，是昊哥兒一年到頭好病個三四回，妳記差人了。」

高氏一口氣噎在喉嚨裡差點沒上來，朱子裕在心裡默默地給祖母伸了個拇指。

平穩了下情緒，高氏又拿前院的小子伺候得不精細說話，老太太說：「這是他爺爺的意思，可不能不聽。」

高氏不明白這又是哪一齣，聽老太太講完來龍去脈，忍不住在心裡翻個白眼，面上還得微笑，「小孩子做的夢向來稀奇古怪，哪能當真？」

「這是真的！」老太太慎重其事，「裕兒都叫人將他爺爺和哥哥們的容貌畫出來了，絲毫不差！還有他爺爺住的房子金碧輝煌的，一看就是神仙住的，說明這事肯定是真的！」

高氏有些鬧不明白老太太的邏輯，這房子和神仙有什麼關係？但那畫像她一瞬間就想到了自己打發到周氏家鄉管嫁妝那幾個僕人，可又不好提出質疑，畢竟明面上朱子裕是在道觀裡一步都沒出去，只在淨室誦經來著。

想到這裡，高氏恨不得將賈二拖出去打一頓，都是他壞了自己的好事。

看著老太太一臉天真的笑容，高氏第一次因為老太太的智商感到痛不欲生。

◆◆◆

明天又該到了每五天一次的休沐日，青青開心地和四位道長揮了揮手告別，文道人一臉傲嬌地看著她，「哼，就知道偷懶！」

徐鴻達將自己沒看完的書小心翼翼地用布包好，跟著朱朱和青青走出小院，看到幾位道長似乎不是很開心的樣子，徐鴻達試探著說：「要不，明天早上我還過來？在家讀書不如在道長這裡清靜。」

文道長看了看他，不屑地賞給他一個白眼，只見小院的木門無風自動，狠狠地在徐鴻達的面前關上，險些撞破他的鼻子。

徐鴻達揉揉鼻子，訕訕地說：「文道長的性格依然這麼直爽！」

朱朱拉著青青的手，「爹，青青說了那麼多好話才給咱們爭取的福利，您怎麼不珍惜？想想前三年咱們全年無休的暗淡日子，看看現在每五天就能放兩天假，多幸福啊！」

徐鴻達拍了下她的頭，「別胡說，哪有全年無休？過年過節道長都有給咱們放假。」

青青拉著朱朱跑得飛起，「過節放假哪裡夠，天天上課我都沒空陪澤寧和澤然玩了。」

想著兩個兒子，徐鴻達露出了幸福的笑容。

三年前，寧氏產下一子取名澤寧，如今已經三歲半了。上個月寧氏又誕下一兒，原本要周歲才起名的，青青非說早晚都得起，常叫著小孩能知道自己的名字。別像自己和朱朱，到了六歲才起名，到現在有人喊她徐嘉懿，她得呆愣好一會兒才反應過來那是叫自己。

徐鴻達被鬧得頭疼，便給小兒子取了一個然字。

到家後，朱朱和青青先洗了手臉，換了乾淨衣裳，來到寧氏屋裡。寧氏正在屏風後頭幫徐鴻達換衣裳，就聽見兩個閨女嘰嘰喳喳地進來，沒一會兒就聽到原本在睡覺的澤然啊啊啊說起話來。寧氏笑罵了一句：「一回來就鬧妳弟弟，他才睡下半個多時辰。」

朱朱熟練地將孩子抱在懷裡，說道：「半個時辰不少了，這會兒起來玩片刻，省得晚上不睡覺該鬧娘了。」

青青逗了逗小弟弟，又在屋裡轉圈找澤寧，「娘，寧哥兒哪兒去了？」

寧氏從屏風後面出來，叫葡萄把廚房新做的幾樣點心拿上來，這才告訴青青：「浩哥兒放學回來了，領著寧哥兒到園子裡玩去了。」

青青聞言不禁感嘆道：「大哥真的是孩子天性啊，都十二歲的人了，還能和三歲的小屁孩玩得那麼好。」

寧氏瞪了她一眼，拿起一塊玫瑰酥塞到她嘴裡，「整日就知道編排妳哥，妳哥那是疼弟弟。誰像妳，整日逗得妳弟弟不是哭就是叫的，好好一個文靜小哥兒全讓妳給帶瘋了。」

青青被香甜的玫瑰酥塞得滿嘴，沒法反駁她娘，好不容易嚥下去了，想發表點自己的看法，剛一張嘴，寧氏又給她塞進去一個，氣得青青直瞪眼。

朱朱笑著說：「娘這法子好，回頭她鬧我的時候，我也給她塞東西。」

寧氏看朱朱抱著孩子沒法吃點心，也拿了一個塞她嘴裡，囑咐她說：「這兩日休息別進廚房了，上回教妳的針法會了沒？明天妳做個香包給我看看。」

朱朱哀嚎：「香包哪有一天就做完的？再說我要是扎破手就沒法給您做好吃的了。」

寧氏冷哼一聲，「少來，家裡的廚娘妳已經調教得不錯了，讓她們做就行了。妳長大又不當廚娘，有那樣難得的廚藝已經很好了，還是多將心思放在針線上。」說完又瞅了眼偷笑的青青，「妳也別樂，明天我就教妳怎麼做襪子。」

青青聽著寧氏的碎碎念，似乎看到了自己被追著學針線的悲慘前景，忍不住嚷道：「好不容易休息兩天，還要學針線！蒼天啊，沒天理啊！」

這邊正鬧著，徐婆子領著兩個孫子進來了，先點了點青青的頭，「從外面就聽見都是妳的聲音，小沒良心的，回來就往妳娘屋裡鑽，也不知道去瞧瞧祖母！」

青青嘿嘿地摟住徐婆子的胳膊，撒嬌道：「我這不是先來瞧瞧我弟弟嗎？正想著要去看您，誰知道您自己來了！您這腿腳真是太麻利了，老當益壯啊！」

徐婆子啐了她一口，「伶牙俐齒！」

徐澤浩領著徐澤寧向徐鴻達行禮，徐鴻達摸了摸寧哥兒的腦袋，又考校起徐澤浩的學問來。徐澤浩在村裡讀了兩年書，徐鴻達過年回家時考問了他一番，發現浩哥兒在讀書上極有天分的，便說不能在村裡耽誤了，不如跟他到縣裡上個好學堂。

兒子能出息，徐鴻翼和王氏自然是高興的，便將浩哥兒託付給了徐鴻達。也是徐澤浩爭氣，在縣裡讀書相當刻苦，徐鴻達每晚還幫他溫習一刻鐘。如今不過十二歲，他的先生就建議他可以參加童生的考試了。

一家人熱熱鬧鬧地吃了晚飯，翌日一早，徐鴻飛和月娘帶著半歲的女兒丹丹回來了。如今徐鴻飛已經不做掌櫃，他將縣城那家店交給了原先的夥計李二打理，自己則又到府城、周邊幾個縣城開了分店，經營成熟以後教給自己帶出來的親信。他每個月各個店轉一回，看看有沒有什麼問題，或是新任的這些掌櫃有什麼不足之處好給予指點。

如今正是月初，徐鴻飛帶來了上個月的帳本給嫂子過目，自己則和兩個侄女笑道：「醫道長給的幾個藥妝方子做出的面脂賣得極好，雖說成本貴了些，但利潤也大。自打推出後，每個月的大頭都是這些面脂賺的。」

自從瑰馥坊推出了幾款面脂，有美白的、滋潤的、祛痘的、抗皺的，效果非常明顯，用得長久了，皮膚細膩不說，連原有的皺紋、斑點都會變淡許多，因此受到了女人們的追捧，為寧氏撈回了大把的銀子。

朱朱忙問起她的點心，徐鴻飛笑道：「朱朱琢磨出來的那十來樣點心賣得也好，現在來的客人多半點那幾樣。」

青青笑道：「既然點心賣得好，小叔不如在胭脂鋪旁邊開個點心店，豈不一舉兩得？」

徐鴻飛道：「隨便都能買得到，就不是咱們瑰馥坊的特色了，如今咱們店裡只有寶石級以上客人才能買點心回去。」

瑰馥坊為客人劃分等級還是青青的主意，按照客人的消費水準，劃為玉石級、寶石級、黃金級、白銀級，以及普通客人五等。每個級別享受不同的優惠、服務和專屬產品。

日子過得紅紅火火，銀子賺得盆滿缽盈，徐婆子每數上一回小金庫，就會樂上三天。青青看著祖母那個越來越滿的箱子，萬分眼紅。

徐婆子故意氣她，「眼饞了吧？祖母箱子裡錢多吧？妳看朱朱好歹還知道琢磨些點心方子給妳三叔分些錢，妳瞅妳，這幾年學會啥了？」

青青鬱悶地皺起了小鼻子，「那藥妝方子還是我跟醫道長要回來的呢！」

徐婆子道：「誰讓妳直接給妳娘了？妳跟妳娘要銀子去。」

青青聽了果然跑去跟寧氏要錢，寧氏被她纏得沒法子，打開梳妝匣子從裡面拿了兩張銀票給她。青青連忙搖頭，說道：「不要不要，這個不顯眼。我要銀子，那種銀錠子，每天晃一遍給祖母聽。」

寧氏一聽就知道這又是祖孫倆鬥嘴了，只得開箱子給她十個二十兩一個的銀錠子，青青滿意地裝在小匣子裡走了。

徐婆子正坐在兩個女孩的屋子裡吃果子，就見青青費勁地抱了個匣子回來，旁邊的寶石想幫忙都不應。

徐婆子咧嘴笑了，「還真要回來了？給祖母瞅瞅！」

青青哼了一聲，使勁兒地晃了晃匣子，「聽見沒，都是銀子，一萬兩呢！」

徐婆子笑得樂不可支，「吹吧妳，還一萬兩？就把妳賣了都不值一萬兩。妳要是能有個值一萬兩的東西，我就把我的銀子都給妳。」

吹牛被戳破，青青表示憤怒，從腰上解下鑰匙開了自己的大箱子，徐婆子忙伸頭去瞅，只見無數的銅錢、銀錠子圍著三塊大石頭。徐婆子有些牙疼，無奈地道：「妳說妳這破石頭從村裡搬到縣裡到底有啥用？也就是妳爹寵妳，還雇個車把妳這破玩意兒給妳拉來。聽我的吧，趕緊把這石頭揀出來，拿去廚房壓酸菜。」

青青噘嘴，「我才不要，我喜歡這石頭，我看著它們比看銀子還舒坦。」

「這是什麼毛病？」朱朱也湊過來嘲笑她，趴在箱子上頭往裡看，「滿山的石頭看不夠非得搬家裡看，我瞅瞅到底有多好看。」

青青如今九歲了，體重不算輕了，箱子又擱在另一個箱子上頭。朱朱往上這一趴，這箱子搖搖晃晃就有幾分不穩，嚇得徐婆子忙說：「淘氣丫頭，趕緊下來，小心摔著臉！」

朱朱練五禽戲倒是身手矯健，往旁邊一跳，跳出去一米多，這箱子可就吃不住這力氣，往旁邊一歪就倒了，只見那三塊石頭一個撞在牆上，一個撞在桌腿上，最小的那個直接飛到了門口，掉在了牆邊。箱子裡的銀子銅板都滾了出來，心疼得青青直哎喲。

徐婆子連忙去看青青和朱朱，好在兩個丫頭都機靈，一點也沒撞到。

寧氏在主屋裡聽到了聲響，抱著孩子跑過來。

朱朱自知犯了錯，找出一個新打的匣子，讓麥穗、寶石、糖糕三人趕緊把地上的銀子和銅板撿起來，寧氏過來時就見這三個丫頭滿地撿錢。

「這是銀子多了燒包怎麼著？」寧氏見了氣不打一處來。葡萄跟在寧氏身後，見地上的石頭順手撿了起來，剛要放在桌上，誰知一下子映著陽光，從石頭縫裡露出一抹耀眼的紅光來。葡萄不禁愣住了，「這是什麼？」

小劇場

〈一〉

徐鴻飛看著端坐在喜床上的新娘，激動得手直哆嗦，拿秤杆小心地挑起蓋頭，月娘秀美的小臉登時出現在眼前。

月娘抬頭一笑：相公！

徐鴻飛紅著臉，嘴都不好使了：娘……娘……娘……

徐婆子路過，推開門：你找我？

徐鴻飛：娘子！

徐婆子：……

月娘：……

〈二〉

新婚第二天，新娘子給婆婆敬茶。

徐婆子心滿意足地喝了茶，問小倆口：昨晚睡得好嗎？

想起昨晚的洞房花燭夜，徐鴻飛滿臉緋紅：……

月娘一臉正經：多謝娘關心，睡得很好？

徐婆子：……感覺哪裡怪怪的？

徐鴻飛捂臉：原來洞房就是被媳婦壓在底下，好害羞！

〈三〉

送走了朱子裕，青青有些想念這個新交的朋友，便來到兩人挖寶藏的地方。
青青：咦，幾天功夫野草又長得一人多高了？
青青再次割草做火把，進山洞按機關，得到了一本劍術祕笈、一把上古名劍。
童子：老爺，新放的祕笈又被那個青青姑娘挖走了！
武魁星：把神像給我換一個地方，加十層結界！
四年後，已在京城定居的青青去京郊爬山。
青青：這野草看起來很眼熟……
割草做火把，進山洞，看到熟悉的武魁星神仙，順利找到機關，得到了一本拳術祕笈、一本輕功心法。
青青：武魁星真是個好神仙，追到京城送祕笈給我，正好拿去給朱子裕學。
武魁星：……
童子：老爺？老爺，您醒醒！

〈四〉

財神爺：咦，我準備堆假山用的石頭怎麼少了幾個？

招財：進寶和我吵架，拿石頭打我，我一躲，那石頭就掉凡間去了。
進寶：少汙衊我！我就丟了兩塊小的，那塊最大的可是你扔下去的！
財神爺：扔哪兒去了？沒撿回來啊？
招財一臉無辜：沒啊，老爺那陣子閉關，我們下不了凡。
財神爺心痛地捂住胸口：我找那幾塊石頭容易嗎？幾萬年才攢夠一個假山，敗家孩子！

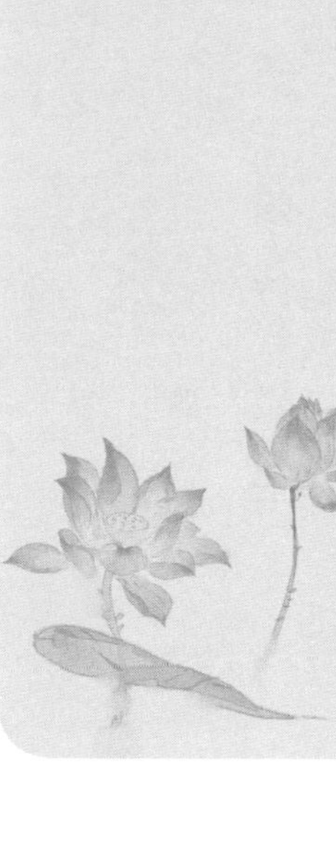

伍之章◆京城重逢開情竅

徐鴻飛急匆匆來到縣城最大的銀樓，銀樓的李掌櫃見到他，忙出門相迎，「稀客稀客！什麼風把徐老弟吹來了？可是要給弟妹選什麼首飾？不瞞您說，我們店裡的大師父新做了幾件金簪子，學的是京城的樣式，徐老弟可要瞧瞧？」

徐鴻飛此刻哪有心思看什麼簪子，忙拉著李掌櫃到僻靜處，悄聲問：「李掌櫃，您這鋪子裡有沒有擅長分割原石的師父？」

李掌櫃微愣，「怎麼，您家裡有原石？從哪裡買的？」

徐鴻飛道：「一時半刻也說不清楚，若是有這樣的師父，您借我使使。」

「成，你等會兒。」李掌櫃和徐鴻飛向來交好，既然他開口了自然不會不應。李掌櫃去了後院，不一會兒領來了一個四十多歲的漢子，介紹道：「這是我們銀樓的孟師父，當年他拜的師父是西南那邊來的，咱這個縣裡也就他會切原石。」

徐鴻飛施禮道：「有勞孟師父！」

李掌櫃道：「別客氣了，咱趕緊走吧！」

徐鴻飛驚訝，「您也去？」

李掌櫃笑笑，「徐老弟不知道，這原石十分稀少，像我們這種縣城的銀樓多半是進現成的玉石和寶石。不瞞你說，我當了這麼些年銀樓的掌櫃，還沒見過現場切原石是啥樣呢，這不想跟著老弟去開開眼。」

徐鴻飛聽了忙請他上了馬車，一行人往陽嶺山駛去。此時，徐鴻達已將三塊石頭搬到了倒座的廳堂裡，除了寧氏領著兒子在屋裡玩，其他人在小廳裡圍著石頭打轉。

三塊石頭，大的足足有二十多斤的西瓜那麼大，中的有兩個石榴大小，最小的那個閃出一抹紅光的是青青在河邊拾的，像個蘋果的形狀。

從文道人那裡熟讀了各種書籍的徐鴻達，拿起小的那塊石頭左看看右瞅瞅，一頭霧水地道：「不可能啊，咱們平陽鎮自古以來都沒有產過任何寶石。」

徐婆子湊上去，使勁兒往那縫裡瞅，「兒啊，你看裡頭那紅的是啥啊？」

「像是紅寶石。」徐鴻達不太確定，「看這光澤，應該是紅寶石。」

「紅寶石？」青青想起前世看到的鴿子血，口水都快流出來了。

徐婆子是莊戶人家出身，只認識金子銀子，什麼寶石啊玉啊都整不明白，她直截了當地問了句：「值錢不？」

青青道：「值錢，比您的十個大金鐲子都值錢。」

徐婆子聽了也不生氣孫女嘲笑她的大金鐲子，咧著嘴就開始樂。

徐鴻飛坐的馬車走了小半個時辰才來到陽嶺山，浩哥兒早在門房那等著，見了人便把他們領到倒座來。

互相見了面，來不及多客套，孟師父直奔那三塊石頭而去。

雖然那塊小石頭已初見端倪，他卻先端詳起最大的那個石頭來。

「孟師父，這塊石頭裡也有紅寶石？」徐鴻達問道。

孟師父瞧也沒瞧他，直接搖頭，「沒有。」

徐婆子聞言有些失望，她還琢磨著最大的這塊要是裡面也是紅寶石，得值多少銀子。

眾人互相看了一眼，嘰嘰喳喳討論起來，都猜裡面是什麼東西。

孟師父仔細翻看著石頭，大約過了一炷香的時間，才拿出一把鋸子，小心翼翼地去磨那石頭的表皮……

隨著孟師父一點一點磨去表皮的石層，一個時辰後，一塊細緻的羊脂白玉出現在眾人面前，只見它通體晶瑩，光亮而溫潤。

徐鴻達看著那塊完美得毫無瑕疵的羊脂白玉，說不出話來，心裡第一次對文道長的書產生了質疑，「羊脂白玉的產地離這裡有萬里之遙，怎麼村子裡能出現它的原石？」看了看大小，徐鴻達更糾結了，「從古至今，沒聽說過有這麼大還無瑕疵的羊脂白玉。」

眾人圍著羊脂白玉打轉，孟師父則開始切割第二塊石頭。這次時間略微短些，開出來的是一塊通體淡黃綠色的玉石，紋理細膩，手感較輕。

大家看著這塊無論顏色、光澤都較羊脂白玉差許多的玉石，露出了失望的神色，連李掌櫃也有些莫名其妙，「這是什麼玉石？我怎麼沒見過？」

徐鴻達皺著眉頭，翻來覆去細看了一回，將腦海裡各種玉石知識一一對照，半晌才不確定地說：「看這質地、紋理，倒有些像傳說中的藍田玉。」

「滄海月明珠有淚，藍田日暖玉生煙。」朱朱也湊上前去，還拽了一句詩文，可看了半晌，眼中閃過失望之色，「爹，您確定是那個藍田玉嗎？看著沒有詩文裡說的那麼美。」

孟師父笑道：「那是還沒有經過打磨的。俗話說，玉不琢，不成器，沒有經過打磨的玉石，自然顯露不出它的美來。」

孟師父雖是玉石老師父，但是對於已經失傳千年的藍田玉完全不了解，因此也猜不準徐鴻達說的對還是不對。

李掌櫃搖了搖頭，「也許只是有幾分相似而已，這藍田玉打唐朝起就沒出現了吧？據傳秦始皇的國璽就是用藍田玉做的。」

眾人討論一番，誰也說不出所以然來，索性放在一邊，等著孟師父把最後那塊露著紅光的石頭開出來。

有了這個羊脂白玉做鋪墊，後面又開出了一塊奇怪的玉石。等色澤鮮豔的紅寶石展現在眾人面前時，大家已經有些寵辱不驚了。徐鴻達也不再糾結這三種完全不是一個地方出產的東西怎麼都會那麼湊巧出現在村子裡，他覺得以他現在的承受能力，就是從石頭裡蹦出個金娃娃來叫他爹，他都能面不改色地答應。

孟師父將自己的工具收起來，十分滿足。有生之年能開出這樣的東西來，自己這一輩子也值了，就是在同行中說起來，大家也都得羨慕他。

李掌櫃看著羊脂白玉和紅寶石，眼睛都直了，拍著徐鴻飛直問：「你們家從哪裡買的這些原石啊？這多少年就沒聽過哪裡開原石能出這麼大的羊脂白玉來？」

青青剛想張嘴說山上撿的，就被徐鴻達捂住了嘴，笑著回他：「祖上傳的石頭，一直不知道是什麼東西，今天碰巧摔了，才發現內有玄機。」

李掌櫃聽了無比羨慕，祖上都是莊戶人家，怎麼人家能給自己子孫留下這種稀世珍寶，自己就這麼沒福氣呢？

感嘆了一番，李掌櫃自然問徐家是否要出手這幾樣寶貝。徐家又不缺錢，這樣的好東西有錢都難買，自然捨不得賣掉，因此徐鴻達、徐鴻飛兄弟兩個婉拒了李掌櫃，並拜託他幫忙保守祕密。

李掌櫃一個商賈，能搭上徐鴻達已是難得的面子，更何況徐鴻達的前途不止是一個小小的舉人，其在陽嶺山聚仙觀苦讀的事全縣都傳遍了。現在趁機交好，以後徐鴻達做了大官，自己真遇到什麼事，看在今天的這件事上，徐鴻達就不能不幫他。

李掌櫃爽快地應了下來，孟師父也下了保證。

徐鴻達擺了酒席，四人暢飲一番，喝得相當盡興。

既然開出了寶貝，這東西自然就不能讓青青存著了，旁的不說，若是磕了碰了或是摔出縫來，破壞這些寶貝的無瑕，那就可惜了。

看著自己的寶貝就這麼被她娘用給弟弟做的小棉被左包一層右捆一層弄得像粽子似的鎖進箱子裡，青青心都快碎了，「這是我的！」

「知道是妳的。」寧氏慈愛地摸了摸青青的頭，「給妳留著當嫁妝。」

「嫁妝？」青青一臉懵逼，掰著手指頭算，「我今年六歲，出嫁起碼得十六歲，這麼說我得十年看不到我的寶貝？」

寧氏堅定地點頭，「是的。」

……

時光荏苒，一晃眼三年的時光過去了，徐鴻達有些傷感地將桌上的書一本一本地擺回了書架上，戀戀不捨地環顧自己用了六年的小屋。春闈在即，他已經推遲了兩回，今年必須進京赴考了。

徐鴻達拖著沉重的步伐走出書房，朱朱和青青正圍著四位道長和童子們話別。

「其實妳們不用走。」食道人認真說道：「讓妳爹自己去京城，妳們每日還上山來。」

青青眼睛都紅了，哽咽地說：「我也不想離開，可我爹說他這回定是進士及第，不如一家早去京城安頓。」

朗月聞言嗤笑一聲，鄙視地看著徐鴻達，「太不謙虛了，不用我師父出馬，就我們四個童子去考，都能把你擠到二榜去。」

徐鴻達耳朵泛紅，摸著鼻子不好意思開口。

眾人見他這般模樣都笑了起來，倒是沖淡了幾分離別的愁緒。

再怎麼不捨都是要分別的，文道人嘆了口氣，示意朗月拿來早已準備好的三個箱子，一個是送給徐鴻達的，「我讓朗月把一些你將來能用得到的書給抄好了，記住以後即使為官也不要忘記學習。」

「是。」徐鴻達恭敬地施禮，相當感動文道人對自己的愛護之心，忍不住落下淚來。

「朱朱，以妳的憊懶，讓妳讀六年書已是妳的極限了。妳平日最喜歡看些閒書，這裡有幾套遊記還算入眼，就送給妳了。」

「青青……」文道人眼光更加溫和了幾分，青青哭著上前撲到文道人懷裡，文道人笑著拍了拍她，「好了，多大的姑娘了還這樣。」一見她抽噎不止，文道人示意朗月打開另一個箱子，「看，這是給妳準備的禮物，有妳喜歡的書，還有歷代書法大家的字帖，妳以後好好用功好不好？」

青青看了眼箱子，認真地點了點頭。

徐鴻達的眼淚瞬間乾了，看著朱朱箱子裡歷代遊記原本、青青箱子裡成套的孤本古籍，還有一疊閃瞎人眼的名人字帖，再看看自己面前的朗月手抄本，他深深感覺到自己受到了一萬點的傷害。

畫道人、醫道人、食道人也各有禮物送上。畫道人送了一箱子字畫給青青，醫道人送了各種藥丸，食道人則送了朱朱一本食譜。朱朱和青青也各自回贈了自己親手做的道袍。

「好了，你們該走了。」文道人負手而立，道袍無風自動。父女三人一同跪下朝四位道長叩首，朱朱和青青異口同聲地道：「感謝四位師父六年來的教誨，徒兒永生不忘。」

文道長四人神情複雜地點了點頭。

徐鴻達一聽閨女都叫上師父了，連忙也朝文道人喊了句：「師父……」

「打住！」文道人果斷地伸出一隻手，做了個阻攔的手勢，

「你還是喊道長就行了。」

徐鴻達傷心地捶了捶胸口：就知道道長偏心！

四人一步三回頭地離開了小院，原本小院的門關上後，從院外往內看，是看不到小院裡任何的真實景致，可這回，青青走到小路盡頭時回頭，依然能看到四位道長和童子們正在遙遙注視著自己……

徐鴻達的兩個書僮如今已經是結實的少年，他們挑著三人的箱子快步往山下走。剛來到半山腰，忽然有一陣耀眼的光芒從山頂劃過。眾人驚訝地抬頭一看，只見一片紅光從山頂拔地而起，直奔雲霄，消失在天際。

十天後，父女三人帶著精心準備的年貨再次來到小院，叩門半天卻無人應聲。徐鴻達顫抖著手推開院門，只見院內空空如也。青青來到文道長的屋前，發現屋門大開，裡面空曠無物，連牆上那副「道」字都不見了蹤影。

道長們走了！

青青哇一聲哭了出來……

由於道長們的不辭而別，徐鴻達三人連過年都打不起精神來。徐婆子只當他快要考試心裡緊張，又琢磨著過了十五兒子就得趕赴京城，若是回村多了路程不說，也不得清靜，便做主沒回老宅，讓徐鴻翼一家、徐鴻飛一家都來縣城過年。

經過文道人的六年教導，徐鴻達對自己的學問很有信心，早就提出闔家一起去京城，等自己考中了進士，家人們也能看到自己披紅掛綵、打馬誇街的風光。

寧氏帶著四個兒女是一定要去京城的，只是徐婆子有些猶豫不定。按理來說，她應該和大兒子住在一起，這些年她也是縣城住半年，回村待半年，就怕村裡人說閒話。

浩哥兒如今在縣城讀書，眼看今年秋天就要考童生，沒人照看不行。寧氏提前就跟王氏商量了，讓他們把家裡的事都交給徐鴻文家打理，叫他們夫妻兩個帶著孩子們搬到縣城陽嶺山的這個宅子住，等以後浩哥兒考中秀才從這去縣學上學更近便。

為了兒子，王氏自然一百個同意，只是想到這個宅子前兩年就被寧氏買了下來，算是她的私產，自己一家子搬進來多少有些不好意思。

王氏如此一說，寧氏就笑了，「都是一家人，嫂子倒外道起來了。這房子若是空著，沒有了人氣，幾年功夫就得荒廢。有你們住著，我在外面也放心。」

王氏聽了這才放下心來，拍胸脯打包票會照看好房子，又攬下了管理製胭脂的事。

現今十個以花命名的女孩早不在後院做胭脂了，鋪子出錢買了塊地，專門蓋了個生產胭脂、面脂院子，又買了許多丫頭做活兒。當初那十個女孩，有的嫁給了夥計，有的還在相看親事。東家待她們並不刻薄，吃住專門有人打理，一天不過做四個時辰的活兒，比起原先的日子，可謂天上地下。

一家子搬去京城，可不是說走就走的事，眾人坐下來商議。若是一家子同去，寧哥兒、然哥兒太小難免耽誤腳程，不如讓徐鴻飛和徐鴻達帶著兩個夥計先去京城。

瑰馥坊的生意好，寧氏也打了將其開到京城去的主意，既然徐鴻飛要送他哥去京城，寧氏索性叫他在那邊看看行情，有沒有合適的鋪子，或租或買都行，再者還得置辦起一座宅子來。寧氏等人出了正月再出發，一路緊著孩子，等到了京城估摸著房子也就收拾好了，省得孩子們遭罪。

一想著等徐鴻達考上進士或進翰林或外放，也不知什麼年月才能再見上一面，徐鴻翼就有些傷感，徐鴻達安慰他道：「浩哥兒機靈又肯吃苦，不出十年就能赴京參加春闈，到時候咱們一家子又團聚了。」

想起美好的願景，徐鴻翼和王氏抱著自己的小女兒相視而笑。

一個月後，寧氏一行人在六個夥計的護送之下，直奔京城而去。馬車裡，在和朱朱下棋的青青，忽然想起當年那個來陽嶺山尋寶的朱子裕來，想著到京城後或許就有機會相見，不由得露出一抹笑意來。

此時，京城鎮國公府的書房內，朱子裕正看著書僮弄來的參加此次會試的吉州府舉子名單。他眉頭緊鎖，直至「徐鴻達」三個字躍入眼簾，才放心地吐了一口氣，眉眼裡都露出喜意來：青青要來了呢！

◆　◆　◆

因今年有閏月，當今聖上體恤赴考舉子，特於去年秋季時就下了旨意：明年二月會試，天氣尚未和暖，搜檢時寒冷，且各省皆須複試，士子到京，未免稍遲，改期於三月舉行。

吉州府到京城路途遙遠，饒是徐鴻達過了正月十五就出門，到京城也已二月中旬了。此時貢院附近的客棧已人滿為患，徐鴻達無奈，只得先尋了一個飯館，叫上一桌飯菜。兩個夥計等不及，叫了大餅卷肉上來，吃了個肚圓就出去找客棧了。

兄弟兩個叫小二溫了一壺酒，就著幾個特色菜，慢條斯理吃起來。這間酒店占地不大，卻也能擺開十來張桌子，來此吃飯的多是外地赴京趕考的舉人，談天的內容也多半是與此次會試有關。

有那慶幸來得早的住上了離著近的客棧，也有幾個說有個廣州的士子都一百來歲了還來參加會試，也不知撐不撐得住。徐鴻達聽得有趣，之前的焦躁之心倒去了三分。

徐鴻飛惦記著住處，一邊夾菜吃，一面還不忘就出去瞅瞅，過了小半個時辰，才看見自家夥計回來。

「怎麼樣？找到客棧沒？」徐鴻飛讓開門口，叫兩個夥計進來取暖，又請小二拿兩個大些的酒盅來，倒上熱酒讓他們喝了驅寒。

兩個夥計坐下，一口氣喝了酒，其中一個名叫王新旺的這才說道：「離著兩炷香路程的北大街有幾家客棧還有餘房，我和李虎大哥挨個去轉了，有一家悅來客棧是去年新建的，裡面的上房寬大明亮，臨窗的位置還擺了書案。我留了銀子訂了上房，特意要了不臨街的，選了一間採光好又清靜的，方便二爺讀書。」

徐鴻飛聽完誇了二人一番，等他們暖和過來，方才一起去了預訂的客棧，要了熱水沐浴一番，算是安頓下來。

徐鴻達打開書箱，趁著天色大亮，拿了一本書出來讀。徐鴻飛則是個坐不住的，頭髮還沒乾就匆匆挽了個髻。他也算有數，沒敢到外頭去，只坐在大堂，找了個火爐旁邊，看著小二不忙，抓了把銅錢給他，讓他說說京城的事。

在京城裡當夥計的就沒有不伶俐的，他笑嘻嘻地給徐鴻飛倒上茶，才往對面一坐，「咱這京城最中心是皇宮，從皇宮到皇城這一段不是咱們老百姓去的地兒，咱們也不知道裡頭啥樣。皇城外面就是京城了，分為內城、中城和外城，內城住的多是王公貴族或者高官，據說都是上頭賞下來的宅子，鮮有買賣的，就是在內城經營的買賣多半也與這些貴胄有些關聯。咱們這客棧的位置算是中城，內城沒宅子的人員，各個品級的京官多數住在這一帶。中城的房子可以隨意買賣，也不限身分，因此只要有錢，富商也能從這買房子居住，做買賣的鋪子也是如此。只是如今鋪子搶手，少有買賣的，多半是租賃。就這租賃也得看關係，中城的鋪子大部分是內城的高官貴冑的產業，或是自家打理，或是管家看著往外租，要是搭不上這些管家，想租鋪子只怕有些難。」

小二說得有些口渴，給徐鴻飛續了茶的同時，也拿個杯子自己倒了一杯，「這外城住的多半是些平頭百姓，也有些清貧官員、品級低的小吏。外城的也就靠中城一帶有一些三四進的宅子，再往外最多是二進了，但是價格略便宜些。同樣的宅子能比中城便宜一半還多，外城的鋪子多，好租賃，只是罕有高官貴冑往那裡去買東西，只能幹些尋常的買賣，即使有好東西也賣不上價格。」

聽了小二的介紹，徐鴻飛有些發愁，雖然知道京城的宅子貴，卻沒想到貴得這麼離譜，原本打算三四千兩銀子買一個三進宅子的打算，在外城都實現不了。

上樓和徐鴻達這麼一說，徐鴻達道：「明日你出去轉一轉，看看有沒有合適的，不行就先租上一個，也不拘非得三進的。大哥近幾年內不會到京城來，我們有個二進的宅子先住著盡夠了。」

徐鴻飛點了點頭，又琢磨著鋪子的事，一晚上輾轉反側沒怎麼睡著，第二天吃了早飯，就把李虎留下給徐鴻達使，自己則帶了王新旺到四處逛逛。

◆　◆　◆

鎮國公府，書僮燃香為朱子裕研好了墨就退出了書房。朱玄莫從外頭回來，往書房裡看了一眼，卻也沒進去，往廊下一坐，朝燃香招手。

燃香趕緊過來，將小爐子上的茶壺拿下來，倒了一碗給朱玄莫，「朱大哥，您回來了，跑這一天可夠累的。」

朱玄莫一口將茶乾了，一邊示意燃香再倒一碗，一邊滿不在乎地說：「這算什麼累，當年我和大爺上沙場的時候……」剛說了半句，話音戛然止住，臉上閃過一絲傷心，又自嘲笑道：「看我總改不了這毛病。」喝了茶，又四處一看，「天莫還沒回來？」

燃香道：「想必也快了。」

玄莫聽了自顧自喝茶，不再言語。

朱天莫、朱玄莫原是朱家大爺、二爺的小廝，當初還有朱地莫、朱黃莫兩人，只是他們隨兩個爺一起死在沙場上了。

當年四歲的朱子誠、朱子信被其祖父領到前院後，就為他們選了四個小廝，以天地玄黃命名，皆是自己侍衛的子孫。他們年齡相當，一起學習，一起習武，一起奔赴沙場。說是主僕，其實感情就像兄弟一樣深厚。

那一年，狼煙驟起，朱子誠兄弟倆帶著天地玄黃四人奔赴沙場，經過兩年奮戰，眼看就要大捷，兄弟倆立功心切，等不及大部隊支援，獨自帶著親信和一小隊士兵追殺敵人首領，卻不料遭遇了對方的埋伏，地莫和黃莫為了主子以身擋劍，當場戰死。天莫和玄莫兩人雖已受了傷，但硬撐著將中了劍的主子帶回兵營。可惜朱子誠和朱子信被射中要害，軍醫們搶救了三天依然沒能救回兄弟倆的性命。

朱天莫和朱玄莫二人護送主子的遺體回京，剛到京城便得知老國公爺吐血身亡的事，楊氏傷心欲絕，也不想見他們，下人們更不敢提他倆，怕觸動了主子的傷心處。等高氏進門，更不知這兩人的存在。天莫和玄莫便這麼被人遺忘了，他們每天活在懊惱和後悔裡，長年足不出戶，等朱永找到二人讓他們給朱子裕做長隨時，才發現兩人看似老了十歲不止。

起初二人不是很情願，他們只想待在自己的小屋裡，舔拭傷口。朱永便將高氏進門的種種說了，又道：「高氏進門掌管中饋後，將府裡的大事小情都抓在手裡，老太太和國公爺又是不管事的，我只能隨她做主，還是三爺的一句話喝醒了我：我姓朱，不姓高。起初是我糊塗，見高氏勢強就向她服了軟，我對不起老國公爺對我的栽培和信任。」

見朱玄莫似乎有些動容，朱永抹了把眼淚又添了一把火，「你倆可知道，這些年高氏一直讓府裡下人喚三爺為大爺？她一直想抹殺大爺、二爺的存在，還是三爺在老太太面前發了脾氣，這才讓人改過口來。」

朱天莫、朱玄莫大怒道：「老太太怎麼如此糊塗？那個婦人做出如此荒唐之事，她怎麼不阻攔著？」

朱永無語地看著他倆，「老太太什麼樣的人你們不知道？」

朱天莫、朱玄莫瞬間安靜下來。

朱永拍了拍二人的肩膀，「總之，三爺要自己立起來，身邊沒人可不行，這幾天夫人已經在給她選小廝了……」

兩人互相看了一眼，沉重地點了點頭，「就算為了大爺、二爺，我們也不能讓三爺丟了鎮國公府繼承人的位置。」

於是，第二天兩人就被帶到朱子裕身邊，他們又去了當年伺候大爺的幾個小廝家裡，親自選了八個品行好的小廝帶給朱子裕過目。

等高氏從這些年拉攏過來的僕人家裡選了幾個聽話的孩子送到前院時，就被朱子裕以身邊伺候的人足夠多了為由，輕描淡寫地將高氏選的人打發了回去。高氏氣得去老太太那裡告了一狀，話還沒說完，老太太就聽迷糊了直接睡了過去。高氏晚上向丈夫訴苦，朱平章十分不耐煩聽這些瑣事，當場喝斥：「幾個小廝而已，妳哪那麼多事？」嚇得高氏不敢再言語。

有朱永力挺，有自己的親信使喚，高氏已經完全無法掌控朱子裕了。

朱玄莫想著心事，就聽裡面喊人，燃香連忙打水伺候他洗手。

朱子裕歪頭看著自己剛寫好的字，漫不經心地問：「玄莫回來了？」

「是！」朱玄莫撩起簾子進來。他性格簡單，不喜廢話，直接將三爺交代的事情和盤托出：「徐家的人在中城找了家客棧住下了，徐鴻達閉門不出，徐鴻飛倒是閒逛了許久，打聽宅子和鋪子的事。」

「宅子他是想租還是想買？」朱子裕指了指旁邊的圓凳，示意朱玄莫坐下。

朱玄莫道：「起初是想買，後來估摸著嫌價格貴，又開始問有沒有宅子租。只是如今中城的宅子緊俏，怕也不是那麼容易租到。」

朱子裕一聽要買宅子，頓時笑了，「你把我中城宅子旁邊那套賣給他，也不要他太多銀子，照著市價要一半就成。想個好說辭，別叫他懷疑了。」

喝了口茶，朱子裕又道：「我那恩人家裡有個胭脂鋪子，他多半想在京城再開一家，你把我名下的鋪子找一間位置好的，收回來租給他。」

朱玄莫這人最大的好處就是從不多嘴，主子說什麼就做什麼，當場答應下來。

朱子裕說的宅子和鋪子都是親娘的嫁妝。當年朱子裕從平陽鎮回來，就跟老太太說要自己打理母親的嫁妝，老太太當場就讓人把裝著房契、地契、身契的匣子給了他，又拿出一本厚厚的嫁妝冊子。朱子裕也傳令下去，以後母親嫁妝的收益直接交到自己這裡，不必再往夫人那邊報，省得讓夫人「勞神」。

高氏一直眼紅楊氏的嫁妝，但她不敢直白地要，想著徐徐圖之，先拿些收益也是好的，卻不想只吃了五年的甜頭，就讓朱子裕給要回去了。

朱子裕盤點了母親的嫁妝，發現鋪子房子田地無數，光中城的宅子就有兩座四進的，頓時大喜過望。子裕知道祖母和父親在高氏的讒言下，十分抵觸他練武，就怕他步入哥哥的後塵，他正愁沒有地方練武。

打那以後，朱子裕每日帶著朱天莫和朱玄莫騎馬過來，不過只用兩炷香的時間。上午在私宅裡練武兩個時辰，中午吃了飯回府讀書，就這樣過了三年。

起初高氏拿不準他出去幹什麼，試探著在老太太面前問一句，朱子裕笑咪咪地抱住祖母的胳膊，天真無邪地說：「出去玩啊，外面可好玩了。」

老太太立馬抱出一匣子銀票，讓孫子好好玩，玩得開心。至於讓人跟蹤，高氏自然也打過這個主意，只是還沒跟出兩條路，就被朱天莫給擒了，故意說是賊人，打折了腿扭斷了胳膊扔在路邊。這一出手，不光家裡的小廝不敢再接這差事，就連高氏都嚇住，頓時消停了，因此朱子裕在外面練武的事家裡沒半個人知道。

徐鴻飛在中城轉了幾日，心裡越來越焦急，只能琢磨著往外城去看房子，忽然這兩日時常和他打交道的一個中人急忙尋他，「徐三爺，大喜，中城有個富商要回老家，急著出手中城的一座四進宅子。」

徐鴻飛聞言又喜又憂，喜的是這些天來，終於碰到一座肯賣的宅子。憂的是，四進宅子也不知道買不買得起。出來的時候二嫂給了他五千兩銀子買宅子，雖說他另外從瑰馥坊的帳上取了五千兩銀子出來，但那是用來開鋪子的，可不敢往別處挪用。

多想也無用，還是先去看看再說。

到了那家，門口的一個僕人將人領進宅子逛了一遍，又笑道：「主人說，這些大家具和日常用具都作為添頭，鋪蓋都是過了年新做的，也沒人用過，這兩日我特意曬了幾回。這位大爺您要是買了，當日就能住進來開伙。」

徐鴻飛對這宅子滿意至極，這宅子裡頭園子精緻、屋子開闊，就連家具都是上等的好木頭打的，許多料子連自己也認不出來，想必是極貴的。

徐鴻飛見那老僕殷切的眼神，有些羞愧，不自在地問：「不知這宅子要買多少銀子？」

老僕笑道：「不瞞您說，若是按照市價，這宅子加上園子，我要一萬兩都是照顧您，但我家主人有怪脾氣，素來不在乎錢，凡是講究一個『緣』字。主人走之前留下幾個問題，您若是都對上了，這座宅子便低價出售。若是一個都對不上，得花一萬兩的價格購買。」

徐鴻飛心想，反正都來了，怎麼也得試上一試，萬一對上了呢？

他閉上眼睛默念了青青的名字一陣，才睜開眼睛，豁出去地道：「你問吧。」

老僕拿出一張紙，正兒八經地開始胡說八道：「第一條，第一個來看房子的可減一千兩。哦，您正巧是第一個來的，先減一千兩。」

徐鴻飛懵逼了，這樣都可以？

他立馬給那中人小哥一個感激的眼神。

中人小哥訕笑兩下，趁人不注意轉過頭去心虛地摸了摸鼻子。

老僕又道：「若是同一個姓氏，便說明是本家，可再減一千兩，請問這位爺您貴姓？」

徐鴻飛戰戰兢兢地回道：「我姓徐。」

老僕拍手道：「哎呀，太湊巧了，我家主人也姓徐，再給您免一千兩。」

徐鴻飛抹了一把汗，趕緊又默念青青的名字。

老僕問：「家裡今年可有應考的舉子？」

徐鴻飛忙說：「有有有，我二哥今年應考，如今就在中城的悅來客棧住著，預備著參加三月的會試。」

老僕滿臉堆笑，「哎呀，我家老爺最崇拜讀書人了，說能參加會試的都是文曲星下凡，一定要交好，可以再減一千兩。」

徐鴻飛琢磨著，這就到七千兩了，若是剩下兩個對不上來，自己的私房湊一湊，也能夠買下宅子來。

老僕又一本正經地拿那張紙看，「家裡可有生意？」

徐鴻飛一頭霧水，怎麼問完考生又問生意，但是他也來不及多想，「有，老家有個胭脂鋪子，正想著在京城也租個鋪子，將生意挪過來。」

老僕道：「這可就巧了，老爺的答案上就寫著胭脂鋪子，我家夫人最喜歡胭脂了，對胭脂鋪子格外有好感！對了，鋪子尋到沒？我家的鋪子正好不租了，可以轉租給你！」

徐鴻飛又懵逼了，下意識地點了點頭。

老僕道：「行，最後一個題對上了，續租我們的鋪子，也省得費我們的事了，可不是有緣？房子五千兩賣給你，鋪子你去瞧瞧，立馬可以續簽下來。」

徐鴻飛當場就傻了，怎麼想怎麼不對，心裡琢磨著：是這家主人來人逗悶子？還是根本就是騙子啊？怎麼感覺像是上趕著減銀子呢？不會是拿租的宅子糊弄他吧？

看著徐鴻飛一臉驚疑不定的表情，老僕似乎怕他懷疑，拉著他去官府辦了過戶手續，並約了明日看鋪子的時間。

徐鴻飛拿著房契，看著已經消失的老僕，十分不解，「不會是凶宅吧？」

中人……

見人走了，主僕兩人從牆頭上一躍而下。

朱子裕拂著身上的灰塵，瞪著朱玄莫，「這就是你想出的低價賣房子的好法子？」

朱玄莫一臉認真，「我琢磨了許久，才想出這幾個能對上的題。這樣宅子和鋪子一下子都辦妥了，多好！」

朱子裕對他的智商很著急，「這樣太假了，雖然他現在懵了，等回去慢慢尋思總會發現不對的地方。你不會假裝醉酒，摔他身上，等酒醒後以報恩為由，將房子半價賣給他？」

朱玄莫搖頭，「爺，不是我說，就他那個小身板，要是我撞到他身上，直接能給他砸骨折，您信不信？」

無語半晌，朱子裕背著手走開，丟下一句：「這腦子和我祖母也差不了多少。」

朱玄莫搔了搔頭，不知道朱子裕說的是自己，還是徐鴻飛。

……

徐鴻飛回到客棧將房契交給他哥，一臉摸不著頭緒地講了今天的奇遇。徐鴻達也不明白這是什麼情況，看房契確實是真的，便不再糾結這件事，反正目前看起來也沒被騙去銀子。徐鴻達又看了看弟弟的傻樣，有些嫌棄地搖了搖頭：就這相貌，也不至於被騙色，許是真的是碰到怪脾氣的賣家了。

徐鴻飛不知道自己被他哥暗地裡嫌棄了一番，滿臉夢幻地飄回自己的房間。小二進來送熱水，見徐鴻飛在傻笑，不由得問道：「徐爺這是怎麼了？出去被砸著腦袋了？」

「滾！」徐鴻飛笑罵了一句，接過熱水一邊泡腳一邊琢磨明天去賃鋪子的事，又想了一回那麼大的宅子得打聽一下哪個牙婆可靠，先買幾個人使喚，其他的等嫂子來了再說。

翌日一早，徐鴻飛連早飯都顧不上吃就出去了，直奔昨天買的宅子，輕叩大門。

「三爺來了。」昨日那老僕笑著行了個禮，身邊跟著個小廝，背上還背著包袱。

徐鴻飛不解，「咱們去看鋪子，你咋還背著包袱呢？」

老僕道：「宅子已經是您的了，我再留下來就不合適了。等領您瞧了鋪子後，我也該去南方尋我家主人去了。」

徐鴻飛聞言唏噓了一番，倒有些不捨起來。那老僕從懷裡拿出十來張身契，試探地看著徐鴻飛，「我家主人往常也沒來這宅子住過，因此走的時候這宅子原有的十幾個僕人也沒帶走，您若是不嫌棄，不如留下他們，讓他們維護園子、打掃院子還是成的。」

徐鴻飛昨晚還想買幾個僕人打掃庭院，不料今天就白得了十來個人，不禁暗想：是不是昨天念叨青青念叨太多了？

那老僕把宅子裡的僕人都聚集起來，領他們拜見了新主人，又挨個跟徐鴻飛說了他們的名姓，順便送上身契。

也不知道京城買人得花費多少，縣城的話，一個人差不多十兩銀子。徐鴻飛從袖子的暗袋裡掏出二百兩銀票，遞給那老僕。

老僕似笑非笑地看了他一眼，「五千兩銀子都給你免了，還差你這二百兩？得了，趕緊收起來，就當是你有福氣吧。」

「福氣？」徐鴻飛一愣，他家有福氣的人是青青啊！就說念叨青青管用吧，要不然能撈著這麼大的便宜？

兩人交接完畢，就一起去瞧鋪子。徐鴻飛也在中城轉了幾日，大體熟悉路線，見那老僕帶他直奔最繁華的街面，心裡萬分緊張，「老伯，你家主人租的鋪子不會在永豐街吧？」

「是啊！」老僕笑道：「今天鋪子的主人也來了，你和他直接定契約就是了。」

永豐街是中城最繁華的街道了，連內城的貴人們都常來這裡閒逛，徐鴻飛不知那條街上的鋪子一年需要交多少銀子，頗有些忐忑不安。

老僕帶他來到永豐街最中間那個三層鋪面門前時，徐鴻飛都快哭了，「這個鋪子租金一定很貴吧？」

「這位大爺，價格好說，凡事講究個緣分嘛……」鋪子裡一個管家模樣的男子走了出來，面上帶著和善的笑容。

徐鴻飛：這話聽起來有點耳熟……

◆　◆　◆

自打徐鴻達走後，老太太就猶豫要不要跟著二媳婦去京城。土生土長的鄉下老太太一說起京城，天子腳下，那可是了不起的地界，自己若是能去上一遭，瞅上兩眼，這輩子值了。可是，隨二兒子走了，又怕大兒子不自在，畢竟如今習俗都是老人隨長子居住的。寧氏看出她的想法，私下裡和王氏說了。

王氏向來老實，臉色漲紅，「我知道娘想去，可我也不能直接說讓娘跟你們走啊！若是我那麼說了，娘還當我不願意伺候她呢！」

寧氏道：「我來勸娘，只是你們心裡別有想法就行。等浩哥兒考上舉人，你們就往京城來，到時候說不定能尋個門路讓浩哥兒上國子監。」

王氏不懂國子監是啥，但一聽名字就了不得，不由得道：「還得他自己爭氣才行。其實娘跟著你們去京城也是享福，我和你大哥沒什麼不放心的，就是這些年一直辛苦妳伺候老娘，我心裡過意不去。」

寧氏笑道：「大嫂客氣了，我也是兒媳婦，照顧娘是應當的。」

妯娌兩個商議好了，寧氏又去找徐婆子。原本徐婆子就很想去京城，聽寧氏說了一番將來徐鴻達考上進士打馬誇街的情景，瞬間坐不住了。兒子這麼榮耀的時刻，身為親娘怎麼能不見證一下，當場就讓麥穗收拾行李，又看著黃曆算適合出行的日子，恨不得立馬就走。

月娘母子三人，也是寧氏硬拽上的。她想著小叔若是在京城打理鋪子，兩三年回不來，夫妻倆長期分離不是個事。若是回頭讓他們母子單獨去，沒人護送又不安心，索性一起帶進京，還能互相幫襯。於是，寧氏又租了一輛馬車，雇了許多騾車拉行李。除了有六個夥計跟著，寧氏一行人還附在了一個商隊後頭，以確保路上安全。

跟著商隊走走停停，一個來月的功夫，就到了京城城門外。與商隊管事道別，又送上銀兩，算是謝儀。

進城的百姓們排隊前行，青青撩起簾子看了一眼，有點心焦。

寧氏笑道：「馬上就進城了，有什麼可急的？」

朱朱大了些，倒是穩重許多，她笑嗔了青青一眼，「還像皮猴似的。」

馬車行駛到城門口，城門官例行檢查了一下便放行。剛一出城門，就見王新旺和李虎兩人正在那等著，見到熟悉的馬車，連忙迎了過來，「二太太，可等著您了，一路可順暢？」

寧氏點頭道：「等了幾日了？辛苦你們了。」又指著前面的馬車道：「老太太和三太太也一同來了。」

王新旺過去行禮，這裡是城門口，人來人往的，也沒多耽誤，打上招呼趕緊回家去。

如今買的宅子大，徐鴻達將正房留給了老太太，徐鴻飛選了老太太院子的小跨院，他夫妻倆帶著一雙兒女住足夠了，徐鴻達則選了一個單獨的院落居住。

兄弟兩個見這宅子沒有需要修繕置辦的，便挑了個日子放了掛鞭炮就搬進來了。正如那老僕所說，家具齊全，鋪蓋被褥都是簇新的沒人使過，用那上等棉布做的被面，裡頭絮了厚厚的棉花，眼下時節不用燒地龍，光蓋這被子就能出一身汗。

從城門進來，馬車走了半個時辰才到中城，眼見著和外城不一樣的繁華景致，老太太頻頻咋舌，和月娘道：「妳瞅瞅這京城還真跟咱們那裡不一樣，還分個內城外城，我瞅著那外城都比咱們縣裡好上許多。」

月娘一邊餵女兒吃點心，一邊拍兩下在自己懷裡熟睡的兒子，想著一會兒就能見到自家相公，臉上洋溢著幸福的笑容。

看門房的是原來這家主人的舊僕，聽見李虎兩人大聲吆喝：「老太太和太太們來了！」連忙打開大門將車迎進來，又叫了個小子進去報信。

行李物件自有王新旺看著下人往裡搬，徐婆子也等不及兒子出來，邁開腿往裡走。徐婆子、月娘原本以為在縣裡的宅子就夠大夠體面了，不料和現在這宅子一比，簡直像鄉下的土房子似的。看著雕花的門廊，帶著各色花紋的方磚，徐婆子眼睛都不夠使了，等徐鴻達、徐鴻飛兩人迎來時，徐婆子還不耐煩看他倆，他們哪有這宅子好看。

剛安置下來，換了身衣裳，一個婆子過來回道：「老爺、太太，隔壁家一戶姓朱的鄰居聽聞家裡老太太來了，特此送一桌席面。」

徐婆子臉上放光，得意地笑，「這京城人就是懂禮數，知道我來還送席面。」

徐鴻飛出去應酬，半晌領了十來個提著食盒的小廝進來，將菜擺在正廳裡，一家人也不分什麼長幼男女，團團圍坐在一起。徐婆子看著這個菜好，那個菜香，更有些珍饈美味連見都沒見過。看了半晌，只認得眼前的水晶燒鵝，夾了一塊放嘴裡嚼半晌，說了句「香」。眾人笑了起來，開始動筷。

朱朱、青青這六年跟著食道人算吃遍了美食，又精心學過廚藝，十分會品嘗。像最會吃的朱朱，但凡一種美食，無論見沒見過，只要嘗一口，就能把做法說得八九不離十。

青青雖不如朱朱精通廚藝，卻有一副巧舌頭，哪樣菜配得好，哪味調料放得不足，哪個菜品火候差了三分，說得頭頭是道。

兩個姑娘這麼會吃，這麼挑嘴，也對這桌酒席誇了句「好」，並將吃著格外順口的幾樣菜推薦給家人。

徐婆子雖然經常吃孫女烹調的美味菜餚，但因家境原因，都是普通食材，像魚翅、燕窩之類是見都沒見過。青青盛了碗魚翅羹湯給她，徐婆子一下子就喝了半碗，對朱朱說：「妳看，不愧是京城的廚子，這粉絲湯做得就是鮮，回頭妳也照著這法子做。」

朱朱笑咪咪地應了。

眾人酒足飯飽後都去歇晌，朱朱和青青兩個在馬車上待了一個月，再不願回屋躺著，便商議著去廚房做些飯菜送去朱宅做回禮，總不能將空的食盒送回去吧。

兩人到了廚房，見裡面都是些家常食材，但勝在新鮮。朱朱眼睛往這些蔬菜魚肉一掃，腦海裡就冒出十幾個菜譜，她對青青笑道：「今兒妳也別偷懶，糕點就交給妳做。」

青青廚藝不如朱朱好，但腦子好使，經常想些稀奇古怪的點心，朱朱常找藉口讓她做兩樣，一個是吃了新鮮，再一個若是合口，可以把方子送到家裡的胭脂鋪去，一舉兩得。

青青瞅了她一眼，挽起袖子，「想吃我做的點心就直說，還故意找事情差遣我。」

廚房蔬菜不多，各色麵粉豆類倒是齊全，也不知朱家主人是哪裡人士，有幾口人，便決定做四樣甜口、四樣鹹口。

取了自家風乾的櫻花、桂花兩樣，拿番藷粉做皮，選紅小豆蒸餡，包果子時，青青將花瓣放到每一個果子裡，讓花朵呈現盛開的姿態。

……

一桌席面送到徐府，朱子裕心裡就緊張得直打鼓，一會兒問朱天莫自己送的席面合不合徐家人口味，一會兒又趴牆頭去瞅，看青青有沒有從屋裡出來。

原本朱子裕想著哪天青青出門時，自己也剛巧路過，到時候青青看到他肯定會很驚喜。

看著一臉傻笑的少爺，朱天莫不得不提醒他：「徐家剛搬來京城，只怕有很多事要忙，估摸著十天半個月是見不到了。」

朱子裕想到當初帶著自己鑽山洞的女孩，心裡就熱呼呼的，聽見朱天莫說短時間見不著人，火熱的心瞬間涼了半截，「十天半個月？那怎麼行？青青姑娘是我最好的朋友，我都三年沒見到她了，每天都很想念她的。」

朱玄莫認真地點頭，「那是，都說一日不見如隔三秋，我要是有三年未見的好哥們兒，非得拽著他大醉一場。」

朱天莫看了看朱子裕，又看看大講兄弟情的朱玄莫，很是無語，「少爺啊，您準備和玄莫似的，二十六七還打光棍嗎？」

朱玄莫一頭霧水，「我說什麼了？你怎麼能人身攻擊呢？好像你娶上媳婦了似的。」

朱天莫捂住胸口：好扎心……

「三少爺，隔壁主人來送回禮。」一小廝麻利地跑進來，朱子裕忙吩咐將人請到正廳，自己整理了下衣衫，對著鏡子理了理頭髮，方才坐在主位上，兩隻手緊張地放在大腿上。

小廝引著二十歲左右的男子進來，朱子裕往他身後瞅，見無人跟著，失落地起身相迎。徐鴻飛見這家當家主事的是一個十歲左右的孩子，眼裡閃過一絲驚訝，很快又掩飾下去，示意身後的下人遞上食盒，笑道：「多謝公子送的席面，家母吃得香甜。這些是家裡人親自做的幾樣小菜和糕點，請公子不要嫌棄。」

朱子裕請他入座，小廝上了茶水，朱子裕笑道：「前幾日沒在家，今日回來碰巧遇到令慈的馬車，方知隔壁宅子搬來了新主人。聽您口音，不像是京城人士。」

徐鴻飛道：「我們老家是吉州府玫城縣平陽鎮灃水村的。」

朱子裕故作恍然大悟狀，「我說聽著口音有些耳熟，家母也是平陽鎮人，三年前我還去那裡為家母做過法事。」

徐鴻飛一聽，還是半個老鄉，頓時覺得親切許多，當下聊起平陽鎮風土人情。朱子裕順著他的話問了些許問題，見徐鴻飛聊得起了興致，連忙趁熱打鐵，提出要去拜見徐家的老太太和舉人老爺。

徐鴻飛忙攔了又攔，朱子裕神情有些沮喪，「徐三叔可是嫌我年紀小，家裡又沒大人主事，不願意和我來往？」

此言一出，徐鴻飛再不好說什麼，只好邀請他到家裡小坐。朱子裕露出得逞的笑容，朝朱天莫使了個眼色，「快些備禮。」自己則拽著徐鴻飛先往徐家去了。

徐鴻飛：這孩子真是個急性子！

青青做的新鮮樣式的點心也給家人留了一份，大家坐著吃了點心喝了甜湯，看著天色尚早便想一同到園子裡轉上一轉。

寧氏的小兒子還沒醒，她守著兩個兒子沒出來。
徐鴻達和朱朱、青青兩姊妹扶著徐婆子出了房門。
剛出院子，就見徐鴻飛領著一名少年快步走來。
徐鴻達微微瞇了瞇眼睛，「這個少年郎長得有些眼熟！」
朱子裕進了徐家大門，心跳如鼓，正想著不知能否在徐家祖母的屋裡見到青青，一抬頭就見不遠處出現一穿著紅色斗篷的少女，只見她粉黛未施，卻唇不點而紅，眉不畫而黛，腮上一抹自然的紅潤，嘴角含著笑意，漂亮至極。
抱著禮物的朱天莫眼睜睜地看著他家的三少爺，像脫了籠的韁馬一般，向人家姑娘熱情地撲了過去……
「青青……」朱子裕張開了雙臂，看著越來越近的少女臉上露出吃驚的表情，轉瞬又開心地笑了起來。
再有一步就能來個朱子裕期待已久的友情的擁抱時，徐鴻達兩步上前就將女兒擋在了身後，順手拎起朱子裕的衣領，「臭小子，還想占我閨女便宜，看我不把你扔出去！」
朱子裕懸在半空中使勁搖晃，一邊試圖想要挽救自己被高高拎起的窘態，一邊大聲哀嚎道：「別啊，徐叔，咱們千里迢迢又在京城做鄰居，這是緣分啊……」
徐鴻飛掏了掏耳朵：感覺好耳熟！
朱玄莫開心地呵呵笑：少爺把我的口頭禪學去了，緣分啊！
來者是客，雖然徐鴻達很想將朱子裕直接從牆頭扔回隔壁，奈何徐婆子看到這樣一個壯實孩子，長得又俊俏，喜歡得不行，當下拽著兒子的手將他救了下來。
朱子裕最會順杆爬，從徐鴻達手裡逃出生天後，立馬抱住徐婆子的大腿請了安，又討好地問徐婆子：「中午的席面老太太吃得可還順口？那是內城最大的酒樓祥瑞樓送的席面，他家的燴鹿筋做得軟爛，我家祖母最愛這一口。」

徐婆子一聽，原來那席面是他差人送來的，還是京城有名的酒樓，臉上的笑意更盛了三分，連聲說好吃。於是連園子也不逛了，拉著朱子裕叫他到屋裡坐。

朱子裕趁機回頭跟青青打招呼：「青青，可真巧，剛才看到妳，嚇了我一跳。」

青青笑起來眉眼彎彎的，「朱子裕，好久不見。」

朱朱看了一眼跟自己差不多高的朱子裕，撇了撇嘴，「合著我像柱子似的，這麼大個人竟是沒瞅見我？」

「嘿嘿，哪能呢，朱朱姊！」朱子裕連忙行禮告饒，「主要是朱朱姊長高了許多，我都沒敢相認。」

「引狼入室」的徐鴻飛撓著頭湊過來，「你們認識啊？」

徐鴻達瞪了他一眼，又斜眼瞅朱子裕，「三年前這孩子在陽嶺山上挖寶，恰好遇到了青青，青青見他滾得像泥猴似的，就把他帶到了文道長那裡。」

「遇見了青青？」徐鴻飛嘖嘖兩聲，「那甭問，肯定是挖到寶了。」

徐鴻達對當年那事印象不深，只記得朱子裕抱了一匣子兵法和一本武功心法，文道長略微翻了翻，似乎很感興趣，把他留那裡待了近十天。

至於他的身世，徐鴻達只隱約知道是哪個大官家裡的孩子，家中有個後娘待他不好，因此他想學些本領出人頭地。當時青青還為他畫了一幅畫，鬧得白天黑夜不得閒，才幾天功夫下巴就尖了。為著這事，徐鴻達對朱子裕相當不滿。

前面說得熱鬧，寧氏聽見動靜也出來了。原本朱子裕並不算多熟悉的客人，應該帶他到前廳坐，但徐婆子不知道這些彎彎繞繞，加上朱子裕是個半大的孩子，她便直接拉著朱子裕的手進了正房。

見到寧氏，朱子裕乖巧地問安，此時朱天莧、朱玄莫兩人將帶來的十幾匹衣裳料子交給了徐家的僕婦，僕婦們趕緊將布料送到了徐婆子屋裡。

徐婆子一愣，「怎麼這麼多衣裳料子？」

寧氏搖頭道：「不過是鄰居往來，朱公子送這麼貴重的禮物怕是不妥。」

這些料子都是過年時宮裡新賞的，高氏連面都沒見著，就被朱子裕搬了個精光。

見寧氏推辭，朱子裕的桃花眼笑得極為真誠，「都是今年京城流行的新料子，我家裡沒什麼人，擱著也白糟蹋了。」他看了眼青青，面上多了幾分羞赧，「原本是和徐三叔聊得盡興，來拜訪老太太的，卻不想是青青的家人，實在是太湊巧了。當年我年幼無知，小小年紀就敢跑到深山野林裡去，若不是僥倖碰到了青青，只怕也沒有今天的我了。徐伯母您千萬不要客氣，我當年也被文道長手把手教導了幾日，說起來青青可以叫我一聲師兄的。」

「大師兄？」徐鴻達呵呵笑了兩聲。

寧氏嗔了徐鴻達一眼，又笑著問朱子裕：「你今年幾歲了？你住隔壁那個宅子？你過來大人知道嗎？既然關係這麼親近，理應我也該登門拜訪的。」

朱子裕早想好了說辭，笑咪咪地回道：「回伯母，我今年九歲，和青青同年，比青青大三個月。隔壁的院子是我的私宅，並沒有長輩在此居住，平日裡我在那邊讀書、練武。」

寧氏一聽就知道他家裡怕是不太平，便笑著不再言語，只拿出新鮮果子讓他吃。

徐婆子沒那麼多心思，直接問道：「自己住這麼大的宅子啊，家裡不說你嗎？」

朱子裕臉上閃過一絲黯然，「老太太不知，我娘生下我沒幾天就沒了，現在家裡的是後娘。她不許我讀書寫字，也不讓我練武。我六歲去平陽鎮時連《三字經》都背不下來，還是青青幫我找了些古籍讓我拿回來讀。隔壁那個宅子原是我親娘的嫁妝，我每天藉口出來玩，便躲在這裡讀書。」

徐婆子唏噓不已，「怪不得世人都說後娘壞，有了親生孩子就不把前頭那個當人了。」

朱朱聞言連忙道：「祖母此言差矣，不過是子裕遇到那黑心腸的罷了。您看我娘，待我可不比青青差一分。」

徐婆子這才想到朱朱也不是寧氏親生的，忙訕笑著和寧氏解釋：「是我說岔了，平時看妳們親親熱熱的，倒忘了不是親生娘倆了。」

寧氏笑著接話：「在我心裡，朱朱和青青是一樣的。」

寧氏原本就心善，更何況在自己遭遇那種事快要起了尋死的念頭時，是徐鴻達義無反顧地娶了她，並且這些年一直真心真意地愛她、呵護她。說寧氏把朱朱當親生孩兒，徐鴻達何嘗不是將青青視作自己的親生的骨肉？

徐鴻達見妻子神色不對，忙過去拉住她的手，「怎麼了？可是哪裡不舒服？」

寧氏看著丈夫，原本激動的心緒又平穩下來，她輕輕地回握了一下，微微一笑，「我沒事，只是看著子裕覺得有些心酸。」

徐婆子嘆道：「可不是？我看了也難受。妳看這麼好的孩子，長得又俊，若是親娘在，不知得疼成什麼樣兒。」她拉住朱子裕的手，親熱地拍了拍，「既然咱們有緣做了鄰居，你又和朱朱、青青早就認識，以後就別把自己當外人，沒事過來玩。」又問他：「白天吃飯可有人照應？能吃上熱乎飯嗎？要不，你來我家吃？」

朱子裕樂得剛要一口應承，徐鴻達就冷冷地擋住了他，「娘，您多慮了。您看他這麼大的小屁孩就有一座四進的宅子，還擔心他沒飯吃？裡頭好些個丫鬟奴僕伺候他，您且放心，餓不死他。」

朱子裕訕笑兩聲，還不忘辯解幾句：「只有幾個隨從和小廝，並沒有丫鬟。」

徐婆子瞪了徐鴻達一眼，「他還是個孩子呢，又沒有爹疼娘愛的，得多關照關照。」一轉頭看朱子裕時，臉上又掛上了和藹的笑容，「沒事，別理你二叔，什麼時候想來直接過來就是，不過是添雙碗筷的事。」

朱子裕笑著應了聲好，看著徐祖母、寧伯母對自己觀感不差，便大著膽子跟青青打招呼：「青青長高了許多。」

青青抿嘴一笑，「文道長教的武功心法可練會了？這些年有長進沒？」

朱子裕咧嘴一笑，「每天都不敢忘道長的教誨，不光那些兵法每日研讀，祖父書房的手箚我也拿來對照。」

朱子裕有滿肚子的話想傾訴，可是滿屋子都是人，他只能無奈地憋了回去，談論些無傷大雅的問題：「道長們可還好？我一直想看他們，卻沒什麼機會回去。」

提起四位道長，徐鴻達及兩個女孩的神情有些黯然，「道長們走了，過年前不辭而別，許是去哪裡遊歷了吧。」

朱子裕愣了片刻，方才安慰道：「道長們素來不是拘束的性子，想必是因為徐二叔的功課才忍著在山上待了數年。既然是去遊歷了，還是有見面的機會。」

朱子裕連忙又找話說：「徐二叔這回來京城是參加會試吧？咱們京城郊外有座文昌廟，據說幾百年前文昌帝君真身親臨，指點了一進京趕考的士子。那士子果然金榜題名，後來又做了大官，為百姓做了無數好事。為感激文昌帝君指點之恩，那大官捐錢蓋了那座文昌廟，聽聞裡頭的文昌帝君神像是按帝君真身打造的，十分靈驗。」

徐婆子和寧氏都聽住了，忙問他：「你說的可是真的？」

朱子裕道：「我雖然沒去過，但那文昌廟的傳說可是從小聽到大的，這赴京趕考的士子們多半都會去拜上一拜。也是徐二叔來得巧，明日正好是初一，是祭拜的好日子，不如我一早來領你們去？」

讀書人就沒有不崇信文昌帝君的，打徐鴻達考上童生起，每年的二月初三都會準備好貢品，到供有文昌帝君的道觀行「三獻禮」，以賀文昌帝君的誕辰。既然京城有這樣一座靈驗的文昌廟，自然得去祭拜一回。

想著明天去祭拜的人多，自己這種拖腳程的就不跟著添亂了，徐婆子說：「讓三郎陪著二郎一起去，青青也跟著。」在徐婆子的認知裡，這種拜神、拜佛的活動可不能少了青青，若是青青不去，肯定就不靈驗了。

朱子裕一聽青青也去，喜得像偷了腥的貓似的，連忙拍胸脯保證：「徐祖母，您放心，我一定會照看好青青妹妹的。」

◆　◆　◆

京城內城、中城之間有一道城牆和城門，一般卯時才會開啟，如今時逢會試，又恰好明天是初一，去文昌廟祭拜許願的士子一定很多，若是等內城開門再出來，怕是會誤了時辰，因此朱子裕先行回家，快到家時，用浸了酒的帕子往脖子臉上抹了抹，又從馬車裡找出一個酒壺，倒出一小盅酒含了含，再往身上噴了一回，弄出一副醉醺醺的樣子回了府裡。

「祖母！」朱子裕回了鎮國公府，直奔老太太的房間，抱著她胳膊膩歪了半天。老太太忙打斷那唱曲兒的，摸著他的臉道：「在哪兒喝了酒？跟著的人怎麼不勸勸？」

朱子裕蹭著她胳膊道：「和一群公子哥兒到京郊跑馬去了。」

老太太拍了拍他，略責怪地道：「瞎胡鬧，騎什麼馬，若是摔著了可怎麼辦？你是越大越淘氣了。」一面說著一面喊玉樓去拿醒酒湯，又說他：「喝了醒酒湯就在我屋裡睡一會兒吧，別來回折騰了。」

朱子裕晃悠著站了起來，「我渾身酒氣，熏著祖母就不好了，我回屋睡去。」又對玉樓道：「玉樓姊姊直接打發人把醒酒湯送到前院去，晚飯我就不過來吃了。」

玉樓應了一聲，與老太太商議：「廚房下午燉了酸筍野雞湯，還有新熬的淮山茯苓粥，一會兒讓他們裝砂鍋裡送前院去放爐子上溫著，若是三爺兒半夜醒了也不至於餓肚子。」

老太太笑咪咪地點頭，「妳素來最是穩妥的，且去吩咐了就是。」

朱子裕趁機告退，出門時正巧高氏聽聞消息進來，兩人撞了個對臉。一股沖天嗆鼻的酒味傳來，高氏立馬拿帕子捂住了鼻子，「從哪兒喝了這麼些酒？真是胡鬧！」

朱子裕呵呵笑了兩聲，胡亂請了個安，轉身走了。

看著朱子裕的背影，高氏眼裡閃過一絲怨毒。

朱子裕剛回前院洗了澡換了衣裳，廚房就叫人送來了食盒。

朱天莫示意燃香將飯菜擺上，勸著朱子裕：「中午三爺光惦記著隔壁的姑娘，也沒好生吃飯，不如這會兒吃點粥飯墊墊。」

朱子裕讓小廝梳頭，問道：「廚房送了什麼菜？」

燃香一邊擺菜一邊道：「素瓜拌遼東金蝦、燒筍鵝、烤鹿腿、紅糟鰣魚、蒜蓉黑白菜，還有一罐酸筍野雞湯、一罐山藥茯苓粥、一碗玫瑰香露粳米飯。」

朱天莫見這滿滿一桌子菜，不禁笑道：「許是玉樓看出你中午沒吃飽。」

朱子裕坐到桌前，燃香、玉香幾個小廝連忙過來盛粥、夾菜，朱子裕擺擺手，「你們也去廚房，看看還有什麼拎些來，讓你天莫大哥他們趕緊吃了，一會兒他們還得隨我出去。」

玉香聽了，往廚房跑去。

朱子裕正是長個子的時候，加上每天讀書習武，十分消耗體力，因此飯量極大。別看滿滿一桌子菜，他一個人兩炷香功夫就吃了個七七八八。朱天莫等人吃飯速度快，雖然飯來得晚，但是差不多和朱子裕同時吃完。燃香、玉香趁著還食盒的功夫，圍著前院一轉，見沒了高氏的親信，玉香回來報信，朱子裕一行人便悄沒聲息地從燃香他爹看守的角門溜出去。

翌日一早，剛過寅時三課，寧氏就叫了徐鴻達起床。因怕擾了朱朱睡覺，青青頭一天晚上睡在了爹娘屋裡的碧紗櫥內，見外面亮了燈，青青也趕緊起來穿上衣，寶石幫她梳上三小髻，插上一朵樣式簡單的珠花。

葡萄、石榴打熱水，拎飯的差事就交給了原來照看這個院子的王嬤嬤。廚房裡頭一天就得了交代，過了三更天就起來熬上了紅棗芡實粥，又蒸上一籠素餡包子，配幾樣醬的瓜菜，父女二人熱氣騰騰地吃完。

待二人消了汗，寧氏拿兔毛滾邊的大紅斗篷罩在女兒窄袖褙子外頭，送他爺倆出去。

等徐鴻達一行人到前院時，朱子裕已在倒座等著了，見他們出來立刻請安，又道：「這會兒到城門那正好能趕上開城門。」又看了看青青披的斗篷，問：「裡面縫了毛皮沒有？早晚天氣涼，別凍壞了妳。」說著解開自己的斗篷，「拿去給妹妹蓋腿。」

徐鴻達將他拎到一邊，「去去去，馬車上有爐子，別獻那沒用的殷勤，趕路要緊！」

朱子裕遺憾地把斗篷又繫回去，心裡琢磨著到秋天時一定弄塊好毛皮給青青做斗篷。

徐鴻達和青青坐徐家的馬車，徐鴻飛上了朱子裕的馬車。兩人昨天聊得暢快，今天面對面卻有些尷尬。徐鴻飛的眼神頗哀怨，「大侄子啊，昨兒你不會是故意和我套近乎吧？」

朱子裕訕笑道：「哪能呢？徐三叔，我真不知道您和青青是一家的，我要是知道，我還能讓小廝送席面過去？我得親自拎過去啊！」

想想朱子裕的厚臉皮，徐鴻飛點了點頭，「這我信。」

朱子裕殷勤地拿起茶，倒了杯熱茶給徐鴻飛，熱絡地道：「三叔，當初我和青青一起讀書的時候，聽她說起過您呢！」

「是嗎？」徐鴻飛眼睛一亮，青青能跟外人提到自己，那說明自己在她心中很有地位，不禁笑容滿面，「我侄女說啥了？」

朱子裕道：「說三叔聰明，鋪子經營得好。三叔，您這回來京城有沒有要開鋪子啊？」

徐鴻飛道：「當然要，鋪子都租好了，在永豐街。」

朱子裕忙捧他，「這可是個好位置，定能財源廣進。不過，您在這裡開鋪子，少不得要和外頭官府小吏、地頭蛇打交道。俗話說，閻王好過小鬼難纏，若是沒有門路，八成得受這些人的騷擾。三叔，不瞞您說，我雖不受我後娘待見，但我家也算是大戶人家，等您鋪子開張，我叫兩個人去給您撐撐場面，再讓他們隔三差五去轉轉，保證沒人敢去鬧事。」

「那敢情好。」徐鴻飛大喜，「這開鋪子真少不了人撐腰，我們在家鄉開鋪子的時候，也是送了銀子給那些官太太，就為了一個生意順遂。如今我正愁著鋪子開了去哪裡找門路，正好你給解決了大麻煩。等我回頭和我嫂子說，給你算成份子，這事我懂。」

朱子裕連忙擺手，「可別，三叔外道了不是？這樣，三叔，您也別給我份子，那錢就給青青拿去當零花。」

徐鴻飛推讓了兩回，見朱子裕實在不要，當下便說：「那行，回頭就按你說的，把錢算給青青。」說起青青，徐鴻飛忍不住笑，「她啊，是個小財迷，最愛數錢。」

這邊說笑著，那邊徐鴻達給青青念叨一些「男女有別」之類的話，還囑咐道：「如今大了，不能和小時候似的拉拉扯扯，知道嗎？」

青青被念叨得頭大，連連保證才逃過一劫。

到了文昌廟，天剛濛濛亮，朱子裕親自過去請了徐鴻達父女到自己的馬車上，煮了一壺茶，又拿出一匣子點心請他們吃。

徐鴻飛看那晶瑩剔透帶著花朵的點心，捏了一個道：「這是青青做的新樣式的點心，昨兒我一個都沒撈著就被他們搶沒了，今兒正好嘗嘗。」

朱子裕剛遞給青青一個，一聽說是青青親手做的，迅速將徐鴻飛手裡的點心搶回來塞進自己嘴裡，又拿出另一個匣子來，含糊不清地說：「三叔吃這個！」

徐鴻飛：……

青青：……

小劇場

〈一〉

青青：祖母啊，您的箱子鑰匙呢？

徐婆子一臉戒備地捂住腰部：幹麼？

青青：當初您老可是說了，要是我有一件上萬兩銀子的寶貝，您就把銀子都給我。

青青：……騙子！

徐婆子一臉堅定：那銀子我也可以替妳保管，以後給妳！

青青：我娘說替我保管，以後還給我。

徐婆子：不給！那寶貝現在不是在妳娘那裡嗎？跟妳有什麼關係？

〈二〉

徐家倒座：哇，羊脂白玉！

財神爺：那是五百年前我過年下凡時順便抱回來的，就那一塊好的，嘤嘤……

徐家倒座：這是什麼玩意兒？

財神爺捂胸口：沒見識，那是絕跡千年的藍田玉！還是我在秦代時挖的，攢了兩千年！

徐家倒座：好漂亮的紅寶石！
財神爺：拿金子和精衛鳥換的！
青青：都是我的！
財神爺：瞎說，明明是我的！
青青：我撿的！
財神爺：……

〈三〉
招財：老爺，武魁星老爺來了。
財神爺：怎麼這麼有空啊？
武魁星：跟你借錢來了？
財神爺：你借錢幹麼？
武魁星：買祕笈！我給血緣後輩留的祕笈都被人挖走了，家底都給我挖空了。
財神爺：誰幹的？削他！
武魁星一臉苦澀，手往鏡子上一抹，看到青青歡樂挖寶的場景。
財神爺木著臉，用手一點，鏡子上出現了青青撿石頭開石取寶的情景。
兩位神仙抱頭痛哭，武魁星：我的祕笈，嚶嚶嚶……
財神爺：我的寶貝，嗚嗚嗚……

〈四〉

高氏眼熱地看著朱子裕抱走一匣子銀票，第二天也領著四少爺跟著學：昊哥兒都沒出去玩過，說沒見識過外面的好玩意兒。

看著高氏期待的眼神，老太太摸出一個匣子。

高氏：銀子！

老太太打開匣子，滿滿的竹編製品：這個是蜻蜓，這個是蝴蝶，這個青蛙還會跳，都是外面買的好玩意兒，子裕剛才送我的，給昊哥兒拿去吧。

昊哥兒抱著匣子開心地走了。

高氏：……說好的銀子呢？

陸之章◆狀元及第喜誇街

鎮國公府的小廝們早早地排在道觀門口，估摸著開門的時辰快到了，徐鴻達一行人才從馬車下來。此時，文昌廟外已擠滿了赴考的士子們，各個都伸長脖子焦急地等待著。

門一開，幾位小道士將門口攔住，讓眾人排隊進去，若是蜂擁而上發生踩踏事件，可不是他們能承受得起的。徐鴻達等人在第一位，快步走到大殿前，也來不及細看，擺上供品，點燃高香，叩頭就拜。

徐鴻達虔誠地許願希望能高中狀元，青青燃香希望父親能夢想成真，甚至連朱子裕也湊熱鬧燒香跪拜，祈禱能每天看見青青妹妹。

眾人將香插進香爐退到一邊，徐鴻達抬頭望向那神像，只見文昌帝君坐於高臺之上，手握笏板，神情威嚴；身後立著兩個童子，分別是手捧印鑒的天聾和手拿書卷的地啞。

徐鴻達有些疑惑，感覺似乎哪裡不對。倒是青青學了多年的繪畫，對人體的五官辨別十分敏銳，當即低聲道：「爹，您看，這文昌帝君的神像是不是有幾分像文道長？」

話音一落，徐鴻達恍然大悟，就說哪裡不對，從他這角度看到神像似乎在翻白眼，就像文道長瞅他的時候一模一樣。

朱子裕也見過文道長，聞言點了點頭，小聲說：「剛才我還琢磨呢，世人都說文昌帝君慈眉善目，怎麼這尊看著有點像凶神惡煞？我剛才一抬頭，就覺得他在瞪我。」

徐鴻達冷哼：還瞪你？若真的是文道人在這裡，看見你離青青這麼近，不止會瞪你，怕揍你一頓都是輕的，連我都得被他訓一頓。

青青一聽，不高興了，拽著他們往中間走了兩步，「哪有凶神惡煞，明明是面帶笑容，你們好好看看？」

大家又抬頭，果然剛才的高冷傲嬌臉不見了。

朱子裕搔了搔頭，「難道真的是站的位置不對？」

徐鴻飛沒見過文道長，湊過來悄聲問：「真的像文道長嗎？」

徐鴻達道：「眉眼很像，尤其那眼神簡直一模一樣。若說是哪裡不像，就是這尊神像臉盤寬一些，文道長的臉頰略消瘦。再有就是神像的嘴唇略厚一點，整體看的話，神像更加威嚴，文道長神情比較冷淡。」

朱子裕雖然只跟著文道人學了幾天，但那幾天文道人通過殘暴教學法，已經將他的身影牢牢印在了朱子裕的腦海裡，朱子裕琢磨了半天，忍不住問：「是不是文道長到聚仙觀之前來過這裡，趁著修繕神像的時候，偷偷將文昌帝君的神像改成了自己的面貌。」

他認為，以文道長的自戀臭屁，絕對幹得出這種事。

話音剛落，朱子裕覺得那神像又開始瞪他了……

幾人不再多言，徐鴻飛示意大家先出了大殿再說，倒是青青從年前一別，很是想念文道長，此時看見酷似文道長的神像，忍不住淚流滿面。若不是這裡人多眼雜，她非得奔到神像前抱著文昌帝君的腳痛哭一場不可。

大殿人頭攢動，青青哭的聲音略大了些，許多士子都奇怪地看著這個哭成淚人似的小女孩：這是怎麼了？拜神咋還拜急眼了呢？

徐鴻達看著神像也想起文道長多年的教誨，他上前對著文昌帝君又拜了三拜，才嘆了口氣，大手按住青青的肩膀，將她帶出了大殿。

負責看管功德香的小道士就坐在大殿門口，徐鴻達拿出了五十兩的銀票，請小道士幫忙記錄上。朱子裕見狀，連忙從荷包裡翻出了二百兩來，徐鴻飛奇道：「你又不參加會試，捐什麼銀子？」

朱子裕想了想大殿裡的神像，忍不住一哆嗦，「看到神像我就想起了文道長，就不敢不捐了。」又囑咐那道士說：「小道長，記得我這銀子一定要買上最好的香，天天給帝君上供，等用完了我還送來。」

小道士聽了眉開眼笑，鄭重地問了他的名字，記錄在冊。

徐鴻達趁機問那小道士：「我們想拜見觀主，不知是否方便？」

小道士想了想，叫來旁邊一個師兄，請他幫忙看管功德香，自己則引了徐鴻達一行人到了觀主的靜室。

房內的牆壁上也掛著一幅「道」字，但無論從筆法上到氣勢上都比文道長牆上那幅相差許多。彼此見了禮，分主賓坐下，徐鴻達方將來意說明。

觀主捋著鬍鬚，聽徐鴻達說有一位道長酷似文昌帝君神像時，不禁笑道：「是吉州府平陽鎮聚仙觀的文道長吧？」

青青大驚，不由得問道：「道長也認識我師父？您可知我師父去何方雲遊了嗎？」

觀主歉疚地搖了搖頭，「自打七八年前，就陸續有來上香的士子說有一位道長與神像相像。聽得多了，自然也起了好奇之心。七年前，我親自前往聚仙觀，在後院等了三天三夜，才有一個小童子將我引了進去。」

青青噗哧一笑，眼淚從腮邊滑落，「一定是朗月師兄。」

「是的。」觀主和善地朝她笑笑，「文道長是喚他朗月。」觀主回憶起舊事，臉上多了幾分讚嘆，「文道長和文昌帝君神像確實相像，只是他聽了我說的，並不以為然，只笑說許是湊巧罷了。文道長留我在那待了三日，同我辯論講道。」觀主頓了頓，嘖嘖稱讚，「文道長對經文理解得非常透徹，讓老道受益匪淺。」

聽說觀主和文道長並不熟悉，幾人都遺憾地嘆了口氣，那觀主問道：「聽小姑娘話音，你們得到過文道長的教誨？」

徐鴻達點了點頭，「承蒙道長教誨多年，還未來得及回報，便失去了道長的蹤跡，實在內心難安。」

觀主笑道：「這是你的心結罷了。文道長道法高深又博古通今，哪裡會在意這些世俗之事？只要你不忘他的教誨，取得功名後好好為官就算報答他了。」

◆　◆　◆

三月初九是會試第一場開始的日子，朱朱提前幾天就忙碌起來，準備自家爹爹考試時的吃食。青青也把對幾位道長的思念埋在心裡，積極準備起來。

由於會試的號房是簡易的磚木結構，最怕失火，據說十幾年前，曾因巡邏士兵嫌天氣寒冷，擅自生火取暖，結果引起了熊熊烈火，燒死近百名士子。此事一出，天子大怒，不僅嚴懲了那一場的考官、監試、士兵等數十人，更是下令以後貢院內嚴禁生火，士子們只能在有些寒冷的考號裡吃冷食熬過這幾日。

如今才剛剛三月天，加上今年有閏月，此時不算多暖和，青青不忍父親吃冷食，想起前世風靡一時的自熱火鍋。她當時買了幾回嘗鮮，順便上網查了發熱的原理。如今這個年代，發熱包所需的鋁粉和鎂粉自然是找不到，但提供最初熱量的生石灰和生鹹還是有的。

青青叫來朱子裕，請他幫忙找人打一小銅盆，要上下兩層，下面那層只需一指高，有一專門注水的嘴，並且可以關閉。上面那層的底要打得薄薄的，以便於傳熱，另外再配個木頭的蓋子。同樣的原理，再打一個小銅壺來。

朱子裕聽了青青的吩咐，宛如聖旨一般，親自帶了人找了名聲極大的銅匠，也不管人家手裡接的什麼活兒，死活盯著人家先幫他打。那銅匠被這個小爺鬧得沒法，帶著徒弟忙活了兩個晝夜，算是把這兩個奇形怪狀的東西給打造出來。

青青已經準備了好些生石灰和生鹹，在銅盆底下鋪了半指多高，又在上面放上生水、麵條、熟肉塊之類，再從注水口小心地倒水進去。

銅盆底下瞬間傳來「咕嘟咕嘟」的聲音，隨即有大量煙霧從注水口湧了出來。青青緊張地盯著銅盆看，沒過多久，上面的水就沸騰起來。青青連忙將木蓋蓋上，仔細聽著石灰水沸騰的時間，好估摸怎麼改進。

朱朱按照青青的法子做了許多麵條出來，煮熟以後控乾水又拿油炸了兩遍，直至酥脆噴香才撈出來。

朱子裕知道青青在幫她爹搗鼓吃食，便送來了許多新鮮的鹿肉、牛肉和羊肉。因為要放麵裡吃，朱朱放了足夠的調料，用小火燉了一天半，晾乾後切片，用油紙包了三大包。

姊妹兩個幫父親備足了吃食，朱朱擔心父親光吃麵條乏味，還做了許多香酥火燒，涼著吃香，掰碎了拿肉煮著吃也行。

當徐鴻達將筆墨、臥具、蠟燭收拾好時，問家人準備了什麼吃食，青青和朱朱立刻叫人抬了一個筐來，把徐鴻達嚇了一跳。

青青仔細為徐鴻達演示了怎麼煮麵、怎麼煮餅，並不忘囑咐：「記得在石灰裡埋個生雞蛋，等回頭吃完麵雞蛋也熟透了，餓了好墊肚子。」

徐鴻達猶豫地看著一包又一包配好比例的石灰粉，猶豫地說：「只怕不讓帶進去？」

朱朱聽了忙說：「青青請朱子裕幫忙打聽了，只是檢查瑣碎了些，確定沒有夾帶小抄的話，不會管太多。」

徐鴻達看了看堆得滿滿的石灰包，嘆道：「這也太多了，這多少包啊？」

青青道：「五十四包。我幫爹算好了，一共考三場，每場考三天。一天起碼需要六包，三包煮飯，三包燒水泡茶，剛剛好。」

徐鴻達搖了搖頭，摸摸青青的頭道：「妳的好意爹心領了，留著煮飯的就行，燒水就免了，畢竟是去考試，再讓人說什麼就不好了。」

青青好說歹說，徐鴻達只是不應，青青只能遺憾地拿出一半來。

初八晚上，家裡早早準備好了飯菜，讓徐鴻達吃了趕緊睡覺。半夜三更一到，家裡人都起來了。徐鴻達內疚地幫老娘蓋被子，「您睡就是，別為了我折騰。」

此時，徐婆子心裡也沒有非讓兒子中進士的念頭了，只反覆叮囑他一定要照顧好自己，若是身子難受別硬扛著，早早地出來。徐鴻達答應了，也來不及和老娘多說，便和徐鴻飛匆匆地出門了。

到了貢院門口，朱子裕早就守在了那裡，身邊還跟著個老僕。不知是朱子裕找了關係，還是自己面子大，搜檢的士兵果然沒有為難他，雖然掰碎他所有的餅，挨個查看了生石灰，但沒有不耐煩的表情。就是看到裝著飯食的籃子裡除了裝醬肉的油包、炸過的麵條、掰碎的燒餅外，還有些生雞蛋、洗好的小青菜時，嘴角忍不住抽了抽，心裡琢磨著：這位爺準備得倒是齊全，也不知到時候是生啃還是硬吞了。

進了大門就沒有人替徐鴻達扛行李了，他背著臥具和筆墨蠟燭，雙手分別提著裝滿了石灰和食物的籃子，大步穿過龍門，找到自己的號間，鑽了進去。卸下渾身上下的東西，徐鴻達不禁十分感激醫道長，若不是他教自己練了這麼多年的五禽戲，只怕走不到號間，就得被這些東西給壓趴了。

號間裡的木板是可以移動的，徐鴻達將木板分開，一上一下，坐在下面那層凳子上，把筆墨鋪好，等著考試開始。

這次考試，當朝天子選了一名翰林大學士任命為主考官，從詹事府選了一人做副主考，另有同考官二十人、提調官二人、監試官二人。

試卷發下來，徐鴻達仔細將主考官念的題記下來。大早上的，他不願意煮麵，只拿些小點心墊了墊肚子就開始讀題作答，也不知寫了多久，感覺肩膀有些酸痛，腹中有些飢餓才停了下來。將試卷、筆墨收到一邊，他艱難地站了起來，稍微活動一下肩膀脖頸，才按照青青的說法，拿出銅盆倒上石灰，埋上雞蛋……

一股奇異的香味從金字號房傳了出來，旁邊正在啃冷餅的考生肚子咕嚕咕嚕叫了起來，越吃越餓，他不禁有些氣惱，敲了敲緊鎖的號門，問巡場的士兵：「不是說不讓生火嗎？誰在煮飯吃？」

那士兵聞著香味也很困惑，順著味道就來到了金字號間的門口，探頭往裡去看，只見一個大銅盆咕嘟咕嘟不知道在煮什麼，連忙喝斥他：「這位考生，號間內不許生火！」

「沒生火。」徐鴻達一臉無辜地看著他，「進門時就搜檢過了。」

士兵一想也是，搜檢時有監察御史守著，誰也怕鬧出事來掉腦袋，肯定不會讓人帶著炭火進來，不由得好奇地問他：「你那是用啥煮的？」

「生石灰加水。」徐鴻達一邊說一邊掀開蓋子，濃郁的肉香瞬間飄了出來。黃澄澄的麵條上飄著翠綠的白菜，徐鴻達用筷子一翻，底下厚厚的肉片露了出來。他吹了吹熱氣，連忙吃了一口，滾燙的麵湯在舌尖滑落，爽快無比。

士兵吞了吞口水。

考場邊，龍門北面的明遠樓上，監試官眺望考場，見幾個士兵圍在一個號間外面也不知在看什麼，不禁往外探了探身子，「他們在那幹麼呢？」

巡察一見，忙叫著監視、監臨一起下去看看，剛步入考場就聞到一陣味道濃郁的香氣。眾人來到這金字號間外才發現香味來源於此，將圍著的幾名士兵驅趕開，這些大人們也探過頭去瞅，正好瞧見徐鴻達抱起銅盆喝完最後一口麵湯，從盆底下冒著煙的石灰裡撥弄一下，拿出一顆燙熟的雞蛋。

徐鴻達吹著雞蛋，直到雞蛋不燙手了，才小心翼翼地剝開。剛咬一口，就見一群大人都一副難以言喻的表情看著他，他登時嚇了一跳，差點被雞蛋噎著。

監試官早已認出這個早上扛了一堆石灰來的士子，見他此時吃得痛快，心中五味雜陳。既然沒人生火，監試官喝了兩聲讓不許說話，圍著考場轉了一圈就回明遠樓了。

徐鴻達每天吃得香甜，卻苦了周邊的考生，啃著碎饃喝著冷水，還得聞著那不容易散去的肉味。倒是有一個士子最會自娛自樂，徐鴻達不煮麵他不吃飯，一聞著隔壁香味傳來他立馬掏出乾糧，吸兩口香味咬一口餅，還不忘嘟囔幾句：「今天是羊肉！」明兒又道：「聞著有雞蛋的味道。」一晚上抽抽鼻子，「這是牛肉吧？他也不怕不克化！」

如此折騰了九天，徐鴻達神清氣爽地扛著自己的東西走出號間，其他的士子們有氣無力地就差從裡頭爬出來了。他們拖著東西出來後，也不急著出去，先互相問：「到底是誰這幾天光煮肉吃啊？」

徐鴻達心虛得臉上一紅，三兩步跑得沒了影。

世人有句話形容會試：「三場辛苦磨成鬼，兩字功名誤煞人。」

在盛德十五年的春闈裡，士子們不僅僅被磨成鬼這麼簡單，簡直被摧殘得像慘遭蹂躪的十八層地獄裡爬出來的餓鬼一樣。出了貢院，都是一臉青色無精打采的瘦臉，見到家人的第一句話就是：「有肉嗎？」

坐在徐鴻達旁邊的那個就著香味吃冷餅的考生叫做沈雪峰，是京城本地的公子哥兒，他本想問徐鴻達煮的什麼麵，怎麼那麼香，誰知徐鴻達跑太快，他在後面使勁兒追也沒追上。

他家小廝一晃神，就見他家公子差點跟人家的馬車跑了，嚇得趕緊抱住他，「少爺，咱家的馬車在那邊。您可算出來了，太太一早就打發我出來，說讓趕緊接您回家。」

沈雪峰抬腿上了馬車，朝小廝頭上敲了一下，「回什麼家，和爺直接去祥瑞樓。」

「我的爺啊！」小廝拽了下車夫不讓他走，又求爺爺告奶奶地抱著沈雪峰的大腿，「您素了這麼些天又光吃冷食，可吃不了油膩。太太要您回家去，家裡打昨晚就熬上粥了。」

沈雪峰不搭理他，直接吩咐車夫：「趕緊的，別讓爺說第二遍。」

車夫一個激靈，駕著馬車直奔內城的祥瑞樓。

到了祥瑞樓，那小廝就見他家少爺要人家拿羊肉片煮麵條給他吃，他正奇怪這是哪裡的吃法呢，卻發現小二也是一頭霧水。因識得沈雪峰是沈太傅的小兒子，也不敢多言語，讓廚房做了一碗端上來。

沈雪峰呼嚕嚕吃完，面上十分不滿，「不是那個味兒！」

小二看著光亮的碗底，很是無語。

算好了徐鴻達回家的日子，青青和朱朱商議著開了一個舒筋活血的泡澡方子，打發侍筆去藥店買了藥材後，找了個乾淨的砂鍋熬煮起來。

別的考生從貢院出來是身形消瘦、面色青白，徐鴻達整天吃肉又坐著不動，倒是胖了兩分。寧氏先讓僕婦打熱水進來，給他洗了頭搓了身上的灰，才讓他到女兒熬的藥湯裡泡。

徐鴻達往特製的藥桶裡一坐，只露著一個腦袋在外面，僵硬的身軀被滾熱的藥汁一燙，渾身似針刺般，又酥又麻。寧氏坐在藥桶邊上，拿著乾毛巾幫他擰乾頭髮，兩口子小聲嘀咕著考試時的事。

「多虧了朱朱和青青。」想起出了號間時眾考生看他的眼神，徐鴻達忍不住想笑，「估摸著我是這些年來在考場上第一個吃熱食的，連考官都過來看了兩回。這個月份，白天還好說，晚上可真冷。我在碗裡放上餅和羊肉，燒得滾滾的，熱呼呼的喝下去一碗，渾身冒汗，睡覺都不覺得冷。」

寧氏輕輕地笑了兩聲，「青青這孩子，別的還罷了，就這鬼心眼格外多。」

被稱為鬼心眼多的青青正在院子裡一臉心痛地捶著胸口，「估摸著泡半個時辰水就不熱了，白瞎了我那上百年的老山參。」

朱朱義正辭嚴地道：「縱然是白瞎了，妳也不能想出把藥桶擱爐子上的主意啊，萬一把爹給煮熟了呢？」

坐在藥桶裡的徐鴻達聽見院子裡兩個女兒的悄悄話，嚇出一身冷汗。

待藥汁慢慢涼下來，徐鴻達起身從藥桶裡出來，用熱水沖洗了一遍身體，擦乾以後換上乾淨的短衫，到庭院裡連做了三回五禽戲，覺得自己氣血十足、筋脈暢通，像有使不完的勁兒似的，不由得連續大喝了幾聲。

朱朱捂著耳朵從廂房出來，「爹，您喊什麼？」

跟著出來的青青一臉幽怨，「文道長的畫像就差一雙眼睛就畫完了，您喊一嗓子，我畫壞了一隻眼，又喊一嗓子，另一隻眼也畫壞了，您怎麼賠我？」

徐鴻達連忙進青青的書房去看，只見一位青衣飄揚的道長站在山巔上，修長的手指握著一卷書，表情冷淡，眼神……呃，翻著白眼……

徐鴻達看著這雙熟悉的白眼，不由自主地顫抖了一下，有些糾結地安慰小女兒，「青青其實也不算畫壞了，平時文道長看我的眼神就是這個樣子。」

青青……

朱朱……

在家休息了十來天，會試的成績放榜了。與當年的鄉試一樣，徐鴻達老神在在，只是當年他斷定自己考不上，如今他斷定自己榜上有名。果然不多時，看榜的侍筆還沒回來，朱子裕先來報喜了，「徐二叔大喜，您考中了會元，第一名！」

正忐忑不安等成績的徐家人聞言歡喜不已，不等報喜的人來，先去門口放了鞭炮。朱子裕趁著人多混亂，終於湊到了青青跟前，挺起小胸膛來邀功，「我一早就託了人，榜單還沒貼出來就先抄了一份回來。」

青青見他滿臉自得，忍不住直笑，「看來這幾年你混得不錯，到哪兒都能找到人。」

朱子裕臉上一紅，不好意思地笑了：「還是妳當初的主意好，讓我尋我母親、我哥的舊僕。如今我身邊的天莫、玄莫都是跟我哥上過戰場的，他們幫我打通了許多老關係。」

見外面吵鬧得厲害，青青請朱子裕到倒座的小廳喝茶。朱子裕刷一下紅了臉，屁顛屁顛地跟在青青後頭。寶石熟門熟路地從小廳裡翻出去年做的花果茶，煮了一壺，放到半涼，再舀上兩勺蜂蜜加入。

朱子裕抱著茶盞一氣喝乾，又讓寶石給自己倒了一杯，還有些羞赧地朝青青笑，「早上出來得急，燃香忘了帶茶壺，我早就渴了。」

青青笑著問他：「肚子餓不餓？吃不吃點心？」說著吩咐寶石，「昨兒下午新蒸的幾樣糕拿來，再煮一罐子湯圓來。」

朱子裕奇怪地道：「上元節過了很久了，怎麼這個時候還有湯圓？」

青青道：「昨兒饞了，我包了一些，有好幾種餡兒。我娘怕我晚上吃了不克化，就讓我吃了四個，正好這會兒煮了，咱倆一起吃。」

想著青青分享她做的美食，朱子裕連連點頭，糖糕也不吃了，水果茶也不喝了，專心地等著青青包的湯圓。

朱子裕一臉期待的表情，讓青青想起第一次見到他時他也是這樣，一臉認真期待地問她：「妳能幫我找寶藏嗎？」想起那時候傻萌的朱子裕，青青忍不住噗哧一笑。

朱子裕下意識摸了摸自己的臉，「怎麼了？」

「沒事！」青青笑吟吟地看著他，「前幾天擔心我爹考試的事，也沒顧得上問你，如今你在家裡如何？你後娘還為難你嗎？」

朱子裕臉上閃過一絲不屑，嗤笑道：「她倒是想為難，可她也要有那個本事。在我家，她就在後院鬧騰下，前院她伸不進手來，我在外頭做什麼她也沒地方打聽去，就她娘家那幾個侄子，還不夠我一個人揍的。妳不知道她娘家就是個落魄戶，打她爹那輩起爵位就沒了，一家子最大的官就是六品，還是拿銀子捐出來的虛職。她家的銀子，也就剩她祖母存的那幾萬兩了，據說幾房為了那點銀子爭得一個個像烏雞眼兒似的。我那個後外祖母如今管著家，據說每年偷摸著賣祭田，也就是別房不知道，若是說出來，更有得鬧。」

青青嘖嘖稱奇，「你父親好歹也是正兒八經的鎮國公，怎麼續娶了這家的姑娘？」

朱子裕捏起一塊糕，吃了兩口，方才說道：「當年我娘嫁入鎮國公府是我祖父給定的親事，等我娘沒了，父親的親事就是祖母相看的。祖母年輕的時候家裡的大事小情、往來送禮都是她的陪房幫著打理，等我母親進門又是我娘打理這些關係，我祖母除了和幾家王府公府略微熟悉些，旁的都不認識。我爹續弦，要年輕漂亮的，又不想要庶出，那些上進的人家哪裡看得上我爹那個只知吃喝玩樂又年過四旬的男人。也是高家的祖母聽說了，託了人，主動帶著我後娘上門拜訪，才說合了這事。」

青青嘆了口氣，剛要言語，寶石端著一小罐湯圓來了，正要盛出來，就聽外面劈里啪啦又是一陣鞭炮聲，朱子裕遺憾地看著還沒入嘴的湯圓，「這回估計報喜的到了，可惜湯圓還沒撈著吃。」

青青估摸著一會兒肯定會有人進來，若是此時他倆出去定會撞個對臉。她瞧了一圈，看到角落處放的一張雕刻著四君子的紅木屏風，便招招手，指揮朱子裕搬凳子，自己抱著碗，寶石拿著小罐，三人溜到屏風後頭。寶石剛盛好了兩碗湯圓，就聽一陣嘈雜的腳步聲傳來，伴隨著各種賀喜聲。

青青和朱子裕兩人相視一笑，悄悄地吃著湯圓，側著耳朵聽外面說話。

那報喜的一口一個徐會元，把徐婆子哄得哈哈大笑，除了寧氏準備的大紅封外，徐婆子也出了回血，自己開箱子拿了五兩銀子出來，給了報喜的人。這些人也不能多待，揣著沉甸甸的銀子樂呵呵地走了，又有鄰居聽到動靜來賀喜。

徐家宅子這條胡同只有五戶人家，都是四進的宅子，隔壁是朱子裕的私宅。另外三戶，一戶主人姓邢，叫邢愛民，如今在工部任侍郎；一戶的老爺叫馬德誠，任國子監祭酒；另一戶叫趙明生，是翰林院的侍講學士。

邢侍郎打發管家送了賀儀來，徐鴻飛領著去了偏廳吃茶。馬祭酒和趙學士聽說胡同裡新搬來的那家主人考上了會元，想著除非殿前失儀，否則基本上離進士及第不遠了，因此兩人都親自帶著禮物來了。徐鴻達親自將人接到正廳，又拿了從文道長那摳來的存貨茶葉，親自煮水烹茶。

文道長最愛文雅，他烹茶的手段如高山流水一般，能讓人看得如癡如醉。徐鴻達縱然盡力學了許久，但在文道長看來依然是拙手笨腳的，只學了一點空架子罷了。可就是這個空架子，仍贏得了馬祭酒和趙學士連聲讚嘆，茶還未喝到肚裡，心裡先對徐鴻達多了幾分認可。索性大家也不在這規規矩矩地坐了，將茶案搬到一旁的小廳去，三人圍坐在一起，一邊品茶一邊探討詩文。

茶一入口，馬祭酒連聲誇讚，當下說起各種茶經來，恨不得將徐鴻達引為知己，甚至已經開始稱呼他的表字「志遠」。趙明生細細品了幾回，方才問道：「我雖未能喝遍天下名茶，但也能說上七七八八，卻沒有一味茶能和志遠的茶這般，不僅茶湯碧綠、香氣清幽，飲上一口更是齒頰留香，回味甘甜。」

徐鴻達給二人續完茶，才道：「原是教導我學問的一個道長自製的茶葉，每年也只得半斤。年前我要赴京趕考，他便將當年剩下的三兩茶葉贈與我。不怕兩位大人笑話，若不是您二位來，我也捨不得拿出來喝。」

馬祭酒聞言很嚮往，言語間帶著羨慕，「這世間也就是方外之人才能體會到『采菊東籬下，悠然見南山』的自在生活啊。」

幾人喝了茶，徐鴻達知道京城的文人最愛風雅，讓寧氏備上了一席全花宴，兩人大呼文雅。一邊喝著自家釀的花酒一邊品著全花宴。兩位大人有意拉攏徐鴻達，說了許多皇上偏愛的文章喜好來。

倒座的小廳裡，來來往往的人不斷，青青吃了一碗湯圓就飽了，剩下的基本都進了朱子裕的肚子。直到寧氏讓朱朱盯著正廳內的酒席，又看著人準備好各色花點後，這才倒出空來坐下歇會兒，剛喝了一口水，忽然想起沒看到閨女，忙問石榴：「青青呢？」

徐婆子坐在一邊聽見也嚇壞了，仔細想想，好像聽見報喜的時候還見她來著，後來就沒印象了，不禁嚇得臉都白了，「青青長得那麼俊俏，別是讓人趁亂拐了去吧？」

因家裡有兩位大人在，外頭還有馬、趙兩家的僕人候著，實在不能大聲吵嚷，剛想讓人悄悄去找，恰好糖糕送新蒸的點心過來，問明了原由，忙說：「剛才熱鬧那會兒還見寶石煮了一鍋湯圓出去，說是二小姐要請朱公子吃，許是在倒座吧。」

寧氏有些疑惑，「不會吧，倒座裡沒見有旁人啊，我記得那兩家的僕人正坐在那裡頭喝茶吃點心呢！」

如今正好到了午時，寧氏吩咐人將那兩家僕人請到別處去用茶飯，待人走了自己悄悄進去，剛環視一圈沒見到人，正琢磨著往屏風後頭瞧瞧，就聽那裡頭傳來「嗝」一聲。

寧氏一顆心落地，瞬間黑了臉，繞過屏風一看，朱子裕抱著小罐在喝煮湯圓的麵湯，一邊喝還一邊打嗝，青青和寶石則一臉擔憂地看著他，「沒撐壞吧？」

找到了這兩個淘氣的孩子，寧氏鬆了一口氣，又見朱子裕止不住地打嗝，忍不住又氣又笑，點了點青青的頭，「妳就淘氣吧。」

青青縮了縮脖子，有些委屈地看著寧氏，「說好一人就吃一碗的，我也沒想到他會把一罐子都吃了。」

朱子裕漲紅了臉，試圖挽回自己的形象，「青青……嗝……包的……好吃……嗝……外頭的人……嗝……又不走……」

「行了行了，我知道了。」寧氏聽得難受，連忙止住他，把他叫到跟前幫著他揉肚子，又讓人拿配好的大山楂丸給他吃。朱子裕自打記事以來，除了老太太時常把他摟懷裡，旁的也沒有長輩對他如此親近過。

這朱子裕整天過來，早和徐家的人混熟了，況且他如今又不滿十歲，家裡沒人照顧他，孤零零一個人在外面的宅子讀書，寧氏和徐婆子都額外多疼他兩分。見他扭捏地想躲開，寧氏還喝了一句：「別亂動，回頭積了食，有你難受的。」又絮絮叨叨，「平時看著穩重，怎麼吃起東西來一點數都沒有，真是個孩子！」

青青摸了摸鼻子，眼珠轉了轉，想悄悄溜出去，寧氏把她吼住了，「沒說妳是不是？整天就知道淘氣，又不過節非包什麼湯圓吃，若是把子裕撐壞了，我看妳怎麼跟人家家人交代。」又點了點寶石，「妳也是傻，兩個人吃妳能煮上三十多個，若是罐子大點，是不是得煮上一鍋了？」

寶石委屈地看了眼自家小姐，低頭不敢言語。

青青嘿嘿地笑了兩聲，努力化解寧氏的怒氣，「那個大山楂丸恐怕見效沒那麼快，不如我給子裕哥把個脈，給他熬上一碗藥吃，保證就好了。」

寧氏知道閨女這些年跟著醫道長學了不少，便沉著臉「嗯」了一聲。

朱子裕早被一聲子裕哥叫得魂都要飄出來了，一臉傻笑地坐在桌前。

青青的小手搭在朱子裕的手腕上，和時下很多女孩子體質陰寒不同，青青的手一年四季都是暖暖的。圓潤的指肚在朱子裕的腕間滑動，朱子裕忘了周邊的一切，眼裡心裡只剩下那隻白嫩的小手，直到青青收回了手，他還沒有回過神來……

和鄰居喝完酒，又有同鄉來賀，又要同其他貢士一起拜訪老師，徐鴻達每日忙得都不著家。眼見進了四月，徐鴻達以參加殿試為由，拒絕其他人的邀約，專心在家看了幾日書。

殿試只試策問一場，三百四十五名貢士一早來到了皇宮大殿，盛德皇帝以帝王之政和帝王之心為題，讓眾貢士當場對策。徐鴻達略一思索，揮筆而就。

臣聞帝王治國，需有行之有效之實政……

徐鴻達分析了為政之道，又針對政令通暢提了十條建議，洋洋灑灑寫了兩千餘字後才收筆。仔細查驗了一遍，改了兩個錯字，再三查看確認無誤後才重新研磨，往試卷上抄寫。

文道人、畫道人都是書法大家，雖然文道人小氣巴拉的不會給他王羲之的真跡當字帖，但歷朝歷代許多大家的真跡也沒少讓他臨摹，再加上此次策問之題，他略一沉思便有了上佳的答案，因此寫到試卷的字跡很沉穩，又因他胸有丘壑，字跡能看出幾分大氣和自信來。

殿試完畢，貢士們魚貫而出，剛出宮門，還未瞧見家人在哪裡，身後就出來一個貢士自來熟地將胳膊搭他脖子上，「徐兄，可找到你了，你還記得我嗎？上個月在貢院，我坐你旁邊的那個號間，我叫沈雪峰。」

徐鴻達聽聞沈雪峰三個字，略一思索就想起他來。倒不是因為他當初坐在自己隔壁，而是因今年會試成績，沈雪峰考了第二名。

徐鴻達連忙拱手致意，沈雪峰笑嘻嘻地回了禮，就要請徐鴻達到祥瑞樓吃酒。徐鴻達摸不清沈雪峰緣何如此這般熱情，加上知道家人此時肯定在焦急等待，只能委婉推辭：「沈兄盛情邀約，原不該推辭，只是家裡已備好酒席，正等我一同小酌。」想著這位多半是日後同僚，又加了一句：「不如改日我請沈兄到徐某家裡一聚可好？」

沈雪峰有些失落，瞬間揚起了笑臉，「改天多麻煩，擇日不如撞日，就今天吧。」

沈雪峰的小廝長午眼睜睜地看著他家少爺就這麼蹬鼻子上臉地主動要求去人家家裡面做客，再看那徐貢士，嘖嘖，長午同情地看著一臉不敢置信的徐鴻達，心裡默念：對不住了，我家少爺臉皮除了厚點，沒別的毛病！

徐鴻達無語了半晌，才艱難地開口：「那……那就一起走吧。」

沈雪峰麻溜地爬上自家的馬車，指著徐家的馬車囑咐自家車夫，「可得跟緊了。」

徐鴻達：你是怎麼知道我想甩開你的？

兩輛馬車一前一後出了內城，直奔徐宅。

今天是徐鴻達殿試的日子，朱朱和青青親自挽起袖子下廚。朱子裕尋來許多珍貴食材，朱朱指揮廚娘按照自己的法子料理，精心做了十幾樣菜餚。兩人估摸著時間剛把菜做好，徐鴻達就領著一個不速之客上門了。

寧氏眼裡閃過一絲詫異，將人領到正廳去，沈雪峰恭恭敬敬地叫了聲嫂夫人，遞上從馬車裡翻找出來的匣子，裡面裝著兩塊上等的端硯。

既然來了外人，原先打算的一家子圍個圓桌吃的想法是不成了，只得在正廳給男人們單獨擺了一桌，婦人們到徐婆子屋裡去吃。朱子裕聽到這個消息時心都碎了，戀戀不捨地回頭看著青青，一步一回頭，就是不願意多邁步，最後被來找人的徐鴻飛直接拽走了。

沈雪峰來到徐家大廳，甫一進門，就被大廳正面牆壁的山水畫震撼住了。與時下流行的水墨山水不同，這幅畫用了濃烈的色彩，描繪出一座巍峨的高山。山巔處因陽光灑落映照成金山一般，而山底處皚皚白雪，隱隱能看到古樸雄健的山石。山腳入水澄清，完美地收納了整座雪山的倒影，給人強烈的視覺衝擊。

沈雪峰身為一個正兒八經的名門之後，除了讀書，繪畫、棋藝、琴藝之類的都是打小就接觸的，再加上沈家收藏了許多名畫，時常拿出來品鑒，眼界不說是最好，但也算極佳了。眼前的畫山勢險峻，佈局巧妙，雖畫上未有題名，但定是妙手所為。沈雪峰不知不覺地沉浸在畫卷之中，看得癡了。

好在徐鴻達並沒有讓他癡迷太久，直接推了推他，打斷他那玄之又玄的奇妙感覺。沈雪峰幽怨地看了徐鴻達一眼，差點把徐鴻達的雞皮疙瘩給嚇出來。

經過徐鴻達再三邀請，沈雪峰才不捨地在桌邊坐下，又忍不住側頭看了看畫，認真地問道：「不知這幅畫出自哪位大家之手？」

徐鴻達一邊倒酒一邊含糊道：「不是大家。」

「不是大家？」沈雪峰想到這幅畫並沒有印鑒一類，當下大驚，激動得抓住了徐鴻達的手，「難道是徐兄你畫的？」

徐鴻達抽回自己的手，連連搖頭，「我打小就沒學過畫，你高看我了。」

再三追問，徐鴻達仍然咬死不說，一味敬酒，沈雪峰只得轉而說起其他話題。

兩人因殿試緣由，肚子空了一天，才喝下一杯，沈雪峰就覺得燒肚，趕緊夾起鮮筍燒鵝塞嘴裡，「嗯？」沈雪峰眼睛一亮，又夾了一塊細細品了起來，直到吃了三口才倒出空來說話，「好吃！」

徐鴻達有些自得，「小女在廚藝上略有些天分，這些都是她們姊妹倆燒的。」

沈雪峰佩服不已，「剛才看到兩個小姑娘，大的也才剛十歲出頭吧，有這樣的手藝，真是難得。」

站在他身後的長午都不忍心看了，真不想承認這個餓死鬼投胎似的人是自己的主子，若是別人不知道，還以為太傅府沒飯吃。也不知道嚴肅了一輩子的沈太傅，怎麼就生出這麼個不著調的兒子。

吃到了可口合意的食物，沈雪峰將之前畫作的事放在了腦後，連酒也不喝了，只是不住地夾菜吃。幸好朱子裕沒忘了這是他費勁心思弄來的食材，是他的青青妹妹做的佳餚，他一邊示意試筆、燃香給徐鴻達和徐鴻飛夾菜，一邊與沈雪峰奮力爭搶。

徐鴻達眼巴巴看著一頓原本應該是主賓盡興、其樂融融的酒宴被兩人聯手破壞掉，他幾次舉杯都沒能挽救這場宴席。看著徐鴻達一臉尷尬，長午都快瘋了，他小心翼翼地戳戳沈雪峰，沈雪峰不耐煩地回頭瞪了他一眼。一回頭，那個又香又糯的清燉蟹粉獅子頭瞬間就被朱子裕吃得乾淨。看著其他三人碟子裡各有一顆，沈雪峰不幹了，「朱子裕，你這可不對了，我這是第一次上門，好歹你也得給我留一顆啊！」

朱子裕用筷子小心翼翼地將獅子頭剝開，一邊閉上眼睛細品，一邊搖頭晃腦，「入口滑嫩，肉汁裡包著蟹的香甜，真是太好吃了！」

沈雪峰眼看著朱子裕將獅子頭吃完，又轉頭去瞅徐鴻達盤子裡那顆。徐鴻達剛要舉箸，就被一道熾熱的目光打斷。他看了看沈雪峰，又看了看自己的盤子，面上糾結，「要不，你吃我這個？正好剛換了乾淨的碟子，我還未動筷。」

沈雪峰眼睛一亮，笑著說道：「那真是不好意思了。」一邊手腳麻利地從徐鴻達的盤子裡拽了獅子頭過來，拿勺子挖掉一半塞到嘴裡，含糊不清地說：「嗯，好吃，比祥瑞樓的獅子頭還香！」

徐鴻達看著沈雪峰如此不客氣，有些目瞪口呆：沈兄，我們還沒那麼熟吧？

朱子裕連連搖頭，「沈叔叔，哪天我去拜訪沈爺爺時，一定得問問他，是不是這些年餓著你了，怎麼你出來做客是這個吃相？」

沈雪峰已將整顆獅子頭吃完，他拿出帕子沾了沾嘴角，皮笑肉不笑地瞪著朱子裕，「那總比整日混吃混喝地待在人家家裡不走強。」

朱子裕大笑兩聲，「那你也待著別走啊！」

沈雪峰心中一動，一臉期待地看向徐鴻達。徐鴻達低頭喝湯，喝完一碗再來一碗，死也不抬頭。倒不是他不好客，實在是從小到大，從來沒有遇過這樣厚臉皮的人。

眼見著桌上的飯菜吃了七七八八，下人們準備上點心了，沈雪峰訕訕地問道：「徐兄，會試那幾日，你在貢院裡吃的是什麼東西啊？能不能給我來一碗？」

徐鴻達瞬間悟了，原來是那碗麵條給自己招回來一個饞鬼。

酒足飯飽後，徐鴻達見沈雪峰沒有離開的意思，便請他到書房坐坐，朱子裕也一步不離地跟著，他常來可是知道，徐叔的書房裡都是青青的字畫，他得守好，不能讓沈雪峰拿走。

這兩年，朱子裕與京城許多勳貴、高官家常有來往，有的是與他母親有舊，有的是和他祖父交好，有的則是看他那在外為官的外祖父的面子。沈家也在其中之一，這一年朱子裕常往太傅府上去，沈雪峰和他極熟。乍在徐家看到他，沈雪峰還有些吃驚，不知他緣何與這個外地來的貢士家那麼親近，眼見這朱子裕拿徐家當一家人，他便沒有多問。沈雪峰很是了解朱子裕，這小子防備心極重，若不是徐家人真的可靠，他是不會如此信任他們的。

兩位新科貢士相約到書房談論經文，見朱子裕走一步跟一步，徐鴻達如今已習慣他在自己家出入了，倒是沈雪峰忍不住打趣他：「你四書五經讀完了嗎？就想跟我們去湊熱鬧。」

朱子裕哼哼兩聲，「我是怕你到了書房就不想談論經文了。」

沈雪峰不知此話何意，到了書房看到牆角處兩個滿滿的字畫缸，登時睜大了眼睛，連忙請徐鴻達的書僮打了清水來，清潔了手，這才小心翼翼地拿出一卷畫來。

此畫又是畫水山，可以看出同正廳掛的那幅出自一人之手，只見此幅畫野徑曲折，山間雲煙出沒，宛如仙境。沈雪峰細細欣賞，看到最末處，有一小小的印鑒。

「徐嘉懿。」沈雪峰滿是崇敬地念出這個名字，還未等多問，就見青青帶著丫鬟來送茶點，她笑吟吟地將點心放在岸上，才客氣地問沈雪峰：「沈叔叔，您叫我？」

「什麼？」沈雪峰一頭霧水。

青青疑惑地看著他，「我剛才在門外聽見您叫徐嘉懿，那是我的大名啊！」

沈雪峰的視線從青青稚嫩的臉上滑落到桌上那幅氣韻生動、浩然大氣的山水畫上，艱難地指了指這幅畫，言語間很是不敢置信，「這是妳畫的？」

青青側頭看了眼桌上的畫，「這幅畫是我七歲的塗鴉，讓您見笑了。」

沈雪峰認真地看了看青青，見她不像是開玩笑，又轉頭去看徐鴻達，只見他臉上略帶無奈，這才相信是真的。他指著畫的手指顫抖了兩下，無力地滑落：蒼天啊，還給不給我們這些青年才俊留點活路了？

……

將沈雪峰送走以後，徐鴻達感覺身心疲憊，簡單梳洗後倒頭就睡，一覺睡到日上三竿。剛起來還未等吃茶飯，國子監就來人了，說是來送明日金殿傳臚穿的衣裳。徐鴻達忙親自到外迎接，見來的是隔壁的國子監祭酒馬德誠。

馬德誠後頭跟著兩個小廝，分別捧著托盤，上面放著二梁冠、紗帽、朝靴、氈襪等物，從頭到腳都配得十分齊全，連腰上的掛飾都不缺。

徐鴻達將人迎到正廳，馬德誠笑道：「今日一早殿試榜單揭曉，恭喜志遠高中狀元。」

雖然見那衣裳徐鴻達已猜中幾分，但親耳聽到仍喜不自禁，連忙向馬德誠道謝。

馬德誠道：「原是要進士自己去國子監領衣裳的，但我見到你的名字，就去將狀元冠服要了過來，想著得親自向你道喜，順便沾沾你這新科狀元的喜氣。」

徐鴻達極力掩飾自己心裡的喜悅，面上故作震驚，「多謝馬兄給我帶來這樣的好消息，原本我還以為明日金殿傳臚時才能知曉名次。」

馬德誠解釋道：「我朝天子十分重視金殿傳臚的儀式，也是對天下讀書人的一種激勵，因此金殿傳臚時，狀元和其他進士著裝都有嚴格的規定。旁的進士還穿你們前日一起領的進士巾服，明日你可是獨一份。」

徐鴻達謙虛幾句，又打聽道：「不知榜眼和探花是哪位貢士？」

馬德誠道：「說起榜眼和探花，還有個趣事。前十名的文章送到御前，你這個一甲第一名是皇上親手在試卷上批的，可到了榜眼和探花那，皇上有些猶豫了，你猜為何？」

徐鴻達猶豫片刻，小聲問：「難道是不相上下，難以取捨？」

馬德誠道：「其實兩篇文章明顯其中一篇更勝一籌，可惜的是，文章作的略為中庸一些的那個貢士已過不惑之年，據說頭髮有些白了。本朝一直以來有挑選貌美的人為探花郎的傳統，於是把那位不惑之年的貢士點為第二名，讓沈太傅的小兒子沈雪峰做了探花郎。」

「沈雪峰？」徐鴻達感覺眼前一黑。按照歷來的傳統，一甲的三人都是要去翰林做編修的，想想以後每天要和那個時不時抽風的沈雪峰在一起，徐鴻達感覺整個人都不好了。

馬德誠以為徐鴻達是對沈雪峰好奇，忙介紹說：「沈雪峰今年才十八歲，年少貌美，讀書又好，家教也嚴，照理說應該是個溫柔懂禮的少年，可不知怎地，許是物極必反，沈太傅一家子為人做事都十分嚴肅，偏生到沈雪峰這，不僅性格跳脫，行事也有些不羈。打他十六歲開始，沈夫人就給他相看親事，到現在還沒聽說相中哪家姑娘，挑剔得很。」

徐鴻達想起沈雪峰對自家菜餚的熱愛，對青青畫作的追捧，他已經能預見黑暗的未來。

馬德誠還有公務在身，略坐了一會兒取了徐鴻達前日領回來的進士巾服就走了。徐鴻達親自捧著衣裳、鞋襪到徐婆子房裡給她瞧。寧氏等人聽了信早就到徐婆子屋裡等著了，見徐鴻達進來，徐婆子笑道：「狀元冠服送來了？兒子快穿上給娘看看。」

徐鴻達聞言到屏風後頭換衣裳，穿上了大紅羅圓領、白絹中單，肩上披掛上錦綬，腰間繫上了光銀帶，腳上穿氈襪和朝靴，最後戴上紗帽，再戴上二梁冠，手持槐木笏，踏著圓步從屏風後頭走了出來。

寧哥兒和然哥兒見了，紛紛圍了過去，拍著手叫狀元爹爹。徐婆子一見兒子這身打扮，比以前見過的縣太爺威風，忍不住哭了起來，連寧氏也一邊笑著笑著就掉了眼淚下來。

朱朱和青青兩個一人一個，拿帕子給她們拭淚，青青笑道：「這就哭了？將來我爹給妳們掙個誥命回來，到時候妳們鳳冠霞帔的穿上，那時候才該哭呢！」

寧氏被她逗得噗哧一笑，連徐婆子也連連點頭，哽咽地說道：「祖宗保佑，咱家出狀元了！就咱那平陽鎮，近二百年也沒聽說有個狀元。青青啊，你爹他給咱家、給咱鎮裡爭光了！」徐婆子說著說著，又哭了起來。

徐鴻達聽著母親的話，想著母親拉扯自己三兄弟長大，吃了不知多少苦，今日自己中狀元，母親喜極而泣，真可謂慈母心腸。徐鴻達感慨不已，穿著狀元冠服，在母親面前一跪，向她磕了三個頭。

徐婆子見兒子跪下，顫抖著起身，彎腰抱住了他，「兒啊，娘看到你中狀元了，娘沒白活啊！等你打馬誇街後，娘得回家，得上你爹墳上和他好好說道說道，讓他也跟著高興高興！你爹啊，他沒福！」

徐鴻達忙說：「賜過恩榮宴後，我們這些新科進士都有假期，到時我們一起回家。」

徐婆子又哭又笑地連連點頭，「你就穿著這身衣裳回去。」

徐鴻達露出一絲尷尬模樣，解釋道：「娘，這個用完了得還回去的。」

徐婆子聞言，立馬止住了哭，忙讓徐鴻達站起來，仔細檢查了下衣裳，見沒沾上眼淚沒弄皺才鬆了一口氣，隨即又不捨地看著徐鴻達一身狀元打扮，遺憾地說：「還要還回去，太可惜了，原本娘想著，以後還讓你穿上給娘看呢！」

徐鴻達訕笑兩聲，青青道：「不如我給爹畫一幅畫像，祖母什麼時候想看就拿來看。」

徐婆子忙說好，青青把自己打的木頭畫架子拿出來，選了大張的白鋉紙夾在上頭，又取了炭條出來。朱朱見狀忙去廚房，青青每當拿炭條畫畫時，都需要一種叫麵包的無油點心來擦線條，朱朱幫著做了好多回。正巧早上有發好的麵，也不用多講究形狀，朱朱一連揉了幾個出來，塞到了自製的密封爐裡，小半個時辰就得了一大盤。

青青打好了線條，徐婆子也不嫌累，站在青青身後看了一個時辰，直到一幅維妙維肖的人物像畫好。然哥兒連連拍手道：「二姊就是厲害，畫得和我爹一模一樣。」

徐婆子欣喜之下又覺得有些不足，「可惜了，沒顏色。」

青青笑著將畫像收好，哄她道：「行，回頭我就給您畫個有顏色的，到時候掛您屋裡，等人來做客問：這是誰啊？您好顯擺說：這是我的狀元兒子啊！」

眾人聞言哈哈大笑起來。

寧氏神情微動，似乎也想掛一幅，她看著青青，青青一哆嗦，「娘，您想說啥？」

寧氏慈愛地摸摸青青的頭，囑咐說：「趕緊叫人打個大架子，再去買些沒裁的大張紙，明兒給娘畫個妳爹打馬誇街的畫。」

青青瞬間給跪了，不帶這麼壓榨童工的。

翌日，徐鴻達四更天就起來，梳洗過後，也沒敢喝湯粥，不敢吃有味道的食物，乾嚥了四塊棗糕，喝了半盞茶，又重新刷了遍牙，將國子監送來的狀元冠服穿上。侍筆、侍墨兩人早就將馬車準備好了，等徐鴻達上了馬車，車夫便向內城駛去。

馬車到宮門口時，已經有好多進士等在那裡了，見一身狀元服的徐鴻達下了馬車，眾進士皆投來羨慕的目光，也有立即上來攀談的。徐鴻達為人一直很謙遜，又確實有真才實學，眾人皆心悅誠服。

忽然一輛標著太傅府的馬車駛來，徐鴻達暗叫不好，東看看西瞅瞅想找個人多的地方藏起來，可眾人皆穿著深藍色的羅袍，只有徐鴻達一人身著大紅羅袍，沈雪峰一眼就看到他了，蹦跳著過來摟住他的肩，臉上十分驚喜，「哎喲，徐兄，原來你是新科狀元啊！原本我琢磨著我怎麼也能拿到一甲第一名來著，誰知昨天等了一天也沒人通知我去國子監換衣服，我爹還嘲笑我來著。」

徐鴻達無語：大庭廣眾之下，你這麼自戀好嗎？

沈雪峰見徐鴻達不說話，也不在意，還問他等忙完了怎麼慶祝？就差明著跟徐鴻達說請我去你家吃飯這類的話了。

徐鴻達請他一回就被鬧得頭疼了半天，打死不肯邀約，只說等恩榮宴後要返鄉一陣子。沈雪峰聞言相當遺憾，只能說等他回來請他吃酒。

不多時，文武百官都到了，宮門打開，有禮部人員專門引著這些進士來到太和殿一側。此時鹵簿已擺在殿前，兩邊樂隊陳列。禮部、鴻臚寺設了黃案，徐鴻達等眾進士在禮部官員的指引下，按照順序立在殿前的石階外等候。

不知站了多久，徐鴻達只覺得腿腳有些麻了，剛想悄悄挪一挪步子，就見禮部官員已到乾清門處，奏請皇帝乘輿，到太和殿升座。此時奏響了中和韶樂隆平之章，司禮者執鞭柄站在玉階下鳴鞭三響，鞭聲清脆悅耳，響徹雲霄。

徐鴻達睜大眼睛看這場一生難忘的儀式：讀卷大臣等官員向盛德帝行了三跪九叩大禮，鴻臚寺官員引眾多新進士就位，宣讀制誥：「盛德十五年四月十五日策試天下貢士，第一甲賜進士及第，第二甲賜進士出身，第三甲賜同進士出身。」隨著傳臚官唱：「一甲第一名徐鴻達覲見！一甲第一名徐鴻達覲見！一甲第一名徐鴻達覲見！」連續三次洪亮的唱名，聽得徐鴻達心潮澎湃，大步走出佇列到御道左邊鄭重跪下……

隨著禮部尚書將皇榜送出太和中門，張掛於長安街上，進士們騎著高頭大馬隨之而出。

朱子裕早就從自家產業的酒樓裡要了一個二樓包廂，徐家一家人早早地來了，青青支上畫架子，先打好底稿，畫上繁華的街道、林立的商鋪酒樓、熙熙攘攘等待圍觀的百姓。青青畫畫時極為認真，她或是抬頭觀察窗外的每一處細節，或是低頭在紙上塗塗畫畫。

徐婆子等人都在另一扇窗戶往外瞅，時不時問下時辰，嘀咕著怎麼還沒來，只有朱子裕抱著然哥兒，靜靜地站在青青後面，認真地看著她作畫。

然哥兒雖然只有三歲，對畫畫卻十分感興趣。他本就不是鬧騰的孩子，只要拿出一幅畫來，更能立刻安靜下來，趴在炕上看半天都不動。青青也有意培養他，學著當年畫道人教導自己那般，畫出輪廓，叫他自己試著塗色。

寧氏見朱子裕抱了然哥兒許久，過來問他：「可壓胳膊了？他如今大了，越發沉了，我來抱他吧。」說著伸手過來接，卻不料這一動擋住了然哥兒的視線，然哥兒癟著嘴，一手摟著朱子裕的脖子，另一隻手不斷推寧氏。

朱子裕見狀笑道：「嬸嬸，不礙事，我這些年整天練武，連一百斤的巨石都能舉起來，何況他這麼大的小人。」寧氏還要客套兩句，徐婆子忽然叫道：「來了！快過來看！」

寧氏顧不得小兒子，忙到徐婆子邊上，探出身子去。

青青也從畫架一側往樓下望去，只見徐鴻達一身大紅羅衣，騎著高頭大馬，走在隊伍的最前列。後面一左一右是榜眼和探花二人，再後面則是二甲和三甲的進士。

見到期待已久的盛事，百姓們擠擠攘攘都高聲吶喊，也有年輕的姑娘看探花長得俊俏，一個勁兒往他身上扔荷包、香囊。徐鴻達今年也才二十九歲，雖不如探花搶眼，但看著也是白白淨淨一謙謙君子。有見探花身上掛滿了的，就轉手往徐鴻達身上扔來。

徐鴻達練了六年的五禽術，身手矯健，就見他或是夾一夾馬腹，讓馬快走兩步，或是假裝回頭向後張望，正好能完美避開砸來的荷包。

朱子裕遠遠地看到了這一幕，嘖嘖稱讚，「徐二叔也算是把五禽術練到極致了，一個健體術生生地讓他練成高手的架勢，真不容易。」

青青沒空接話，她要把眼前的這一幕深深印在腦海裡，回去好將這場景描繪出來。

轉眼間，誇街的隊伍到了近前，寧哥兒和然哥兒兩人大聲呼喊：「爹，我們在這兒！」徐鴻達從嘈雜的聲音裡辨別出兒子的喊聲，抬頭一望，正好瞧見家人在使勁兒揮手。

徐鴻達露出笑容，對他們揮手致意。徐婆子忍不住又喜極而泣，酒樓下面的人見狀也抬頭望去，知道那是狀元的家人，羨慕不已，「哎喲，你們看，那是狀元的家人！」

「狀元的媳婦長得好好看，還沒見過這麼俊俏的小媳婦呢！」

「那個站在木板後頭的是狀元的姑娘吧？長得像她娘，看著就是個美人胚子！」

沈雪峰在徐鴻達的左後方，看到青青前面的架子，連忙伸長脖子叫徐鴻達：「徐兄，你閨女是不是在畫畫？」

徐鴻達假裝沒聽見。

沈雪峰是那種容易被忽視的人嗎？當然不是！

他不甘寂寞地也揮起了手，扯著脖子高喊道：「二姑娘，記得把我也畫上頭，要畫得俊俏一點呀！」

青青扯了扯嘴角，嘟囔道：「這個沈叔叔話怎麼這麼多？」話音剛落，不知從何處飛來一個蘋果，正好塞進沈雪峰張開的大嘴裡，險些沒把他的牙給撞下來。

青青看得真切，噗哧一聲笑出來。

圍觀的百姓有的看清楚了在哈哈大笑，有的一走神就看探花郎手裡不知道什麼時候多了個蘋果，他拿著啃得特別香甜。有這麼個好看又好笑的探花郎，百姓的目光都追隨他而去，連徐鴻達這個狀元都被搶了不少風光。

打馬誇街的隊伍越走越遠，徐婆子滿足地嘆了一口氣，仍捨不得從窗邊離開。看著沒熱鬧瞧了，有的百姓四散走了，有幾個瞧見了窗邊的徐婆子，興奮地朝她喊：「狀元他娘！」

徐婆子腰板挺直，大手一揮，「你們好！」

青青：……

來京城後，因徐鴻達在備考，徐家女眷們從來沒有空出來逛街。看完狀元誇街，已經接近晌午了，徐家人準備在這裡吃飯，然後出去轉轉再回家。

朱朱過了年已經滿十三歲了，但是她對吃食的熱愛依然像小時候一樣狂熱，只是嘴巴比以前挑剔了許多。

待菜上齊了，朱子裕邀請大家入座，先用公筷給徐婆子、寧氏、吳月娘夾了菜，又將魚肉上最嫩的那一塊夾給青青。

朱朱故作哀怨地逗他，「當初在文道長那，我整天給你做好吃的，臨走時還給你做了好些個肉燒餅，可你呢，眼裡真是沒我這個姊啊，這麼多天也沒見你殷勤地給我夾回菜。」

朱子裕一聽，跳了起來，臉上堆滿笑容，夾了一隻胡椒醋鮮蝦放到朱朱的碟子裡，討好地笑道：「朱朱姊，妳嘗嘗這蝦做得如何？都是從魯省運來的活蝦，一路上用冰塊保鮮，到京城也就能剩下三成活的，在旁的地方可吃不到這麼好的海蝦。」

朱朱聽了忙將蝦去了頭，吸去外面的湯汁，牙齒一咬，整隻蝦肉便脫殼而出。胡椒的微辣、醋的酸爽、蝦肉的香甜，三種滋味混合在一起，將蝦的鮮味全都激發出來。朱朱吃得眼睛一亮，又夾了一個，一邊剝皮一邊笑道：「看在這蝦的面子上，今天饒了你了。」

朱天莫忽然推開門，一邊讓外面人進來，一邊回道：「徐狀元和沈探花來了。」

眾人聞言皆起身相迎，朱子裕叫小二將幾樣動過的菜撤下去，換新的上來。已經換了常服的沈雪峰攔著，「別，我看這幾樣菜也沒吃兩口，撤下去就浪費了，等新的做好還不知什麼時候？喲，這鮮蝦不錯，這個可以再來一盤。」

朱子裕瞪著他，「今天是你大喜的日子，你不回家嗎？」

沈雪峰順手朝朱子裕頭上敲了一下，「家裡的人沒勁兒得很，不如這裡熱鬧。」

徐鴻達對沈雪峰已經無奈到妥協了，今早進士及第的三人都被封為翰林院編修，往後三人要朝夕相處，徐鴻達琢磨著早點適應沈雪峰的熱情有利於未來工作的開展。

沈雪峰笑嘻嘻地向徐婆子請安，又鄭重地對寧氏、徐鴻飛夫婦問好，這才拿出一群金銀錁子分給屋裡的小孩子們。

徐家除了一個秀才祖父外，其他幾輩子都是白身，吃飯時自然也沒那麼些規矩，通常喜歡嘮嗑。沈雪峰見狀可算是發揮了自己的特長，他從小就話多，在家成天被教育食不言寢不語，被管教得恨不得天天往外竄，而和徐家人吃飯就自在了，他言談幽默，時不時把大家逗笑，沒一會兒功夫，便博得了所有人的好感。

朱子裕摸著下巴認真思索：看來厚臉皮也不算是缺點。

空著肚子不好喝酒，徐鴻達和沈雪峰餓了一上午，趕緊先喝了碗湯墊墊胃。朱朱拿個小碟，趁著徐鴻達喝湯，給他拆出了好多醋蝦。沈雪峰喝完湯，一抬頭就見裝蝦的盤子少了一半，再一瞧，徐鴻達的閨女遞給她爹一碟子蝦，忍不住羨慕地絮叨：「有個閨女太幸福了，真是貼心！」一邊伸筷子從徐鴻達的小碟子裡夾了兩隻蝦。

徐鴻達一邊冷笑一邊將盤子端到自己的另一側，轉頭嘲笑沈雪峰，「我閨女給我剝的，你羨慕你也生個閨女去！」

沈雪峰一臉鬱悶，「你這是欺負我還沒成親！」

朱子裕仔細地剝了一隻蝦放到青青的盤子裡，接著笑道：「沈叔叔，你說你也一把年紀了還娶不上媳婦，真讓人發愁啊！」

沈雪峰敲了敲他的頭，「我芳齡十八，如今正是一朵花，愁什麼愁？」

徐婆子一聽就知道這孩子眼界高，不由得瞅了眼徐鴻飛，當場揭了兒子的短，「當初我家鴻飛娶媳婦時也跟你一樣，特別費勁，相看了不知多少姑娘，一會兒說人家這個沒學問，一會兒說那個不會算帳。後來相看到丹丹她娘時，一眼相中人家長得漂亮，也不問有沒有學問會不會算帳，恨不得當場讓我給人家下聘禮。」

眾人哈哈大笑，唯有月娘羞紅了臉，偷偷在桌子下頭去掐徐鴻飛的大腿。徐鴻飛握住月娘的手，惱羞成怒地叫道：「娘，都過去多少年了還笑話我！」

徐婆子啃著鹵鵪鶉，斜眼瞅他，「就說你當年那矯情勁兒太招人煩了，想娶漂亮的直說唄，扯那些沒用的。」她瞪了兒子一眼，又笑咪咪地對沈雪峰說：「你可別和他似的，拐彎抹角有話不和家裡直說，回頭再耽誤自己的大事。」

沈雪峰笑著點頭，「其實我才不像鴻飛哥那麼矯情，主要是我娘相看的那些大家閨秀一個個不是說話像蚊子嗡嗡，要不吃飯就跟餵鳥似的，一點都不爽快。我就想找個想說就說想笑就笑，吃東西看著就香的姑娘。」

徐婆子道：「讓你娘去村裡幫你找，到處都是這種姑娘。」

眾人再次大笑。以沈雪峰家的門第，他的婚事自然是從名門望族裡挑選，而這些家族的姑娘們，大多大門不出二門不邁，每天看看書彈彈琴，一個個嬌羞得很，哪裡培養得出像沈雪峰說的那種姑娘。

徐鴻達打趣他一番便略過此事，商議起回家的事來，青青聽了不禁哀嚎，「既然還要回去一趟，為啥讓咱們折騰著來啊？要知道這樣，我還不如在家多待兩個月呢，文道長他們也不會那麼早就走了。」

徐鴻達訕訕地笑了，「是我考慮不周，原也不知道考上進士還有三個月的假期，只以為未婚的才放假叫回去成婚。」

徐婆子摟住青青，「好乖乖，妳可別鬧，妳可爹考上狀元是多麼風光的事，我剛才聽外頭人說，回頭要把妳可爹的名字刻石碑上放孔廟裡。妳可祖母一輩子也沒這麼風光過，還不得讓我回村裡好好顯擺顯擺。」看了眼窗前那副未完成的畫，又囑咐：「離上路還有幾日，妳可得抓緊將畫畫好，我回家就掛堂屋那牆上，也給村裡人開開眼。」

徐鴻達知道青青是不願意悶在車裡太長時間，也安慰她道：「回去咱們可以走官道，住在驛站，比來的時候方便許多。」

徐家人你一言我一語就將此事定了下來，只是京城的鋪子馬上要開張，徐鴻飛不得閒，因此月娘和他的一雙兒女不回去。寧氏想了想，然哥兒才三歲，上次來的路上就蔫了幾天，不如把他託付給月娘。

朱子裕見徐家人說得熱鬧，心裡萬分焦急，好不容易可以天天來徐家見到青青，他們這一走要三個月，自己練武都沒有精神了。又想了片刻，他小心翼翼地看著徐鴻達，試探著問道：「徐叔，我跟著你們回去行不？」

徐鴻達詫異地看著他，「你跟著去幹麼？這一走三個月，你祖母怕是不會同意。」

經過這些日子往來，徐家早已知道他鎮國公府嫡子的身分了，但徐婆子除了知道縣太爺外，其他比縣太爺官大的她就分不出來了，一律劃為大官。和她說公府她也不明白，只知道這個孩子招人疼。

徐鴻達雖然習慣了每天都能在自己家看到朱子裕，但把他領回老家這事卻從沒想過，當下搖頭拒絕。朱子裕一轉眼珠子就想出了個主意，「徐二叔，您忘了，我娘的老家和您是一個縣的，我娘在那還有好些嫁妝鋪子，我最近正琢磨著去那看看，對對帳什麼的，可又想著人生地不熟，不敢獨自前往，到那裡也沒處吃沒處睡，才將此事一拖再拖。」

徐婆子聽了，忙說：「可不是，你還是個孩子呢，一個人去那麼遠的地方不行。你就跟我們一起走，吃住也不用擔心。若是你不嫌棄我們家簡陋，回頭住我們家就行。」

朱子裕聞言笑得可愛，乖巧地點頭，「謝謝徐祖母！」

「不謝不謝，你這孩子就是客氣，我說了把咱家當自己家就是。」徐婆子看著朱子裕越看越喜歡：多好的孩子，長得俊俏又懂禮貌，關鍵是嘴甜。看著朱子裕和青青兩個低頭湊一起不知嘀咕什麼，心裡琢磨著：說不定長大了和青青還有一段緣分呢！

徐鴻達不知老娘心裡的盤算，他把朱子裕真當子侄看，既然母親答應了，他也不多說，只是交代朱子裕，一定要他家人同意了才行，萬不能偷偷跑出來。

沈雪峰看著朱子裕以一個漏洞百出的藉口就要跟著人家回老家，對他的行為很不恥：一定是覺得徐家的飯好吃，所以捨不得，怎麼能這樣呢？鎮國公府是缺你吃還是缺你喝啊？看見好吃的就邁不動腳。

想到那日在徐家吃的菜，他吞了吞口水，義正辭嚴地問：「徐兄，你哪天走？我去你家給你餞行！」說完又心虛地看了看正在喝湯的朱朱，不好意思地笑著，「到時候還得勞煩大侄女給做兩道菜，上次吃妳做的那個蟹粉獅子頭真道地，比揚州人做的還好吃。」

朱朱抿嘴笑道：「我的拿手菜可不止那一樣，沈叔叔有什麼喜歡吃的儘管告訴我。」

沈雪峰聞言喜不自禁，連連點頭，又一個勁兒誇徐鴻達：「你家這兩個閨女極好，一個善廚，一個善丹青。徐兄啊，你可真是有福之人，不如我也跟著你去你們老家吧？」

徐鴻達登時被口裡的湯給嗆住，捂著嘴咳嗽不止。

朱子裕忙過來幫他捶背，不解得看著沈雪峰，「您跟著去幹麼啊？」

青青也目瞪口呆。

徐鴻達拍著胸口，有氣無力地看著沈雪峰，「你去我老家做什麼？再說，這回鄉假是給我們外地的進士們放的，你一個京城人湊什麼熱鬧？」

沈雪峰認真地說：「讀萬卷書不如行萬里路，我一直想出去走走，可是一直沒碰到志趣相投的朋友，因此一直未能成行。這不，正巧……」

「停！」徐鴻達伸出手打斷他，「別找那些沒用的說辭了，你也一樣，若是沈太傅同意你去，我就帶著你！」

沈雪峰笑得自得，「我又不是八九歲的孩童，有什麼不同意的？」

九歲的朱子裕朝沈雪峰丟去一個鄙視的眼神：為了吃，您真是豁出去了！

吃罷了飯，徐家人還要出去逛街，徐鴻達連忙搶先和沈雪峰道別。沈雪峰笑嘻嘻地揮了揮手，不忘跟朱朱說：「大侄女，等餞行宴時候我給妳弄些好海鮮，麻煩妳到時料理。」

朱朱笑著應了一聲好，徐鴻達氣得差點一口氣沒上來，「你都要跟我們一起回老家了，還餞什麼行？」

打發走了黏糕似的沈雪峰，徐鴻達覺得比自己會試時候還累，忍不住問朱子裕道：「沈雪峰跟誰都這樣嗎？」

朱子裕臉上也帶了幾分不解，「雖然沈叔叔見誰都很熱情，但其實極少這麼主動賴在人家家裡不走的。估摸著他覺得徐二叔人品好，再一個，喜歡朱朱做的菜。」

徐鴻達無力地點了點頭，打發朱子裕回家讀書，說道：「若是荒廢了功課，再不讓你上我家來了。」唬得朱子裕一溜煙騎馬走了。

徐鴻達陪著自家人將內城的街鋪逛了個遍，只買了些未見過的新鮮樣式的果子，至於金銀首飾，徐婆子連逛了幾家都搖頭，出來和徐鴻達說：「京城這鐲子樣式不好，還不如咱縣城打的鐲子粗。」說著晃了晃左手腕的兩個大粗鐲子，撞得叮噹直響。

青青笑道：「祖母，您又戴兩個鐲子出來，小心晚上手腕疼。」

徐婆子笑道：「難得出來一回，手疼我也樂意。」

走在路上，有看了早上狀元誇街的百姓過來問好，也有做點心的商家，拿新做的點心請他們吃。徐鴻達受不住這熱情，連忙帶著家人回家去。

一到家，門房過來回稟：「太傅府打發人送來了帖子。」

徐鴻達聽了忍不住笑道：「剛分開沒一個時辰，這沈雪峰搞什麼？」打開帖子一瞧，原來是後日沈府為沈雪峰中探花擺酒席慶祝，沈雪峰特意請徐鴻達一家人去吃酒。徐婆子聽說那官宦人家的宴席得坐得板正又撈不著正經吃飯，有的眼高於頂瞧不上他們這些泥腿子出身的，說不定還會說些打機鋒的話。

徐婆子怕去受那罪，便擺手說不去，囑咐寧氏道：「然哥兒、寧哥兒在家讀書，妳帶著兩個丫頭去吧。她們也大了，該長長見識了。」

寧氏應了，趁此機會教朱朱和青青如何回帖子、如何備禮。朱朱想著，沈叔叔重口腹之欲，想必沈家人對吃食也比較講究，她和青青商議了，單獨準備一匣子點心帶去。

此時，太傅府內，沈夫人一臉欣慰地看著兒子離去的背影，眼圈裡噙著淚水，激動得和陪房道：「峰哥兒長這麼大，還是第一次誇一個姑娘，我看我抱孫子有望了。」

沈夫人的陪房李嬤嬤臉上卻帶著一絲疑惑，「可是，四少爺只隨口提了一句徐狀元的女兒做菜好吃，萬一沒別的意思呢？」

沈夫人瞪了李嬤嬤一眼，「他那張嘴叼得很，能得他這一句誇就很不容易。等後日妳幫我仔細留意徐狀元家的姑娘，看看到底如何。」

後日，寧氏帶著兩個女兒來到太傅府，沈夫人目瞪口呆地看著拎著食盒向她請安的兩個小姑娘，心裡一片寒涼：原來兒子真的沒別的意思！

李嬤嬤暗道：我就說吧，要等四少爺開竅，還早著呢！

柒之章◆一鳴驚人贏讚譽

沈雪峰與沈太傅和沈夫人說了想陪狀元一起回鄉的事，依然是拿體驗民情為藉口。沈夫人愣了好一陣，方道：「若是未考上進士，出去遊學也不打緊。如今你官職都有了，不日就要到翰林院上任，這時候外出不太好吧？」

沈雪峰道：「我雖不是外地人士，但是我沒成家啊，我也有假期。我想著和同年的進士一起上任比較好。」

看著兒子一臉坦然地說自己沒成家，沈夫人快要嘔血了，一臉恨鐵不成鋼地用手指戳他的腦門，「既然你也知道自己沒成家，我看你這幾個月哪也別去，我前幾天相看了幾家的姑娘，內閣首輔孫大人的千金博學多才，禮部尚書王大人的嫡女是個溫柔的姑娘，今年剛剛及笄，昌樂侯家的姑娘性格開朗，活潑嬌俏。明日你去參加恩榮宴，後日我在府裡給你擺個宴席，把這些姑娘都邀請來，你趁著拜見各位夫人的時候也順便瞧一眼。兒啊，你今年都十八了，萬不能再拖了。」

沈雪峰笑嘻嘻地應了聲好，又說：「就是有心儀的姑娘也不能幾個月內就成親，我還是要出去轉轉的，我都和徐狀元說好了，等他們家啟程我就跟著去。」

沈太傅捋了捋鬍子，點頭道：「昨日我叫人把徐鴻達從鄉試的考卷整理出來看了一遍。他鄉試時考得平平，答的策問中庸，只有一些想法還算新穎，估計因為這才勉強沒有名落孫山，而他似乎也有自知之明，連續放棄了兩屆春闈。今年的會試上，他的答卷很出彩，策問內容都言之有物，沒有一句虛話，可見是個務實的人。殿試上，許多進士的文章都以歌功頌德為主，而徐鴻達嚴謹地分析了當朝形勢，並提出十條建議，可見得他不是那種阿諛拍馬之人，皇上相當欣賞他的才華和性格。若是他邀你一同前往，你只管去就是。」

沈夫人聞言有些稀奇，「我聽說這徐家也就往上三輩才有個秀才，勉強算個耕讀人家，他哪裡學得到這麼多東西？」

沈太傅道：「妳可還記得曾經的太子少傅李元明？盛德五年時告老還鄉後，在他家鄉的玫城縣學裡當院長。他曾上了個摺子，說玫城有個道長，十分博學多才，堪稱大儒，因此向皇上舉薦賢才。皇上派人去招攏那個道長，誰知那個道長卻以不願意受拘束為由推拒了，聽說徐鴻達這六年便是跟著那道長讀書的。原本我對李元明的說辭不十分相信，如今看來倒是我淺薄了，短短六年時間能教出這樣一個學生，那個道長確實好學問。」

沈夫人笑道：「如此說來，這位徐狀元倒是有造化。」她溫柔地看著小兒子，「後日的宴席，我也給徐家下個帖子，請他全家一起過來坐坐。」

沈雪峰起身向母親躬身行禮，略有些撒嬌道：「那母親可照應好徐太太和徐家的兩個姑娘，別讓人為難了她們，否則我對徐狀元可不好交代。」

沈夫人微微一笑，看著兒子的眼神帶著些寵溺，「自然的，只是她們出身貧寒，乍一來咱們這樣的人家裡，怕會不自在。」

沈雪峰搖了搖頭，言語間對徐家很是推崇，「這徐太太也就罷了，難得的是徐狀元的兩個女兒，母親見了一定吃驚。」

「女孩兒。」沈夫人心中一動，難道是瞧上人家姑娘，才成日裡往徐家跑。沈雪峰不知母親高估了他這個吃貨，只是笑道：「徐家大姑娘做得一手好羹湯，原本我覺得祥瑞樓的蟹粉獅子頭最好，可和徐大姑娘做的一比，那可差太遠了。徐二姑娘不過九歲的年紀，卻畫得一手好丹青，他家書房掛的那幅畫就出自這小姑娘之手，我看可不比我爹那些藏品差。」

沈太傅聽兒子說一個小姑娘的畫比自己的藏品好，惱怒地冷哼一聲，「不知所謂！」就甩袖子走了，而沈夫人的心思全落在了徐狀元家的大女兒身上。小兒子那麼喜歡去徐家，到底是和徐狀元有心相交，還是瞧上了人家的女兒？若是兒子相中了該怎麼辦？

徐家底蘊太薄，雖說以後徐狀元未來可能前途無量，但那也是後話了。在此時，他起碼沒有家族、姻親能幫襯他，可若是不應，眼瞅著兒子十八了才第一次提起一個姑娘，萬一他犯了牛心左性，給拖到二十去可怎麼辦？

沈夫人恍惚了兩天，直到宴客那日，才打起精神，想著見見徐家人再做打算。

對於沈家這次宴席，寧氏十分重視，歷朝歷代夫人外交都至關重要，自己可馬虎不得。朱子裕上回送來的料子早已裁剪好了，做的是京城如今最流行的款式，寧氏母女三人都裝扮一新。寧氏頭上戴了一對金累絲蜂蝶趕菊花藍簪，是京城的新鮮款式。簪首上三莖菊花有一隻蜜蜂和蝴蝶翩翩起舞，下面則是一支靈芝插在花籃裡。

朱朱已是豆蔻年華的少女，青青也是九歲的大姑娘了，兩人都梳了垂鬟分肖髻。朱朱戴了一對珍珠小簪，明媚大方；青青則是一對拍著翅膀的蝴蝶，活潑可愛。

想著太傅府底蘊深厚，一般的俗物只怕也看不上眼，可貴重的東西徐家也沒有，思想來去還是青青拿了主意，想著沈家愛畫，便選了自己的一幅畫和一張字。以讀書人家來說，這樣的禮物最是文雅了。只是字畫上頭並未題真名，只有一個書香居士的號。

這個號是青青自己取的，青青想著文道長、畫道長兩人教導自己多年，並不是想讓自己學了以後敝帚自珍，自己畫了只能在後宅欣賞的話，就失去了學畫的意義，因此青青琢磨著開一家書畫鋪子，將畫道人的畫作為展品供人欣賞，同時也可以將自己作的書畫進行售賣。只是她一個女孩子不願意揚名，便想了這樣一個號，此時送沈府字畫也有投石問路的意思，看看世人是否欣賞自己的畫作。

徐鴻達夫婦兩人帶著兩個女兒早早地到了沈家，徐鴻達領著燃香跟著管家去了前院，女眷們則有僕婦領著往後宅去。寧氏神態禮儀被訓練了多年，到哪都能保持榮辱不驚的微笑。朱朱和青青兩個天真爛漫，雖見太傅府家的宅院比自己家華麗許多，但是清澈的眼裡只有好奇，一看就是心思純淨的姑娘。

那引路的僕婦原本聽說徐狀元家是鄉下人，心裡想著她們的言談舉止必定粗鄙，因此多少帶了些鄙夷之色，但見了人後，那僕婦有些驚疑，娘仨個的氣度、長相，說是大家出身也有人信，心裡的輕視立馬消了去，言語間多了些恭敬。

沈夫人的房內，有近親已經到了。一個是想著早些來可以說些私密話，再一個瞧瞧有沒有需要幫襯的地方。一丫鬟來報：「徐狀元的娘子帶著女兒來了。」

沈夫人笑著說快請，又對女眷們解釋了一句：「雪峰和徐狀元交好。」

話音剛落，一位二十餘歲風姿綽約的美貌少婦施施然走進來，只見她身上穿了一件銀朱色海棠花樣長衫，插了一對新鮮樣式的簪子，耳戴金葫蘆墜子。再看她身後兩個女孩，年紀小的那個明眸皓齒，眉目如畫，小小年紀已見絕色姿容；大些的那個雖長得不如妹妹精緻，但一雙大眼看著靈動，再加上皮膚白皙，也能稱得起一句嬌俏。

沈夫人一直以為徐家出身貧寒，家裡的女眷多半是市井婦人模樣，沒想到竟如此出色，不由得愣一下才回過神，起身拉著寧氏上下打量一番，略有一絲驚疑，只是面上不顯，「哎喲，徐狀元有福，娶的娘子真是好相貌。」又拉著兩個女孩看了又看，笑著問：「叫什麼名字？多大了？」

朱朱道：「小女子徐嘉言，剛過十三歲生日。這是我妹妹徐嘉懿，今年九歲。」

沈夫人讚了又讚，從腕上摘下一對鐲子給姊妹倆套上。

朱朱兩人見那鐲子晶瑩剔透，便知價格不菲，連忙推辭。

沈夫人按住兩人的手，笑道：「這樣的鐲子就該配妳們這樣花一樣的女孩，若是推辭我就生氣了。」姊妹倆見狀只得罷了，又鄭重地道了謝。

沈夫人將屋裡坐著的幾個婦人介紹給寧氏，各個都是二三品大員的內眷。她們見了寧氏各有思量，但對著青青無一不是誇了又誇，都喜歡她長得好，又各有禮物送給姊妹倆。對這些夫人們帶的女孩，寧氏則送上了自己店鋪的胭脂和面脂。

原本這些女孩都是只用自家做的胭脂，但他們見寧氏二十餘歲的年紀皮膚仍吹彈可破，帶的兩個女兒長得俏麗不說，皮膚更是細膩，不禁都動了心思，將胭脂等物交給丫鬟時，更是叮囑了一句：「記得放好。」

朱朱從糖糕手裡接過食盒，說道：「這是我和妹妹今早做好的點心，不是什麼難得的東西，只是一點心意。」

有丫鬟拿出去裝在碟子裡又端回來，只見各種美麗的花朵在晶瑩剔透的果子裡綻放，眾人皆誇道：「好巧的心思！」

沈夫人立刻想到兒子說的徐家長女做得一手好羹湯，便佯裝無意地問朱朱：「妳是家裡最大的女孩兒？」

朱朱道：「是，我是家裡的長姊。」

沈夫人聽了心裡一陣失落，原來兒子誇了又誇的姑娘年紀竟然這麼小，虧自己還瞎琢磨了兩天。她嘆了口氣，拿起一塊點心咬了一口，絲滑冰涼的麵皮在嘴裡瀰漫開，口裡滿是花香，忍不住點了點頭，「往日常聽外頭爺們兒說什麼百花宴文雅，我說再文雅也沒有這個果子文雅，不僅瞧著好看，吃著也香甜。」

幾位夫人家的女兒本矜持地在一邊坐著，如今見那果子也探過頭來拿一個嘗嘗。一個戶部侍郎家的女兒叫劉夢丹的最直率，她吃了一個就拉著朱朱的手道：「我嘗著味好也有趣，回頭給我個方子吧。」

小小的點心順利拉近了寧氏與幾個夫人的關係，幾個女孩兒也湊在一起說起話來。

坐了片刻，接了帖子的人陸續到來，最後來的是內閣首輔孫夫人及其女兒孫念薇，以及昌樂侯家的二奶奶和昌樂侯最小的女兒李元珊。

沈夫人的兩個女兒都出閣了，因此請了堂姑娘沈凝陽、沈凝芙姊妹倆來招待女孩子們。京城的高官勳貴就那麼些人，或是平時請酒吃席，或是過年時進宮請安，兜兜轉轉的彼此都見過，因此寧氏這張新面孔引起了眾人的注意。沈夫人順勢又介紹了一回：「今年新科狀元家的娘子。」又叫過兩個女孩來，等她們行了禮後，摟過青青笑道：「妳們瞧瞧，往日妳們總是自稱標致，見了這個孩子，看妳們還敢這麼說不？」接著半開玩笑地說：「見面禮趕緊準備好，少了我可不依的。」

眾人皆笑道：「若不知道的，還以為是妳女兒呢！」說著有摘鐲子的，有拿荷包的，姊妹兩個少不得又得挨個謝去。到了戶部尚書李三奶奶這，她送了鐲子後卻不肯鬆手，拉著青青左看右瞧的。

有和她相熟的打趣她，「沒見過美人嗎？哪有這麼瞧的？」

李三奶奶也不理那人，和顏悅色地問青青：「妳是哪裡人士？叫什麼名字？」

青青道：「老家是吉州府玫城縣平陽鎮的，我叫徐嘉懿。」

有人道：「還是李三奶奶眼神好，只打眼一瞧，便知道是自己家老鄉。」

李三奶奶聽見青青的回答，眼睛一亮，忙問道：「妳小名可是叫青青？」

青青大吃一驚，遲疑地問道：「您認識我？」

李三奶奶聽了喜不自禁，恨不得把頭上戴的手腕上掛的東西都摘下來送給她，「妳可是忘記我了？對了，妳那會兒還小呢，才將將三歲。那年我去逛妳家的胭脂店，正好遇見妳，當時我還抱妳了，妳記得嗎？」

青青：……別說了，求忘記！

可惜李三奶奶不是青青肚裡的蛔蟲，她把青青的尷尬神情當成了害羞，忍不住摟著她和眾人說：「幾年前我回玫城時遇到了青青，那是她長得粉雕玉琢，十分可愛，我沒忍住抱了她好一會兒，結果回來就發現有了身孕，年底就生了我家那兩個臭小子。」

眾人略一回憶就想起六七年前的事，當初李家老爺還只是戶部侍郎，這三少奶奶進門三年未開懷，結果回老家一趟就生了胎雙生子，當時不孕的奶奶夫人們都悄悄去打聽她吃了什麼祕方。李三少奶奶就說抱了一個俊俏的女童，大家還說怕是送子觀音座下的童女吧？

沒想到，童女來京城了。

眾人看青青的眼睛都亮了，隨後又糾結起來：童女長這麼大了？還靈不靈驗？

聽聞此事的沈夫人心中一驚，想想自己剛才摟了青青好久，沈夫人滿肚子苦澀，忍不住偷偷地念佛：我都五十了，我不想生了，千萬不要懷孕！

被李三奶奶這一打岔，眾人的關注點都集中到了青青身上。李元珊不樂意了，只是在眾多夫人面前她不敢耍嬌蠻，便略有些抱怨地說：「熱得慌，想出去轉轉。」

沈夫人笑道：「光說話倒忘了妳們。凝陽、凝芙，帶諸位小姐去園子玩吧。如今時節正好，園子裡的花都開了。」

這些女孩之中，數樂昌侯家的李元珊、內閣首輔女兒孫念薇兩位的身分最尊貴，其他女孩則分成了兩派，有七八個和李元珊關係好的女孩簇擁著李元珊去亭子裡納涼，另有十來個女孩圍在孫念薇旁邊，同她一起賞花。倒是朱朱、青青兩個頭一次來，只能坐得遠一些餵池子裡的魚，頗為尷尬。

李元珊看著遠處的朱朱姊妹倆，問身邊的女孩：「那兩個是誰家的，怎麼那麼眼生？」

一個叫孟玉彤的女孩來得早些，忙道：「說是新科狀元徐家的女兒，祖上是務農的。」

李元珊眼裡閃過一絲不屑，嘴角微微翹起，「原來是個鄉下人，我說怎麼沒見過。」

另個一叫莫胭的有些疑惑，「鄉下人嗎？不像。我瞧著她倆身上的衣裳用的都是今年宮裡的新料子。」

孟玉彤看了眼李元珊，微微一笑，「許是皇上賞的吧，也沒什麼稀奇。至於她們是不是鄉下來的，試一試就知道。」

李元珊看了她一眼，撇撇嘴，「怎麼試？難道親自去問她不成？」

孟玉彤道：「我們京城的女孩，打小就請了人教導詩詞書畫。雖不能說十分精通，但起個詩社、畫兩筆還是可以的。如今正是四月好天氣，這園子百花爭豔，若是不能將此美景留在紙上，豈不遺憾？」

等朱朱和青青兩人聽到要或寫一首詩或作一幅畫來描繪園內風光時，沈凝芙已經叫人抬了桌案拿了筆墨來。

孫念薇看了看朱朱和青青，眼裡閃過一絲擔憂，輕輕笑道：「女孩子們鬧著玩就罷了，若是有不感興趣的，也不必強求。」

李元珊眼底有一絲懊惱，只是她家雖有爵位，卻比孫家差遠了，因此咬著唇不再吭聲。倒是孟玉彤喜歡攬事，對朱朱和青青說：「聽說妳爹是狀元，想必妳們的才華也是極好的，今天可得給我們露一手。」

青青對她的挑釁毫不在意，朱朱打小生活單純，就沒聽出人家話中帶刺來，反而笑咪咪地點了點頭，「好呀！」

如今已是立夏，只見池塘內碧葉連連，水邊石榴花芳妍可愛，略遠處海棠恣意綻放，只見其垂絲嬌媚，真乃「雖豔無俗姿，太皇真富貴」。

青青掃了一眼園子的整體概貌，心裡有了盤算，叫了幾個小丫頭幫她把兩張桌案搬到一條長廊裡。孟玉彤見朱朱姊妹兩個態度沉穩，不見慌張之態，心裡有些不安。見她兩人攜手並肩往長廊處去，忍不住上前叫住，「妳們是寫詩還是作畫，若是寫詩就在這亭子裡，大家以一炷香時間為限。」

青青驚訝地挑了一下眉，露出淺淺的笑容，「妳們只管作詩，我和姊姊去那邊作畫，只是時間要久些。」

李元珊自認為才思敏捷，想從作詩上壓她二人一頭，但聽她們要作畫，又不想放棄打壓她們的機會，便琢磨著先寫了詩出來再去作畫。

亭子裡的女孩，有七八個不愛作詩的，也叫人搬了桌案，各自尋了地方，留下的姑娘們又是命題又是選韻腳，吱吱喳喳鬧個不停。

這些年來，畫道人對青青的教導一直很嚴格，青青將自己的大部分時間都放在了練字作畫上。朱朱雖偏重廚藝，但日常畫道人的課，她也是一次不落的。雖然畫道人總說朱朱憊懶，可這些年來，朱朱的繪畫作品，只怕比亭子裡這些小姐們作的畫加起來還要多。

朱朱圍著長廊東看看西看看，瞧見了近處一枝盛開的海棠，她嫌手累，不願意畫大幅，只準備畫簡單的花卉。她選了較纖細的筆，用寫實的手法，畫了兩枝花姿瀟灑的海棠。因沈家丫鬟拿來的顏料只有十來種常見的，朱朱嫌表現不出海棠層層疊疊的層次色彩，便自己一邊作畫一邊調色，自在無比。

青青則將前世今生學過的畫法相結合，在傳統畫技的基礎上，又加上了現代繪畫中的立體效果，充分發揮了透視和明暗的關係。亭臺樓閣很注重寫實和結構準確，青青用秀勁的勾勒、妍雅的顏色，將沈家園林的一角完美地展現出來。

朱朱和青青從小一起長大，又一起學畫，早已心意相通，她早早地畫完了自己那幅，又幫青青將她需要的顏色逐一調製出來。

亭子裡的女孩們作完了詩，大家挨個評判。李元珊雖自認為才思敏捷，但作了詩出來，卻發現自己並不是最佳的。她的詩句過於華麗堆砌，反而失去了詩詞的意境，而孫念薇不愧被沈夫人稱為博學多才，一首詠海棠的詩，不僅將海棠的自然之美表達出來，更援古說今，引人連連喝彩。

雖有人捧著李元珊，說她的詩美，可在場的姑娘哪個都像人精，有的抿嘴笑而不語，有的看不慣李元珊便明褒暗諷一場，氣得李元珊險些哭出來。

女兒家面淺，不好真的排出名次，大家投票選了最好的三首出來，正巧這時沈夫人打發人來送果子和甜湯，又問她們在玩什麼。女孩子們笑嘻嘻地說了，紛紛洗手吃果子，那丫鬟便拿了詩詞回去給眾夫人看。

李元珊一直喜歡當眾人關注的焦點，若非如此，她也不會因為眾夫人都喜歡青青而生出了醋意，卻沒想到自己最得意的詩詞此次並未出彩，因此心裡有些悶悶不樂，吃了半個果子見幾個姑娘在三三兩兩作畫，不由說道：「詩也做好了，閒著也無趣，我也去畫一幅。」說著不理會旁人，到亭子中間的書案上，取了紙筆去畫滿塘的荷花。

其他姑娘有的去瞧李元珊作畫，有的捏了果子丟進池子裡餵魚，也有的讓丫鬟拿根魚竿來，坐在廊下垂釣。

今天沈家宴請的客人多，在屋裡未免顯得雜亂悶熱，正巧丫鬟拿了姑娘們的詩詞來，眾夫人傳著看了，沈夫人笑道：「不如我們也去園子裡瞧瞧，回頭就讓她們把酒席擺在水榭，既涼快又舒爽。」

眾人都覺得好，便一起往園子裡去。

作畫的姑娘們多半是像朱朱一樣，選一兩枝花來畫，也有的畫那池中的錦鯉。夫人們到了園子裡，遠遠的就看見一群姑娘在亭子裡聚著不知在看什麼，沈夫人說道：「是不是又做了什麼好詩？」走近一看，原來是姑娘們在賞畫。

原本寬敞的亭子一下子來了幾十個人，頓時顯得擁擠起來，沈夫人便請諸位姑娘小姐們到園子裡的望山樓去，那裡廳堂廣闊，打開四下的窗子，能夠享受初夏的微風。

因朱朱和青青選了較遠的一處長廊，兩人一個低頭作畫，一個安靜地研磨，寶石、糖糕兩個幫著姊妹倆打扇驅趕蚊蟲，誰也沒有發現那些姑娘們換了地方。

等眾夫人看了畫，挨個評了一通哪個好，哪個筆跡不夠圓潤。這時，沈夫人想起兒子叮囑要照看好徐家的女孩，忙問丫鬟：「徐家的二位姑娘呢？」

李元珊嗤一聲笑道：「說是作畫呢，遠遠地躲在一邊，也不知道是不是畫不出來？別是不好意思回來了。」

沈夫人讓丫鬟去尋人，正巧青青收了筆，那丫鬟也來請她們到望山樓去。朱朱的畫早已晾乾，而青青怕捲起來會汙了畫，姊妹倆便一人拿著一邊，小心翼翼地到了望山樓。

眾人正坐著喝茶，見朱朱和青青進來，所有的目光都集中在二人身上。

朱朱大方地笑了笑，「作畫入了神，倒忘了時辰，讓夫人和姊姊們久等了。」

孫念薇笑道：「無妨，是我們不好，把妳們忘了。」

青青二人將畫放在桌上，就有幾個姑娘忙過來瞧，這一瞧就都愣住了。朱朱的畫，簡簡單單的兩朵花，卻將海棠那鮮豔的色彩、層層疊疊的花瓣和與朝日爭輝的形象展現出來。

至於青青的畫……

幾位姑娘回過神，忍不住欽佩地看著青青，想不到她年僅九歲，就有這樣精湛的畫技。

許是見那個幾個姑娘神色不對，沈夫人也上前一觀，就見畫上雜樹蒼翠，花開嬌豔，池水靜逸，內有荷葉簇簇，亭內花枝招展的少女們，遊樂於長廊、水榭之間，有三五人湊在一起念詩，也有人獨自咬筆沉思。

在青青的畫卷裡，假山、池水、鮮花、草木都不是孤獨的存在，它們與少女互相烘托，將初夏的閒雅舒適在畫上逐一顯露無遺。

沈大人酷愛收集名畫，閒暇時常拿出藏品來賞玩，沈夫人本就是名門閨秀，自幼也是琴棋書畫都學過，嫁到沈家後，丈夫時常與她一起賞畫，幾十年的耳濡目染，沈夫人的品味很高，剛才那些小姐們的畫作在她眼裡不過是兒童塗鴉罷了，朱朱那幅讓她眼睛一亮，而青青這幅……

看了不知多少好畫的沈夫人，也不得不承認，青青這幅畫不亞於自家收藏的那些名畫。原來雪峰說的徐二姑娘善丹青的話，並不誇張。

再看畫上題的那首詩，徐夫人還未讀詩，便先被青青寫的行書吸引住了。青青的字並不像閨閣女兒所作，她的字跡雄逸，宛如魚躍龍門，自成一格。

沈夫人不由得看了一眼這個嬌小的女孩兒，心下驚駭，一個九歲的女孩居然就有這樣的書畫功力。可惜啊可惜，為何生為女兒身，若是男兒，只怕前途不可限量。

眾人見沈夫人停留在那幅畫前遲遲不肯離開，心下好奇，便三三兩兩去看。李元珊坐得比較遠，她見那些夫人臉色變換不定，以為青青畫得不入眼，不禁笑道：「都是姊妹間的湊趣，若是妳不會畫說一句就是了，難道誰會為難妳不成？總比現在丟醜好。」

幾位看畫的夫人聞言，看著李元珊的表情都有些古怪。

沈夫人沒功夫搭理這些女孩兒爭強好勝的小心思，她轉頭詢問寧氏：「我家老爺酷愛書畫，二姑娘這幅畫實在讓我驚嘆，可否送到前院請我們家老爺一觀？」

寧氏也知道青青打算開書畫鋪子的心思，笑著謙讓了幾句，「小孩子塗塗畫畫，當不得真。沈老爺乃畫評大家，若能得他幾句指點，也是嘉懿的造化了。」

沈夫人笑道：「徐夫人太客氣了，就嘉懿這幅《初夏行樂圖》，能讓我家老爺看上一眼，便是他的福分了。」

眾人也才回過神來，陸續靠過來看畫，一時間，讚嘆不止。

沈夫人拉著青青誇讚，又問她：「幾歲學畫？小時候都臨摹誰的字帖？」

李元珊顧不得吃果子，連忙起身過來看，只消一眼就愣在那裡。青青的畫正好壓住了李元珊作的那幅畫的一角，兩幅畫一對比，李元珊的荷花圖都不如青青那池子裡的星星點點看著惹眼。李元珊又羞又怒，甩頭就走。

這一幕落在眾夫人眼裡，有的眼露嘲諷，有的微微搖頭。原本有意和樂昌侯家相看親事的，此時都打了退堂鼓，誰家也不願意娶那嬌蠻又愚蠢的媳婦回去，再高的門第也不行。況且那樂昌侯空有爵位並未有實缺，說句打臉的話，這些實權老爺家還未必瞧得上他家。樂昌侯家的少奶奶看見眾人的臉色，心裡暗罵小姑子不省心。只恨婆婆把李元珊慣得到哪都拿尖要強的，偏又沒那個本事，只不過徒增笑柄罷了。

孟玉彤向來是李元珊的跟班，見狀忙要跟上去，卻被她娘一把抓住，狠狠掐了她一把，讓她少做蠢事。來的這些少女，多半是十三歲到十五歲的年紀，家人也想趁著宴席將自己女兒美好的一面展現出去，好定下門當戶對的親事。

孟夫人剛一過來就發現自己的女兒和李元珊眉眼中不知打什麼官司，就藉著解手之際，叫過孟玉彤的丫鬟，讓她把剛才發生的事說一遍。雖然知道自己的女兒與李元珊交好，卻沒想到她居然這麼蠢，人家沒使喚她，她倒主動給人當槍使。若是這些女孩回家告訴了自家父母，只怕沒有幾家夫人願意娶這樣的蠢笨媳婦回家。因此，孟夫人打定了主意，不許女兒再和李元珊接觸。

沈夫人讓人拿了大幅生紙，小心翼翼地將青青那幅《初夏行樂圖》放在上面捲起來，交給一個穩妥的丫鬟，讓她送到前院給老爺們一起賞畫。她又將朱朱那幅海棠圖拿起來，半開玩笑地說：「嘉言這幅海棠圖我很喜歡，在我家作的畫我可不還。回頭叫人裝裱好了掛我那屋子裡，看著就富貴喜慶。」

眾人這才看到朱朱那幅畫，便把兩個女孩又誇一回，都說徐狀元養的女兒才華橫溢。有見朱朱身材高瘦，便私下問她年歲，多少有些動了心思，只是想到徐家官位低微，又多少覺得有些遺憾。

此時水榭裡酒席已經擺好，沈夫人邀請眾人吃酒。按照座次坐下，散樂奏起，四五個年輕的女子彈著箏、琵琶、三弦子、拍板，坐在長廊裡唱曲。

孫念薇自有人圍著，倒是之前問朱朱方子的那個劉夢丹主動坐在朱朱姊妹倆旁邊，另有幾個愛畫的女孩也同她們一起挨著。席上少不得說些作畫的事，也有的姑娘說要下帖子請她們去家裡玩。一頓飯的功夫，朱朱和青青就多了幾個朋友。

交朋友對於朱朱和青青來說是很新鮮的事，朱朱還好，小時候在村子裡總有一群小夥伴上山下河四處撒野。青青打三歲就上了山，整整六年，姊妹倆除了家人，整天和道士、道童待在一起，每天有學不完的東西，晚上回家還要寫字念書，從來沒有玩耍過，因此面對這群小姑娘的熱情，青青高興得臉都紅了。

朱朱笑道：「妳們有空也來我家玩，不知妳們家大人會不會答應？我極會做點心羹湯，我妹妹最會做胭脂面膏。」

有年歲小的笑著答應，就要約定時間，青青道：「只怕最近不成，我爹有三個月假期，我們打算回家鄉去一趟，大約七月底就回來。那時候桂花開得好，螃蟹也正肥，到時候請妳們來玩。」

幾人約定好了，又問她們哪日走，說要送她們土儀。

正說笑著，忽然來了兩個丫鬟，捧了兩大托盤的東西，都是上好的筆墨紙硯顏料。那丫鬟笑道：「老爺們看了徐姑娘的畫，誇其人物靈動、花草逼真，實乃神妙之作。又說徐姑娘的字渾厚端莊，淳淡婉美，將來必成大家。這些是老爺珍藏的上好筆墨，說贈給徐二姑娘，希望徐姑娘能百尺竿頭，更進一步。」

雖說看到了青青的字畫好，但是誰也沒想到沈太傅會如此高地評價青青，一時間眾人看寧氏母女三人的眼神又火熱起來。青青被眾人這麼直白地看著，有些不好意思。她忍不住瞧了瞧一臉灰敗的李元珊，暗道：抱歉，這臉打得有點腫！

其實青青一直不知道自己的畫在世人眼裡是什麼水準，她實在沒想到自己只被畫道長教導了六年就能獲得旁人如此的認可，心裡不禁對畫道長更加敬仰。又想到自己的作品都能被這些高官貴胄們讚賞，若是自己將畫道長的畫展出……

青青已能想到那種火熱的場景了。

酒過三巡，又有丫鬟笑吟吟地來說：「我們家四少爺想給諸位夫人敬酒，只是怕驚擾了小姐們，不敢過來。」

此次有好幾位夫人過來是想好好瞧瞧沈雪峰。原本只聽說沈家四少爺性格散漫，不受拘束，卻不料人家有探花之才，多少勳貴高官家的孩了有幾個能考上進士的？故而原本嫌棄沈雪峰年紀大的幾個夫人立刻將自己的念頭拋開了，認為沈雪峰是因為埋頭苦讀才誤了婚事。一聽說沈家為四少爺辦酒席，多少明白沈家的意思，家裡有適齡女孩的接了帖子都來了。

有位夫人年紀較大，她直爽地笑道：「都是自家孩子，怕什麼，叫他進來就是。今天是他的好日子，合該向我們敬酒。」

不一會兒，沈雪峰過來了，眾夫人忙細細打量他，只見沈雪峰手神俊逸，器宇軒昂，舉手投足瀟灑自若，爽朗的笑容更為他增添了不少風采。

沈雪峰並未朝小姐們那幾桌看，只恭恭敬敬地請了安，敬了三杯酒，笑著搭了幾句話便轉身走了。他這一來，倒牽動了不少少女的心事。至少朱朱琢磨著，原來沈探花也不大，以後可不能叫他叔叔了。

幾家夫人心裡十分中意，暗地裡給沈夫人遞了話，準備過兩日再過來詳談。

晚上，沈夫人美滋滋地看著朱朱那幅海棠圖，琢磨著叫兩個手巧的丫頭繡出來，做成炕屏放屋裡。沈雪峰略帶幾分酒意進來，見母親在賞一幅海棠圖，便問道：「誰畫的？」

沈夫人道：「徐大姑娘畫的。那姑娘點心做得好，畫也不錯。」

「點心？」沈雪峰眼睛亮了，「在哪兒？」

沈夫人笑道：「吃沒了。」

沈雪峰失望地嘆了口氣，目光又落到那幅海棠圖上，喃喃自語：「原來徐家大侄女不僅會做羹湯，還會作畫呀！」

沈夫人聞言抖了一下：啥？大侄女？

◆　◆　◆

徐鴻達打殿試以來就沒閒著，去了沈家的宴席後，自家也擺了幾桌，請了附近的鄰居，國子監祭酒馬德誠和翰林院侍講學士趙明生都攜家眷來了。戶部侍郎邢愛民原本不屑和一個小小的翰林編修打交道，想著這樣的事派個管家去送些賀儀也就罷了。雖然說素來翰林有儲相之稱，但也不是所有的翰林都能入閣，徐鴻達發展如何，還要慢慢看來。

可是，昨天聽說徐家一家人都去了沈太傅家的宴席，邢愛民對徐鴻達就有些拿不準了，琢磨了一天，還是放下了身段，隻身赴宴。

徐鴻達對於邢大人能來，略有些驚訝，面上熱情十足。

等宴席結束，徐鴻達好好地歇息了兩天，寧氏打包好東西，一家人便啟程了。當然一起蹭上車的還有沈雪峰和朱子裕兩人，他倆坐在一輛馬車裡，大眼瞪小眼。好在徐鴻達不肯荒廢光陰，帶了一箱子的書，沈雪峰借來一本剛看了兩頁就顫抖了，下了馬車拽著徐鴻達不撒手，問他從哪裡抄的手抄本。徐鴻達回他一個鄙視的眼神，心裡嘲笑他：沒見識，這就顫抖了！要是讓你看見我閨女那一箱珍本……打住，不能再想了，心好痛！

回吉州府，徐家走的是官道，這次徐家人沒有拉行李的騾車拖累，又有朱天莫、朱玄莫兩個騎馬探路，一路上馬車跑得飛快，大半個月一行人就到了玫城縣。

朱天莫帶著侍筆先騎馬到了陽嶺山下的宅子裡送信，王氏聽說婆婆和小叔子一家子回來了，連忙叫人收拾屋子，換上新曬好的被褥，又去廚下安排粥菜。

徐鴻達等人到家已是未時了，眾人疲憊不堪，直到喝上一碗溫熱的蓮子粥，吃上家鄉小菜，才略微精神了幾分。

吃過飯，徐婆子和寧氏回房歇息，徐鴻達和朱朱、青青則打算上山去聚仙觀後面看看四位道長的小院。朱子裕被文道人教導過幾日，有師徒之情，自然也要過去。沈雪峰對四位道長早已好奇，雖知道只剩下空屋子，但也跟著往山上去了。

到了小院門前，看著半開的院門，青青忍不住嘆了口氣。雖知道自己是幻想，但她多麼希望一推開門就能看到四位道長慈愛的笑臉。看著青青有些失落地身影，徐鴻達輕輕按了按她的肩膀，安慰道：「妳怎麼知道四位道長看不到我們？」

青青第一個邁進院門，小院空空如也，已有半年沒有人居住，牆角生出了雜草。徐鴻達幾人挨個屋子轉了一回，每到一處都停留許久，似乎是在回憶這裡原有的擺設，或是在回想與道長們相處的點點滴滴。

一邁進畫道人的屋子，沈雪峰就被牆上的《仙人赴宴圖》震驚了。他站在門口，癡癡地盯著牆壁，恍惚置身於彩雲飄飄的仙境中。徐鴻達站在他身後，見他半晌不動，探過頭瞅了他一眼，回頭無奈地說：「看癡了。」

幾人也不打擾他，自去雜物間找了趁手的工具，把院子裡的雜草都鋤了，各樣花卉也修剪了一番。朱子裕尋了些乾燥的柴火回來，朱朱燒水煮茶，幾人像一年前一樣，坐在小院的石桌邊，喝茶談天。淡淡的花香、吱吱喳喳的鳥鳴、熟悉的院落，讓奔波了半個月的幾個人徹底放鬆下來。

夕陽西下，金色的陽光將天邊的雲朵映得像火一樣紅，徐鴻達起身伸了個懶腰，上前去拍了拍沈雪峰的肩膀，「看夠了沒？得回家了！」

沈雪峰這才回過神來，他一把拽住徐鴻達的袖子，看著屋子的壁畫，眼裡閃過狂熱的癡迷，「好畫！此畫定是畫聖吳道子的真跡！」

徐鴻達無奈地拂下了他的手，「這個房子才蓋七八年，畫聖已經仙去幾百年了，怎麼可能是吳道子的真跡？」

沈雪峰衝進屋子，幾乎是趴在牆壁上一點一點地細究，「這畫法，這下筆方式，都同我見過的吳道子壁畫拓本很相像。若說有什麼不同……」他環視整面牆壁，「這幅畫比當年吳道子的壁畫更勝十分！」

青青站在門口，懷念地看著這個屋子，眼裡是滿滿的留戀，「這幅壁畫是畫道長所作，我和姊姊在這屋子裡跟著畫師父學了六年的畫。」

沈雪峰想起半個月前在宴席上青青那副《初夏行樂圖》、朱朱那副《富貴海棠》，忍不住露出羨慕的神情，「我說妳們姊妹小小年紀怎麼會有如此高深的畫技，原來竟是有這樣的大家教導妳們。」

「是啊！」朱朱認真地點頭，「剛學畫那會兒，妹妹筆都拿不穩，畫道長就拿了許多張完成一半的畫叫我們上色。」

沈雪峰聞言心痛得差點嘔血，一臉控訴地道：「太敗家了！」

徐鴻達感同身受地點了點頭，忍不住跟著吐槽：「四位道長最慣著她倆，青青學字那會兒，大字還寫不好呢，文道長就拿王羲之的真跡給她當字帖，當時我就說……沈大人你怎麼了？沈雪峰？」

一個踉蹌趴在地上的沈雪峰又想吐血了，扶著徐鴻達的胳膊顫抖地爬起來，「以後這樣的事就不要說給我聽了，我心肝弱，受不住刺激。」

天邊那抹紅色的晚霞漸漸消散，徐鴻達說：「得趕緊下山，等天黑就看不見路了。」

沈雪峰戀戀不捨地趴在牆壁上，「好想把這面牆搬走。」

徐鴻達一邊拎著他，一邊招呼眾人下山，「別做夢了，我們還會在縣城待兩日，等有空了還叫你上來看。」

沈雪峰這才放棄抵抗，哀怨著自己為何畫技不精，無法將這幅巨作臨摹下來。

眾人到家，才發現縣太爺吳良安早已在家中等候，見到風塵僕僕的徐鴻達，熱情地拱手道：「徐大人，恭喜恭喜！」

徐鴻達請他上座，歉疚地說：「原想明日登門拜訪，不料大人親自登門。」轉頭又將沈雪峰介紹給吳良安。

吳良安一聽，不僅狀元回來，連探花也跟著來了，登時大喜過望，非要為二人辦上半個月的流水席。徐鴻達自然不會願意在這上頭浪費時間，只推說還要回村子裡，謝絕了吳知縣的好意。

翌日，徐鴻達等人一覺睡到日上三竿才起來，然後打發侍筆去包了縣城最大的酒樓，一邊寫帖子打發人給吳知縣、縣學的院長、老師和昔日同窗送去，又有住得近的鄰居來探望。

徐婆子正在屋裡和自己的親家吳月娘她媽坐在炕上說話呢，就見朱朱一臉驚嚇地跑進來，「祖母，我舅奶奶來了！」

話音未落，就聽外頭有人高聲道：「大妞怎麼見了我像見鬼似的，跑那麼快幹啥？」

徐婆子連忙穿鞋，還不忘和吳娘子知會一聲，「我娘家嫂子來了。」

吳娘子立馬想起月娘成親時見的那個大黑塔似的婦人，忍不住打了個哆嗦。跟著徐婆子剛要出去，就見一個穿著大紅寬袖的高黑胖婦人帶著三個小媳婦從外面進來。吳娘子強撐著笑打了聲招呼，便說：「妳們姑嫂慢聊，我先回家看看我家小子去。」說著匆匆走了。

徐婆子把傅舅母讓進屋來，問道：「我們打算過兩天就回去，妳咋先來了？」

傅舅母一臉與有榮焉，拉著徐婆子的手道：「這不是聽說我狀元外甥回來了，就趕緊套車過來。妳說妳咋養的兒子，咱鎮上那麼多學生，出了個舉人都算祖墳燒高香了，妳家直接考出來個狀元，這祖墳……」

徐婆子生怕她說出什麼讓人吐血的話，上前捂住她的嘴，「我家祖墳好著呢！」

傅舅母白了她一眼，「把我臉上的粉都蹭掉了。」

徐婆子看她嘴邊偏黑的一圈，忍不住在衣襟上抹了抹手心的粉，無語地說：「都多大年紀了還擦胭脂抹粉，妳也不怕嚇著我哥。」

傅舅母從袖子裡掏出一盒脂粉，對著銅鏡抹了兩把，一邊不屑地說：「要是不擦粉，我才怕嚇著妳哥。」

徐婆子被堵得無話可說，又瞅那黑乎乎的侄女，想起那幾個黑醜的侄子，暗嘆道：「我們老徐家的好相貌都被妳這個老娘們兒給毀了。」

徐鴻達聽說舅母來了，連忙過來請安，沈雪峰也湊著熱鬧晃悠過來，一見到傅舅母嚇了一大跳。偏傅舅母不覺得，熱情地拉住沈雪峰上打量下打量，不停地誇讚：「怪不得都說長得俊俏的人才能當探花，這沈探花長得可好看，這白嫩得……」

朱朱躲在徐婆子身後，看著舅奶奶那隻黑色的大手捏住沈雪峰的小白手。沈雪峰僵硬地笑著，幾次試圖抽出來都以失敗告終。

看著沈雪峰漲紅的臉，朱朱忍不住噗哧一笑，傅婆子回頭瞪她一眼，忙解圍說：「在這傻笑啥？沈大人不是水土不服想請妳做羹湯，還愣著幹什麼，趕緊去做！」

朱朱應了一聲，走到前面，問沈雪峰道：「不知沈大人想吃什麼口味的？」

沈雪峰趁機抽回了手，一邊揉著被捏紅的手腕，一邊趕緊往外走，「那個，我們出去細說，不打擾老人家說話。」

傅舅母看著沈雪峰的背影消失在簾子外面，還遺憾地說道：「長得真俊俏，可惜我沒有未成家的閨女了。」話音剛落，就聽窗外撲通一聲，像是誰絆倒了一般，隨即朱朱銀鈴般的笑聲傳了出來。

沈雪峰哀怨地看了朱朱一眼，狼狽地爬起來，手心被蹭破了皮，腳也扭到了。朱朱幫他檢查腳踝，見沒有什麼大問題，就請他到花廳坐著休息，自己則去取了藥膏來，手腳麻利地幫沈雪峰清潔傷口，塗抹膏藥。

有股涼意覆蓋了手心的傷口，沈雪峰有些驚訝，「這藥膏效果真好。」

朱朱不以為意地將藥膏蓋上，放到沈雪峰手邊，「自家配的方子，沈大人每隔兩個時辰塗一次藥，記得不要沾水。對了，你想吃什麼羹湯？」

沈雪峰忽然覺得有些意外的驚喜，看著朱朱道：「真給我做羹湯？」

朱朱燦爛一笑，「你點就是。」

◆ ◆ ◆

回到村裡那天，沈雪峰終於知道什麼叫做夾道歡迎。聽說狀元回來了，還捎帶著一個長得俊俏的探花，附近幾個村的人都來了，把村裡的路圍得水洩不通。有送雞蛋的，有送雞鴨的，有送青菜的，有送鮮果的，一家人馬車也不坐了，跟在徐婆子後頭風光地走進村子。

徐婆子看著鎮上、村裡那些讀書人眼裡羨慕的神情，以及鄉親們臉上的敬重之色，自豪地挺起了胸膛。沈雪峰剎那間明白了徐鴻達為什麼堅持要返鄉，就是為了讓自己的母親高興一把，風光一回。

徐家大門口劈里啪啦放起了鞭炮，徐鴻文的妻子早將房子重新收拾了一遍，換上新做的被褥。一家人顧不上和鄉親們敘舊，先奔徐家祖墳，準備燒紙告訴祖宗這個好消息。

朱朱和青青是女孩子，不能去上墳，沈雪峰和朱子裕是外人，也不方便同去。四個人看著門口烏壓壓的人，誰也不想回去。

青青說道：「要不，我們上山吧，打點野物吃個新鮮。」

沈雪峰猶豫地看了看那座茂密的高山，臉上閃過一絲尷尬，「我不會武藝，子裕倒是有兩下子，只是他也沒帶弓箭。」

朱天莫、朱玄莫跟在後頭笑道：「沈大人放心就是，我們尋些石子，也能打來獵物。」

沈雪峰知道兩人是上過戰場的，這才放心地帶著兩個女孩同去。

上山剛走了一刻鐘，青青東瞅瞅西看看，「怎麼沒瞅見野物的影子？」

朱天莫笑道：「二姑娘不知，我們走的地方淺，通常沒有什麼野物，還要往深處走走才能看到野兔野雞之類的。」

話音剛落，就見兩隻野雞從草叢中飛了起來，只是沒飛多高就被藤蔓纏住了腳，一頭栽在石頭上摔死了。眾人看得目瞪口呆，剛回過神來，不知從哪裡跑出一頭野鹿，慌不擇路地往眾人這裡衝來。朱子裕及朱天莫趕緊從地上摸了石子，剛要射出去，就見那頭野鹿已經倒地扭斷了脖子，身下還壓著幾隻野兔，看樣子已經被砸得只有出氣沒有進氣了。

青青道：「獵物好像夠了，我們走吧。」

沈雪峰道：「打獵好像挺容易的。」

朱子裕、朱天莫、朱玄莫……到底發生了什麼事？

……

徐鴻達回鄉祭祖的事，整個縣城的人都知道，因此徐鴻達一家人上完墳後，才發現自家來了好多親戚，連出了五服的族人都來了，拿著族譜要認親。

徐家世世代代都是土裡刨食的農民，一百多年前遭遇大旱，一家人都逃荒了，別說族譜了，人都找不全。如今這族譜還是徐鴻達的爺爺的爺爺那輩開始寫的，後來又斷了聯繫，徐鴻達這支，寫到他爹的名字就沒了。

徐鴻達的爺爺和親爹都是單傳，基本沒什麼親戚走動，還是無意間救了徐鴻文的親爹，兩家續起來，才算認了親，逢年過節的也算有個來往的親戚。至於其他的，打徐鴻達他爹那輩就沒見過。

徐鴻達看著那本破破爛爛的族譜，倒是起了個念頭，先請那些八竿子遠的親戚去吃流水席，自己則拿了族譜叫上大哥、徐鴻文進去商議。

徐家這些年也存了不少銀子，加上手裡胭脂鋪的分紅、徐鴻飛每年的孝敬，徐婆子也有個一二千兩銀子了。徐鴻達琢磨著自己也算走上仕途了，索性把祠堂、家譜、家規和家訓都立起來。自家出銀子，讓大哥當族長，再買些祭田之類的，產了出息讓族裡聰明肯學的孩子去讀書，也將家族壯大起來。若是那些人不樂意，索性趁機分出來單立一支。

徐婆子雖然平時將錢握得緊，但在兒子決定的事上，她向來不含糊。兒子是狀元，兒子說啥都是對的。當即徐婆子把寧氏幫她兌換的一千五百兩銀票拿出來給了徐鴻達，另外還有還剩四百兩作為家用。雖說寧氏每個月有大把銀子進帳，京城買宅子的錢也用寧氏的私房，但日常花用，徐婆子堅決不肯用寧氏的私房。媳婦再有錢也是媳婦的，總不能讓她養自己和徐家老小，在這方面，徐婆子十分有原則。

等親戚們吃完流水席，又換上鄉親們去吃，徐鴻達把這些徐家的人都叫到房後頭的空地上，說起建祠堂換族長買祭田的事。

先時拿著族譜的那家，原就想和徐鴻達這支恢復走動，家裡出了一個狀元，說出去也風光。既然狀元想要建祠堂買祭田，這是造福宗族的好事，說不定自家也能沾光，自然沒什麼不依的。至於族長一職，徐家這些人也同意讓徐鴻翼擔任。

事情定下來，徐鴻達找里正買了塊空地建祠堂。徐家這些子孫們雖然不出錢，但是不能不出力，都得留下幹活。

莊稼人都是幹活的好手，幾十個族人，加上雇的泥瓦匠，一個月功夫就建起了一座氣派的祠堂。徐鴻達重新抄寫了家譜，由族長徐鴻翼領著舉行了儀式，鄭重地將族譜掛了上去，又將家裡幾代的祖宗牌位擺了進去。

徐鴻翼宣讀了家規家訓，無非是家族子弟要戒逸樂、戒賭博、戒酗酒，不得欺壓鄉鄰等十餘項，又有遵孝道、友兄弟、睦宗族等幾條。立好了祠堂，徐鴻翼在附近買了一百畝地，上等田中等田都有，雇族裡貧困的人家耕種打理，每年田裡出產的銀子用來修繕祠堂、贍養無子孫的貧困族人，以及資助族裡清貧又上進的子孫讀書。

今年第一批的孩子，是徐鴻達親自挑選的，既要品行好又要肯吃苦肯上進，再一個，確實是讀書那塊料才行。讀書的銀子也不直接交到孩子家人手裡，而是每年直接送到鎮上的一家學堂，束脩、書本筆墨、讀書期間的飯費一概包括在內。

徐鴻達整日忙家族的事，朱朱和青青帶著沈雪峰、朱子裕兩人逛遍了附近的村鎮。沈雪峰來之前說考察民情倒不是空話，他到每個村裡都細細問了村民的家境、每畝地的產出，還有豐年如何災年如何。因平陽鎮盛產玫瑰，許多村子都以此為生，沈雪峰也挨個轉了一圈，回來後詳細地記錄下來。

每天忙完這些，幾個人就去鎮上逛。朱朱和青青打小沒怎麼逛過，對這個繁榮的小鎮也很好奇，四個人一路逛一路吃。朱朱的鼻子很靈敏，無論是酒樓還是小攤，她總能找到最好吃的東西。

轉眼一個月過去了，徐鴻達一行人準備返回京城，徐婆子因為連續兩次趕路，身子骨有些吃不消，準備在家裡住上一年半載，也幫著王氏照看家裡。

徐鴻達等人回到京城已經是七月中旬，沈雪峰風塵僕僕地回了家，沈夫人準備淚眼婆娑地迎接自己旅行勞累的黑瘦兒子，結果沈雪峰一進門，沈夫人的眼淚就憋回去了，兒子不僅沒黑沒瘦，還胖了。

沈夫人懷疑地睨著他，「真去體驗民情了？」

沈雪峰深受打擊，拿出自己寫的密密麻麻的紙張給沈夫人看。沈夫人瞧了兩眼就放到了一邊，笑咪咪地看著兒子，「你也回來了，咱們說說你成親的事？」

沈雪峰認真地看著沈夫人，「要笑起來爽朗的，吃飯看著香甜的，還得懂畫的姑娘！」

沈夫人覺得心好累：人家相個媳婦看家世人品相貌就好，到她這裡還要陪吃飯？都娶回來三個兒媳婦了，沒一個像他這麼費勁的。

沈雪峰向親娘請了安，又蹦到沈太傅的書房，他一進門就見牆上掛了兩幅新的畫，不由得湊了過去，「好畫，只是這書香居士是哪裡人士？以前沒聽說過。」

沈太傅喝著茶，說道：「上回筵席徐家送的禮，你看這畫是不是徐家二姑娘畫的？」

沈雪峰只見過青青的那幅《初夏行樂圖》，一時間也說不準。他站在畫前仔細研究了許久，發現一兩處線條的處理和畫道人的那幅壁畫有些相似，遂點頭道：「應該是徐家二姑娘作的畫。我去玫城縣時，見到了二姑娘師長做的一幅《仙人赴宴圖》……」

沈雪峰癡迷地回憶了那幅畫的點點滴滴，沈太傅聽了心神嚮往，感嘆自己無緣見到這樣的繪畫大家，又問兒子：「既然是空房子，可找人照看了？若是讓閒人破壞了豈不可惜？」

沈雪峰忙說：「徐大人走之前託了聚仙觀的道長們照應，聚仙觀的觀主也是愛畫之人，他說每幾日便叫人去打掃一回。」

沈太傅這才放了心，心裡琢磨著什麼時候請上幾個月的假，也去玫城縣看看那幅壁畫。

◆　◆　◆

徐鴻達回家休息了兩日，就到翰林院銷了假期，正式入職了。翰林學士劉鵬仕見了進士及第的三人，勉勵了一番，把那個年齡略大些的榜眼調去修史書，讓徐鴻達和沈雪峰兩人起草一些不重要的誥敕。

沈雪峰先抱來一些翰林院之前起草的誥敕，和徐鴻達兩人一起研讀格式、用詞，然後起草了請上峰去瞧，反覆修改，才呈了上去。

青青和朱朱打老家回來也沒閒著，她整天拉著朱朱去找合適的鋪子。因每日朱子裕上午要在自己的院子裡練武，中午略微小憩片刻後又要讀兵法，每日只回府前才來徐家待上一會兒，因此一直沒發現青青找鋪子的事。還是朱天莧的手下瞧見了兩回，來朱子裕的私宅將徐家姑娘租鋪子的事說了。

朱子裕懊惱地拍了拍頭，稱自己忙昏了頭，忙讓天莧收拾出一家鋪子，把原有的貨架拆了，重新刷大白，待乾了以後連忙來找青青，說家裡有個鋪子空出來，可以借給她用。

青青找鋪子找得焦頭爛額，聽說朱子裕有空的鋪子便去看了。到了地方才發現，這間鋪子和自己家的瑰馥坊正好斜對著，也是個三層的鋪面，十分寬敞。

青青問他租金，朱子裕怎肯要青青的錢，便笑道：「空著也糟蹋了，拿去使便是。」

青青板起了小臉，嚴肅地說：「若是不要錢，我就去租別人家的鋪子使。你若是還拿我當妹妹，咱倆就一碼歸一碼，給你分紅或是算租金都成。」

朱子裕見青青沉了臉，只得胡亂說了個價格。青青找了十來天的鋪子，早對各個地段的租金瞭若指掌，當下冷著臉說了個數字，說要按這個價格簽合約。

朱子裕聽了便道：「若是這個價錢也不急著妳付租金，年底賺了錢再給便是。妳一個閨閣女兒，哪裡知道做生意的艱難。」

青青想了想說：「行，我也不跟你客套了，等賺了銀子，回頭多給你一成租金。」

朱子裕見她信心滿滿的樣子，點頭笑道：「成，那我就等您的打賞了。」

有了鋪子，一切進度就快多了。

青青經營的是書畫鋪子，不需要打貨架，砌幾面牆，做個牌匾就行。

沈雪峰來徐家做客時碰巧看見了做牌匾的青青，登時目瞪口呆，忍不住問道：「為何這種活計妳都會？」青青頭也沒抬，輕飄飄去下一句：「師父會的東西多，我們學的也雜。」

沈雪峰忍不住嫉妒了：有師父了不起啊！

青青道：「是啊，特別省事，什麼事自己就能做了。」

沈雪峰別開頭，這天沒法聊了。剛走兩步，碰見朱朱拿著一塊石紋豐富多彩、質地潔淨如玉的壽山石印章進來，忍不住問道：「誰的印章？」

朱朱舉起來給他瞧，「妹妹撿的石頭，我自己刻的。」

沈雪峰捂住胸口，瞅了一眼身邊的狀元同僚，「下回不來你家了，受不了刺激。」

徐鴻達微微一笑，「那樣的話就太好了。」

沈雪峰深受打擊，「徐狀元，你以前不是這樣的人啊，咋就不熱情了呢？」

徐鴻達冷哼一聲，「再對你熱情，我怕你住我家不走了。」

想想徐鴻達書房裡的字畫書籍，想想朱朱做的美食，沈雪峰真有點不想走了。

忙碌了十來天，青青領著家人將鋪子收拾好了。也不必找人，自己算了一個黃道吉日，書畫鋪子就開張了。

青青鋪子的牌匾上只有兩個簡單的「書畫」二字，名字雖簡單，字卻不凡，上面的兩個字氣勢雄厚，筆力有勁，雕刻後的字體能隱約看見墨跡。殊不知，青青為了將這兩個字寫得好，在題匾時將全身的力道通過五禽戲的心法凝聚在右腕上，而後一氣呵成。怕雕刻的匠人弄壞了自己的字，青青自己一點一點把字雕刻出來，又製成了匾額。

青青不方便出面，便請叔叔徐鴻飛將牌匾掛上，再放一掛鞭炮，書畫坊就開業了。開業那天正好是官員的休沐日，因此一大早，沈雪峰就邀請了自己的親爹沈太傅一起來了。

兩人到的時候，店鋪前剛燃放了鞭炮，滿天的煙霧還未散盡，隱隱約約看見牌匾上「書畫」二字，彷彿要一飛沖天。隨著煙霧慢慢散去，「書畫」二字清晰地展現在眾人面前，沈太傅臉上滿是讚賞，連連點頭，「好字！」

有出來赴宴或者交友的官員認出沈太傅，也都跟著湊熱鬧進來瞧瞧，只片刻，鋪子外面就擠得滿滿當當。人雖多，但眾人都不敢擠到沈太傅前面，沈太傅便慢悠悠地走進鋪子。

甫一進去，看到的是正面牆壁上的四幅畫像，畫的是四位道長。中間兩個，一個手拿書卷一個手執畫筆。一左一右的兩位道長，一人背著藥簍，一人拿著……沈太傅不太確定，轉頭問兒子：「那位道長手裡拿的是什麼？」

「鍋鏟！」做為一個吃貨，去徐家的時候，沈雪峰早就嘗試過自己動手炒菜了，因此一眼就認出鍋鏟，並不忘解釋：「徐姑娘的四位師父有一位叫食道人，會做天下美食。」

沈太傅點了點頭，只見四位道長仙風道骨，道袍飄飄，宛如仙人般立在祥雲之上。畫上下方設了香案和香爐，上面的香已燃了過半。

一樓分為大小兩個廳堂，大的廳堂中間有一張極長的畫案，上面擺了筆墨紙硯及各色顏料，隨客人取用現場作畫。小的廳堂則是掛滿了一幅幅字，或是詩詞或是歌賦，恣意的字跡能看出同外面的牌匾出自同一人之手。

二樓分為山水、魚蟲鳥獸、花草、賀壽、仙人等幾個主題，分門別類進行了展示。每個屋裡都有一個夥計，客人們看中了可以直接購買，也可以留下訂金預定。沈太傅每幅畫都細賞了一遍，發現大幅畫基本都出自「書香居士」之手，而花草、鳥獸等小幅畫作多是一個叫做食客的人畫的。

沈太傅驚愕地指著上面的印鑒，不明所以，「這是什麼名？」沈雪峰想起朱朱拿著的那個壽山石，悄悄告訴自己的父親：「是徐鴻達的大女兒。」

沈太傅笑著搖了搖頭，「真是孩子心性。」

兩人出了花草的展廳，進了旁邊那掛著仙人居的牌子的隔間。一進去，兩人便愣住了，因為整面牆上只掛了一幅畫，就是沈雪峰在玫城縣見的那幅《仙人赴宴圖》。沈雪峰立馬奔了過去，細細地瞧，才發現原來這幅是青青的仿作。這幅畫是青青還在畫道長那裡學藝時所臨摹的，足足畫了五個月，許多細節畫道長幫著修改過，縱然如此也只畫出了七分神韻。

沈太傅站在畫前看得迷住了，沈雪峰道：「這是二姑娘仿著畫道長那幅壁畫作的。」

沈太傅看得移不開眼睛，只問了一句：「有原畫的幾成功力？」

沈雪峰道：「我也說不出來有哪裡不同。」

負責看守此畫卷的小夥計認得沈雪峰，笑著回道：「我們居士說只得原畫七分神韻。」

沈太傅讚嘆了一聲，「如此巨作居然還不如原作的七分神韻，可想而知，那幅壁畫多讓人震撼。」又轉頭問那夥計：「這幅畫多少兩銀子，我買了。」

夥計搖搖頭，「居士說這幅畫不賣，僅供觀賞。」

沈太傅不捨地看了幾眼，又往三樓走去。二樓到三樓的樓梯口，有個夥計守著，說上面是藏品，只供欣賞不對外出售，為了怕擁擠損壞了畫卷，每次最多只能十個人上去。

沈太傅來得早，他父子二人第一個先上了樓，只見三樓的畫掛得並不密集，每幅畫中間隔了足夠的空間。怕人破壞畫卷，除了有專人看守外，店鋪還在畫前三尺處設置了圍欄，將眾人擋在了外面。

沈太傅父子二人來到第一幅畫前，畫的是幾位仙人醉酒的場景，一個個線條將仙人的表情完美勾勒出來，一道道濃墨將仙境呈現在眾人面前。

沈太傅終於相信了樓下夥計的那句話：「只得畫道長七分神韻。」

收藏古今名畫，這在士大夫看來，是極其文雅的事。自打十年前盛德皇帝派兵平復邊疆戰亂以來，大光朝迎來了一個快速發展的時期，繁榮的經濟讓有錢又有閒的士大夫們在奢華享受上又開始了追求文雅。

他們喝茶要文雅，要講水質，要講環境，要講同誰品茶。吃穿要文雅，大魚大肉已不入眼，用那花花朵朵做出來的菜才叫有趣。收藏古今字畫更是文雅之事，但凡有點學問的人，家裡書房、正廳之類，必要掛兩幅字畫來表明自己有品味。

盛德皇帝登基後，以酷愛書畫聞名，這一愛好更將大光朝的書畫地位捧到極至，朝中大臣們追風而行，原本就喜歡的更加熱愛，不懂的人也多買幾幅，好裝模作樣說出個所以然。

那些有錢的富商們，有的為了巴結官員，四處搜羅好畫送給那些大人。也有的人附庸風雅，聽說哪裡畫好便揮金爭買，其實並不是懂畫之人，因此大光朝書畫價格奇高。

原本青青認為以自己書畫的高額定價一天賣出去一兩幅已算很好，沒想到不到一個時辰就賣出去十餘幅畫，有的畫因為幾人爭搶，還賣出了令人瞠目的高價。

隔著窗戶看著自己的鋪子裡滿滿的人，青青幾乎要崩潰，要是都賣光了，她的鋪子可就空了，畢竟自家的書畫鋪子和旁人家的不一樣，只賣自己姊妹的字畫，兩個人又不想將精力都放在寫寫畫畫上，畢竟生活中還有很多美好的事情等著她們做。

躲在瑰馥坊喝茶的青青連忙叫個夥計傳話給「書畫」坊的掌櫃，讓趕緊限購，每日只賣三幅畫、五幅字，預定的客人要等十天才能取字，三個月方能取畫，字畫每個月各接受一名顧客預定。

那個夥計趕緊過去，把滿頭大汗的掌櫃拽到僻靜處，悄聲道：「二姑娘吩咐了……」

掌櫃聽了連忙應下，又擠回人群去，高聲宣布了這個新規定。眾人一片譁然，別的鋪子都怕字畫賣得不好，偏這家還不讓人買。正在大家摸不著頭緒的時候，有兩個機靈的竄到王掌櫃前面，「正好我瞧中了三幅畫，我全買了！」

「憑什麼你買，我也要買！」

「我有銀子，我出雙倍！」

這些人有的真愛畫，見書香居士著實畫了一手好畫，見獵心喜想買回一幅心儀的畫作回家慢慢賞玩。有單純附庸風雅的，沒瞧見沈太傅都買了兩幅畫回去，那自己必須得跟著買。沈太傅是誰啊，那是大光朝有名的愛畫之人，收藏了不知道多少古畫名畫，連他都願意出銀子買回去的，那肯定是好畫沒錯了。

王掌櫃被吵得頭疼，還未想出法子來，這些人就彼此抬起價來。王掌櫃舒了一口氣，悄悄退出來找了個人少的角落倒了碗茶喝。好在那些人沒一會兒就競完價，拔得頭籌的那三人交了銀子選了畫走了。剩下的一窩蜂又跑去找夥計預定，沒一會兒功夫就預定到了五年後，嚇得夥計不敢再收錢，連連擺手說名額滿了。

那些不懂字畫的見沒有東西可買，便都散了，留下那些真正愛畫之人在這裡流連忘返，書畫坊裡清靜了許多。掌櫃只吩咐了夥計不讓顧客靠近畫卷，其他的隨他們看去。

當天晚上，徐鴻飛到書畫鋪子去查看了下當天的進帳，被數額驚得瞪眼，回了家忍不住對青青道：「妳這一天的進帳，趕上咱家胭脂鋪子一年的收益了，士大夫的錢果然好賺！」

小劇場

〈一〉

翰林院學士：你們聽說沒有？沈太傅得了一幅好畫，是徐狀元的閨女畫的。只可惜是閨閣女兒，我們不便去求畫。

翰林院侍讀：既然徐狀元的女兒畫好，那徐狀元的畫也不錯吧？我們請他畫一幅如何？

徐鴻達一臉懵逼：我不會，畫道長沒教我啊！

翰林院眾人：連作畫都不會，你來翰林院做什麼？

徐鴻達：……

〈二〉

文昌帝君：最近香火很旺啊！

朗月：青青給您畫了一幅畫，好多書生都來上香。

文昌帝君：她開的不是書畫鋪子嗎？

青青看著排隊上香的士子們，一臉崩潰：這不是文昌廟，我畫的是我師父啊！

士子一副你騙人的表情：明明和文昌廟的帝君一模一樣，肯定靈驗！

〈三〉

沈雪峰：朱朱，妳為什麼取了一個叫「食客」的別號？一般沒這麼叫的！

朱朱：這不是我的本意，我原本想刻「吃貨」來著，但是青青死活不同意。

沈雪峰：……其實我覺得食客還是挺好聽的！

捌之章◆身世藏祕風雲起

京城最不乏新鮮事，但中城多出了一家鋪子叫「書畫」的事還是迅速傳遍了全城。都說裡面的畫作極好，只是因為畫少，每天對外賣的字畫都是有數的，還有那預定，聽說都到五年後去了……

徐鴻達在翰林院聽見同僚們一臉興奮地討論著這個話題，心中十分緊張。有同僚還過來問沈雪峰：「聽說昨日開業你同沈太傅一起去了？那裡的畫當真那麼好？」

沈雪峰看了一眼坐在旁邊低頭縮肩努力減少存在感的徐鴻達，忍不住笑了一聲，這才回道：「自然是好的，我父親對書香居士的字畫讚不絕口。最妙的是，三樓展出的畫道人的書畫，比畫聖吳道子的畫還強上幾分。」

眾人聽了皆不敢置信，頓時議論紛紛，無非是說沈雪峰誇大事實，對畫聖不敬之類的。沈雪峰泰然自若，微微一笑，「各位大人有空去瞧上一回就知道我說的真假了。」

此時這些大人們聽了內心直癢癢，恨不得立刻奔了去瞧，可眼下還有活兒沒幹完，又一想得五天才休沐，實在忍受不了，內心裡都打起了小算盤。於是，當天下午翰林院忽然集體患病了，有牙疼的，有腹痛的，有頭昏的，有腸胃不適的，有突然扭著腳的，紛紛請假先走了。剩下的一瞧，病名都被用得差不多了，再說同樣的說辭容易露出馬腳，只能眼巴巴地看著搶占了先機的同僚們歡天喜地溜了，尤其是那個說自己扭到腳的，跑得特別快，他的上峰坐在那都氣笑了。

到了第二天一早，徐鴻達來翰林院一瞧，就零零星星來了幾個人，剩下的都不見蹤影。直到中午，翰林院的官員們才一臉意猶未盡地三個一群、五個一夥晃進了翰林院的大門，這回連掩飾都省了，個個眼裡都閃著光芒，嘴裡討論著「書畫」坊裡的藏品。

劉鵬仕清咳了兩聲，見眾人一窩蜂散了，這才滿意地點了點頭，然後背著手踱著方步一臉正經地走了。
沈雪峰見狀，湊到徐鴻達的桌前，小聲道：「我猜劉大人肯定往你家的鋪子去了。」
徐鴻達連連擺手，「噓」了一聲，不叫沈雪峰再談此事。若是這話讓同僚聽到，徐鴻達想想那場景，便渾身哆嗦。沈雪峰哈哈一笑，自去起草誥敕不提。
「書畫」鋪子經過前幾天的火爆場面後便回了正軌，「書香居士」的山水、鳥獸、賀壽等畫作受士大夫們喜愛，而「食客」的花草透著富貴大氣，更受夫人們歡迎。雖然許多人議論說著別號起得有些古怪，但也有人說這充分表現出「食客」是個悠閒富貴的散人，一般的俗人再沒有這樣瀟脫的心境。
此時，瀟脫的朱朱正在廚房裡嘗試著蒸一樣新琢磨出的點心，糖糕拿著一張紙在旁邊念道：「十二張花卉扇面，要按一年的十二月中盛開的花來作畫。一幅三尺寬的花開富貴圖加急，雪中踏梅一幅……」
朱朱包點心的手都打顫了，忍不住去瞅那張紙上到底記了多少，「青青不是說了要限購嗎？怎麼還這麼多？」
糖糕一臉無奈，「這是剛開門時候就預定的，推不掉，好在畫完這些就過年了，明年小姐就輕鬆了。」
將點心一個個擺在鍋裡，朱朱囑咐廚娘看火，自己帶著糖糕匆匆忙忙回書房去找青青，就見青青看著眼前厚厚的一疊紙發呆，朱朱湊過去瞧一眼，「都是什麼？」
青青淚眼汪汪地瞅著她，「五年內的訂單……」
朱朱嚇得一激靈，忙道：「等我攢夠了開酒樓的錢，我就不畫了。」
青青無奈地用手戳了戳朱朱的腦門，「開酒樓不是有錢就行的。我問問妳，旁的不說，就那掌勺的大廚怎麼辦？妳在家做菜也就罷了，若是想去酒樓掌勺，爹娘肯定不答應。」

朱朱一臉無辜，「那就買一個人現教。」

青青搖了搖頭，「妳想得容易。當初食師父教我們兩個，用了多少精力，浪費了多少食材，我們哪有那些功夫再教一個人出來？若是從外面雇一個，學會了我們的手藝被別人挖跑了怎麼辦？京城這地界，從牆頭上掉下塊磚頭都能砸到一堆三品以上的大員，咱爹那點芝麻小的官，可護不住酒樓。」

朱朱有些氣餒，歪坐在琴凳上，一手托著腮，一手撥弄著琴弦，「那妳說怎麼辦？」

青青走過去把她拽起來拖到畫案前，「先攢夠了錢再說，回頭我細想想。」

朱朱看著自己的單子，忍不住吐槽：「扇面也就算了，花開富貴也算應時節，這踏雪尋梅是怎麼回事？」

青青頭也不抬，一邊調配顏色，一邊說：「等妳畫好了正好是冬天，到時候就應景了。當初咱山上小院的梅樹長得頗有傲骨，往年那兩株梅花妳也沒少畫，怎麼還愁起來了？」

朱朱眼睛一亮，喜孜孜地跑了出去，還不忘和青青說道：「我記得我畫過這樣的畫，找出來賣給那人，省得費功夫了。」

青青知道朱朱的心思都在開酒樓上頭，若不是為了攢本錢，她才不會作畫出去賣。她只把作畫當成閒情雅興，而烹飪才是她一生的真愛。

如今大光朝各項規矩比前朝鬆泛許多，朝廷對百姓和官員的吃食、穿著、住所的逾制問題放任自流，相應的對女子的要求也寬鬆多了。如若不然，徐鴻達夫婦也不會縱容兩個女兒開鋪子，還隨她們自己去找鋪子自己折騰。青青的鋪子掙錢，寧氏也由著兩個女孩收著，只是囑咐她們要記帳，若是想買房子買鋪子買地要跟家裡說一聲，家裡幫著參謀把關。

等到了真的踏雪尋梅的時候，徐鴻達已經升為六品修撰了。因進了臘月，學堂放了假，寧哥兒寫完大字就拿著書到青青屋裡，聽他講書。然哥兒小小一個人兒，才開始背《三字經》，卻像跟屁蟲似的跟在哥哥後頭，乖乖坐在哥哥旁邊，聽姊姊講書。

朱朱怕然哥兒坐在凳子上累得慌，順手把他抱到一旁的榻上摟在懷裡，然後從盤子裡拿出一塊點心餵他。然哥兒看了看姊姊手裡香甜的點心，又看了看旁邊坐得板板正正的哥哥，小臉皺成了一團，奶聲奶氣地說：「哥哥說，讀書時要好好坐著。」

朱朱忍不住捏了下他肥嘟嘟的小臉，笑道：「你二姊姊跟哥哥講的你聽不懂，要不，大姊帶你去旁邊那屋玩好嗎？」

「不去！」然哥兒堅定地搖頭，認真地說：「大哥說要好好讀書，長大了要考狀元。」

「有志氣！」朱朱笑著點了點他的頭，又把他抱回小凳上。青青將徐澤寧這個月學過的內容幫著通了一遍，然後隨口拿出幾個句子讓他試著自己作文章。

見徐澤寧寫得認真，然哥兒也要了一枝筆，半跪在椅子上於一張宣紙上畫符。青青見然哥兒不吵不鬧的便隨他去，自己到旁邊的畫案前準備寫兩幅勵志的字，掛徐澤寧的書房裡。

如今天冷，朱朱不愛動筆，見在書房沒什麼事，她便披上斗篷往正院去了。打前天起，寧氏就哈欠連天，如今越發懶怠著動彈。

朱朱掀開簾子進了屋，見寧氏手裡雖拿著針線，眼皮子卻快合上了。朱朱慢慢地將寧氏手裡做了一半的衣裳拿下來，寧氏猛然驚醒，打了個哈欠問道：「怎麼過來了？外頭冷不冷？」說著伸手去摸摸朱朱的手心看暖和不暖和。

朱朱笑道：「抱著手爐呢！再說，這兩步路，凍不著我！」她拿出一個脈枕來，「我再給娘把把脈。」

寧氏說道：「前幾天不是摸過脈了，我沒什麼大事，不過是冬天打盹罷了。」

朱朱扶著她的肩膀，讓她躺好，「我都拿脈枕來了，再說摸下脈又不費什麼事。」

朱朱的神情很認真，寧氏也鄭重起來，有些緊張地瞧著朱朱。片刻後，朱朱收回手，臉上多了幾分笑意，「我摸著像喜脈，只是日子淺，拿不準，一會兒我叫青青來摸摸看。」

寧氏聽了瞬間紅了臉，喜脈這種事怎麼好意思讓小姑娘給摸出來，忙拉住她的手叫她不要聲張，說再過幾日請了郎中來瞧瞧。

朱朱笑著應了，囑咐寧氏不要再做針線，自己去了廚房泡了銀耳，準備給寧氏做一碗銀耳冰糖紅棗羹。

在翰林院當值的徐鴻達卻還不知家裡這樁喜事，他正在翻看近十年的典禮文稿，沈雪峰叼著個蘋果湊了過來，問：「二月二是太后的壽辰，你開始預備賀禮沒有？」

徐鴻達皺了下眉頭，「你又吃著東西到處亂晃，小心劉大人看見了說你。」

沈雪峰迅速啃完蘋果，將果核丟進一丈外的廢紙簍裡。

徐鴻達瞅著他，「挺熟練的啊？」

沈雪峰嘿嘿兩聲，從袖袋裡掏出帕子擦了擦手，一抬手摟住了徐鴻達脖子，「剛才說的那事你有譜了嗎？若是沒有，我給你出個主意。太后娘娘最愛道家的神仙故事，你不如叫書香居士畫一幅八仙過海圖作為壽禮，一個是討太后喜歡，另一個也有祝壽的寓意。」

路過的一個編修聽見了，不由問道：「難道徐大人搶到了書畫坊預定的名額？」

徐鴻達含糊地應了兩句，把人糊弄走了，這才囑咐沈雪峰：「以後這種事回去再說。」

沈雪峰打蛇隨棍上，笑嘻嘻地點頭，「你說的事，明天正好休沐，我去你家找你。」

徐鴻達無語地看著他，「你不在家洗頭嗎？」

沈雪峰笑道：「晚上洗了用火爐一烤就乾了，怎能讓這種小事耽誤我去你家的大事？」

徐鴻達知道他多半在自己家躲沈夫人逼婚的事，無奈地搖了搖頭，「跑得了和尚跑不了廟，你就是躲到天邊去也逃不脫這成親的大事。回頭把沈夫人惹急了，直接給你定下親事，我看你怎麼辦？」

沈雪峰一臉苦澀，「你不知道那些閨秀我都見了，一個個都矜持得過了頭，我略微笑得大聲點，她們就捂著胸口像受驚的兔子似的，實在無趣！」

這對話在兩人之間可謂老生常談了，徐鴻達身為同僚，不好說太多，只能點到為止。

沈雪峰也不想談這個話題，反而神祕地問：「你家大姑娘想開酒樓是嗎？」

因為沈雪峰年紀本不大，每次叫朱朱大侄女，徐鴻達都覺得自家吃虧了，說了好幾次終於讓沈雪峰改了回來。

「小孩子的想法多，有那功夫不如和她娘學學女紅。」徐鴻達不以為然。

沈雪峰聞言痛心疾首，忍不住吐槽：「你怎麼能跟我爹一樣迂腐呢？誰家缺針線娘子，學那個有什麼意思？太沒追求了！」

徐鴻達嗤笑一聲，「吃就有追求了？」

「那是當然！」沈雪峰說起吃來，昂首挺胸的，「你看看蘇東坡為了吃作了多少好詩，研究了多少好菜，那才是人生極致，你可別耽誤了大姑娘史上留名之路！」

徐鴻達無語：誰要成為史上留名的吃貨？有這樣的名聲，還讓不讓我家朱朱嫁人了？

誰知沈雪峰似乎把自己說的話當了真，翌日來徐家的時候，真的帶了兩個針線極好的丫頭要送給徐家大姑娘。

沈雪峰不理會徐鴻達的無言，問道：「方便請大姑娘出來說說酒樓的事嗎？」

徐鴻達一早在書房看書，估摸著閨女這會兒在她娘的屋子，便打發了個小廝去請。等了許久那小廝才回來說：「大姑娘一早出去了，說鋪子裡來了個三皇子，點名要見食客，兩個姑娘不敢耽擱，又怕說了會嚇著太太，便悄悄從後門走了。」

「三皇子……」徐鴻達一驚，「趕緊備車，我去鋪子瞧瞧。」

沈雪峰忙說：「上我的馬車，就在大門外頭。」兩人往外走，沈雪峰不忘安慰他：「前陣子聽說三皇子想找人畫百花圖為太后賀壽，許是瞧中了大姑娘的畫。」

徐鴻達滿心焦急，也不怕犯了忌諱，小聲問道：「三皇子的脾氣如何？」

沈雪峰道：「三皇子不過是個十五歲的少年，待人寬和，就是大姑娘哪裡有冒犯的，他也不會和一個姑娘計較，你不用擔心。」

聽見此言，徐鴻達才略微放心。

◆　◆　◆

三皇子祁昱一直以溫文爾雅著稱，且博學多才，頗受盛德皇帝喜愛。其生母也是母憑子貴，短短幾年內從一個個小小的昭儀，一躍成為四妃之首的淑妃娘娘。

馬車停在書畫坊門口，朱朱下了馬車，一把拽住就要往裡衝的青青，輕聲囑咐道：「我自己進去就是，妳到瑰馥坊等我。」

「不行！」青青小臉上滿是堅毅神色，「是我開鋪子時沒考慮好後果，鬧出了這麼大的陣仗來，反倒連累了妳。依我說，妳去躲躲，我去應付一下，反正我年紀小，有什麼冒犯，他也不好真拿我怎樣。」

姊妹倆拉拉扯扯，誰也不想對方進去，這時從裡面走出來一個白面無鬚的太監，笑咪咪地看著兩個小姑娘，「今天這家書畫坊有貴客，妳們到旁的鋪子玩去。」

朱朱也不知哪裡的勇氣，將青青拽到身後，抬頭看著那太監，「我是食客。」

那太監臉上閃過一絲驚訝，上下打量起她來：也就十二三歲的年紀，面貌雖不算頂頂漂亮，但也清秀可愛。許是因為緊張，她水嫩的唇瓣微微抿起，露出腮邊的小酒窩，擋著妹妹的手雖然在發抖，卻堅強地伸在那裡，毫不退縮。

那太監生出幾分興味，點了點頭，「既然這樣，那就進來吧。」太監將拂塵一甩，做出了個請的手勢。青青從朱朱身後出來，看了那太監一眼，正好瞧見那太監看自己的眼神裡有幾分驚愕之色。

朱朱和青青手拉著手一起進去，大廳內掌櫃和幾個夥計被三個太監攔在一邊，看著兩個女孩子進來，不禁喚道：「大姑娘！二姑娘！」

青青朝那幾人點了點頭，隨著太監往二樓走去。

書畫坊在二樓臨窗的位置有個小小的雅間，大太監眼角一挑，指著兩個小丫鬟說：「妳們在那等著。」又笑咪咪地朝著朱朱姊妹倆點頭示意，「兩位姑娘，請！」

朱朱忍不住說道：「三皇子不說要見食客嗎？與我妹妹無關，讓她在外面等吧。」

那太監看了看青青，笑道：「這個咱家可做不了主，兩位姑娘還是一起進去吧。」

朱朱還要說什麼，青青拉了她一下，「一起進去，要不，我不放心。」

朱朱嘆了口氣，努力壓抑著心中的惶恐，帶著赴死的勁頭走進了雅間。

三皇子正在窗邊喝茶，冷不丁被巨大的開門聲嚇了一跳。那太監腿腳就慢了一步，眼睜睜地看著小姑娘驚了主子，當下喝了一聲：「放肆！」

朱朱的臉瞬間白了。

三皇子放下茶盞，拿出帕子擦了擦撒在身上的茶漬，擺擺手道：「安平！」

那太監立馬噤聲，恭敬地垂首站在門外，將房門關上。

三皇子擦乾淨衣裳，這才看著眼前的兩個小姑娘。看到朱朱時倒也沒什麼表情，而看到青青時，卻笑了一聲，「妳和我娘倒有幾分相似。」

青青錯愕地看向他，只見一名十五六歲的少年優雅地坐在窗前，陽光從半開的窗子照射進來灑在他的臉上，看不清面容，只覺得暖暖的陽光和他的笑容交相輝映，十分耀眼。三皇子忽然往前傾，指了指方桌對面的凳子，「坐。」

姊妹倆這才看清他的相貌，朱朱略微吃了一驚，這皇子乍一瞧真與青青有三分相像，兩人都是丹鳳眼，只是青青有一條細窄的雙眼皮，更添了幾分姿色。要說還有哪裡像，就只能說嘴唇的形狀有幾分相似了。

朱朱看了眼青青，想到了寧氏的相貌。青青的鼻子和嘴唇都極像母親，這三皇子又說青青長得像他娘……朱朱一愣，下意識脫口而出，「難道我娘和妳娘是失散多年的姊妹嗎？」

話音剛落，朱朱就知道自己說錯話了，不禁咬了咬下唇，神情尷尬。

三皇子哈哈大笑起來，看著眼前的少女突然漲紅的臉，好心情地答道：「據我所知，我母妃可沒有什麼失散多年的姊妹。」

話音一落，三皇子就見朱朱的神情更加窘迫，便輕咳了兩聲，又想起自己來的初衷，眼神裡多了幾分好奇，「妳是食客？」

朱朱點了點頭，有些手足無措。

三皇子的聲音越發和善，「妳不用怕，我不會為難妳，我只想請妳幫我畫一幅畫。二月二是太后娘娘的壽辰，我想請妳幫我畫一幅百花圖。」又詳細說了各種要求和種種限制。

朱朱聽了有那麼多的條件，猶豫地看了他一眼，「我畫技並不算精湛，只怕入不了太后娘娘的眼，耽誤了殿下的事情。」

「無妨。」三皇子爽朗一笑，「我的壽禮不止妳這幅畫，妳大膽畫便是。若是……」三皇子一頓，見朱朱又緊張起來，便道：「若是畫的不好，我就留著自己欣賞了。」

朱朱鬆了一口氣，和青青對視一眼，心緒平復下來。

以三皇子的眼力，自然能看出兩個女孩的防備，他卻沒揭穿，只叫道：「安平！」門口那個太監立馬進來，三皇子抬了抬下巴，安平機靈地從袖袋裡掏出五百兩銀票遞給了朱朱，「這是訂金，請姑娘收好。」

朱朱手足無措地看了眼青青，似乎不知道該不該拿。

青青伸手接過銀票，朝三皇子點了點頭，「不知什麼時候交畫？」

三皇子輕笑一聲，站了起來，「妳倒是比她更像姊姊。」

朱朱和青青同時往後退了兩步，三皇子有些無奈，「說了不用怕我的，我不是猛獸，又不會吃人。」

話音剛落，房門忽然被推開，一個男子衝了進來，還沒看清屋內的場景，便先喊了一句：「嘉言！」

朱朱轉頭，和沈雪峰四目相對，不安的心忽然安定下來。雖然此時自己沒有危險，但朱朱還是有一種獲救的感覺。有人為了救自己而來，好讓人安心。徐鴻達也上了樓，身邊還糾纏著幾個太監，雖然拖著他的腳步，但也沒能奈何得了他。

三皇子挑了挑眉，看門外的身影有些陌生，但眼前這個倒是熟悉，「沈公子。」

沈雪峰往前走兩步，向三皇子施禮，順勢擋住了兩個女孩。

三皇子看他一副保護者的架勢，不禁瞇眼道：「你們認識？」

沈雪峰笑道：「自家的孩子，還請殿下不要為難她們。」

三皇子又悠閒地坐了回去，「沈公子多慮了。」

徐鴻達此時也到了門口，那幾個太監收了手，面對安平斥責的目光，一個個都低下頭。

徐鴻達快步進來，看了看兩個女兒似乎平安無事，這才鬆了口氣，向三皇子行禮。

「這位倒是陌生。」三皇子的胳膊撐在桌上，用拳頭托住了下巴。

沈雪峰幫著介紹道：「這位是今年的新科狀元，翰林修撰徐鴻達徐大人，也是這兩位姑娘的父親。」

「徐大人請坐。」三皇子臉上的笑容多了幾分真誠，一邊示意安平倒茶一邊說道：「我看了你會試和殿試的文章，作得極好，父皇還誇讚了你。」

徐鴻達拱了拱手，「不敢！」

見徐鴻達無意多談，三皇子只得又解釋了一遍，「今日是想請食客做一幅畫，卻不料竟是個小姑娘，倒是我孟浪了，也嚇到了你們。」

徐鴻達看了眼女兒，暗自嘆了口氣，「是微臣考慮不周，原本也不想她們開什麼鋪子，只是兩個女孩自己喜歡，又說用別號來作畫，才依了她們。」

三皇子一驚，眼神掃過青青，「難道書香居士是這位二姑娘。」

徐鴻達懊惱，青青倒是大大方方地說：「是我，還望殿下為我們姊妹保守祕密。」

三皇子讚嘆地點了點頭，看著徐鴻達的眼神更加和暖，「徐大人博學多才，教出的女兒也才華橫溢，真是難得。」

徐鴻達一肚子苦澀，尷尬地點了點頭。

三皇子這才站了起來，側頭看向沈雪峰後面的朱朱，「不知徐姑娘現在是否方便替我畫一幅扇面。」

有家人在，朱朱就沒什麼擔心的了，當下點了點頭。

書畫坊一樓作畫的各色東西都是齊全的，安平遞過來一把扇子，朱朱展開扇面，看向了三皇子，「不知殿下想畫什麼？」

三皇子沉吟片刻，方說：「就畫梅花吧。我見過妳那幅踏雪尋梅，畫得極好。」

朱朱點了點頭，開始調製顏色，原本還有些緊張的情緒，也慢慢平穩下來。手一動，一朵朵精緻的梅花出現在雪白的紙上……

雖說早知道朱朱也善丹青，但是沈雪峰還是第一次見她作畫，只見她眼神專注地盯著扇面，嘴唇微微抿起，神情分外認真。而三皇子此時的視線也從畫上轉移到她的手上，又興趣盎然地看著她的臉。

朱朱所有的注意力都集中到了畫上，她將腦海中記憶深刻的梅花一筆一筆添在扇面上，直到最後一筆完成，才抬起手腕，看著自己畫的扇面，嫣然一笑，「好了！」

原本只算清秀可愛的少女，因這燦爛的一笑，瞬間像綻放的鮮花一樣奪目。三皇子神情略微恍惚，忍不住問了一句：「妳叫嘉言？」

朱朱一愣，臉上的笑容消失了。

三皇子回過神來，有些羞赧地咳嗽一下，「抱歉，我……」似乎不知道怎麼說，他頓了頓，又低頭去瞧扇面，「妳畫得極好，我很喜歡。」

沈雪峰似乎察覺三皇子神情有異，上前兩步，將朱朱拽到自己身後，故意笑道：「殿下難得出來一趟，將時間都浪費在這裡可惜了，不如我請殿下到對面去吃茶。」

「不了。」三皇子擺了擺手，半開玩笑地說：「我怕再不走就該惹人厭了。」

沈雪峰笑說：「殿下說笑了，我是真心邀請您。」

三皇子不理他，朝徐鴻達點了點頭，「徐大人學問極好，有空的話，只怕要叨擾徐大人了，請徐大人幫我講講書。」說著又看了眼朱朱，轉身離去。

徐鴻達長長地舒了一口氣，朱朱一屁股坐在椅子上，頭上都是冷汗。

沈雪峰從袖子裡掏出帕子遞給她，安慰道：「三皇子為人和善，妳不用害怕。」

朱朱順手接過沈雪峰遞的帕子，擦了擦額頭的汗水，有些虛弱地抿嘴一笑，「我見過最大的官就是我爹，一聽說皇子來了，嚇壞我了。」

恢復自由的夥計們趕緊烹水煮茶，沈雪峰見朱朱原本蒼白的臉蛋漸漸恢復紅潤，便提議道：「今天既然出來了，索性放鬆一下。我知道京郊有一處寺廟做的好素齋，那裡的梅花也開得甚好。」

原本聽見素齋還眼睛一亮的朱朱，瞬間皺起了小臉，「我不想看梅花，我現在聽見梅花就開始頭疼。」

沈雪峰想起剛才那副扇面，不由一笑，剛待說什麼，就見朱子裕從一匹馬上跳了下來，幾步衝了進來，「青青，妳沒事吧？」

青青見朱子裕臉上的汗珠都掛了白霜，連忙叫他進來，吩咐寶石去打了熱水，自己擰了熱毛巾遞給他擦臉。朱子裕上下打量了青青一遍，見她似乎不像受驚的模樣，這才放下心，接過熱毛巾擦乾淨臉，方道：「我去妳家，聽見小廝說一早來了夥計把妳們叫走了，說來了什麼皇子，唬得我趕緊來了。」

青青眉毛微顰，「你沒驚動我娘吧？」

「沒有。」朱子裕搖了搖頭，「我去的時候嬸嬸還睡著，我囑咐他們若是嬸嬸醒了問起來，就說我帶妳們出來了，徐叔叔也跟著。」見青青點了點頭，朱子裕又再問道：「剛才怎麼回事？」

沈雪峰說：「三皇子請大姑娘幫他畫一幅賀壽的畫。」

朱子裕鬆了一口氣，「三皇子人還不錯，不會為難一個姑娘。」

剛才關於午飯的話題剛說了一半就被朱子裕打斷，沈雪峰又重新拾起這個話題，輕聲地問朱朱：「既然不想吃素齋，那有沒有什麼想吃的？吃魚嗎？還是想吃什麼新鮮的？」

朱子裕聽見說吃新鮮的，忍不住說道：「說起新鮮的，我倒知道有一處地方。」

青青和朱朱把丫鬟留在了鋪子裡，徐鴻達帶著兩個女兒擠進了沈雪峰的馬車。幸虧沈府的馬車大且豪華，坐四個人絲毫不覺得擁擠。朱子裕剛騎著馬走了兩步，就聽見馬車裡青青開懷的笑聲，立刻跳下馬來，將韁繩丟給朱天莫，一抬腿跳上馬車鑽了進去。面對眾人疑惑的目光，朱子裕一臉無辜，「外面太冷了。」

朱子裕說的新鮮吃食不在酒樓，而是一個二進的小院。

一個高壯的漢子將他們迎進去，一開口滿嘴的東北話，「吃鍋子不？」

青青撲哧一笑，那漢子低頭一看，原來是個漂亮的小姑娘，忍不住紅了臉，「姑娘是不是笑我說話土？」

「不土！」青青擺了擺手，「您怎麼稱呼？這裡是什麼鍋子？」

那漢子說：「姑娘叫我老張就行。這個鍋子是俺家那邊的吃食，有煮好的雞肉鍋子、羊肉鍋子，這時候吃羊肉的最好，驅寒。」話音剛落，兩個小廝抬著一盆滿滿的羊肉銅火鍋往一個小院走去，老張忙指著叫青青看，「姑娘您看，就是那樣的。」

青青眼睛一亮。

老張家鄉的銅火鍋是煮好了肉端上去，再涮些青菜，這樣吃未免有些無趣。青青挽起袖子，招手道：「帶我去廚房。」

老張目瞪口呆地看著這個漂亮的小姑娘把他廚房裡的幾個廚子指揮得團團轉，一個泡香料，一個切辣椒，一個挑花椒……

京城人不太吃辣，辣椒、花椒不過是借個味而已，老張這裡存的不算多，但也夠一個冬天使得了，但瞧這姑娘的神情，似乎還不太滿足，嘟囔著太少了。架起大鍋，這漂亮的姑娘也不用旁人幫忙，自己拿起牛油罐子，先舀上兩大勺……

麻辣鍋底還得煮一會兒，食材也要親自把關才行，老張今早現殺的羊肉、新進的牛肉都在後院放著，如今天氣寒冷，各樣的肉類放在外面幾天也不會壞。

青青選了幾塊涮起來。肥嫩的肉切下來幾大塊，交給廚子洗淨，自己先切了半盤子羊肉片出來，然後將刀交給廚子，不忘囑咐：「千萬不要切厚了，厚了該不嫩了。」

廚子哈哈一笑，「姑娘放心就是，咱保證切得和妳一樣好。」

後院的牛肉青青拿起來細細看，忙問：「這牛是怎麼死的？」

老張答說：「姑娘放心，是頭小牛摔了一跤，一頭撞石頭上了。我特意去瞧了，絕對沒有任何疾病才買回來的。」

青青拎起那塊牛肉也遞給老張，「這塊也切了。」

其他的就好說，蘑菇、木耳、凍豆腐、鮮魚、白菜、豆芽都是現成的，青青轉了一圈，略嫌不足，問老張：「你買牛肉的時候，牛肚買回來沒？」

「姑娘也喜歡吃那個？」老張從櫃子裡端出一盆泡好的牛肚。

青青大喜，「切成條！」

坐在雅間裡的眾人們見夥計們一會兒端進來　鍋熱氣騰騰的大骨湯，一會兒又提進來一個沖鼻辣味的鍋子，沈雪峰被嗆得咳了兩聲，捏著鼻子上前看了一眼，只見鍋裡紅乎乎的一片，旁的什麼也沒有。

「這是什麼？」沈雪峰捏著鼻子甕城甕氣地問。

那夥計笑道：「你們那個姑娘自己做的。」

沈雪峰咳了兩聲，去將窗子開了一條縫，冷氣灌進來沖淡了辣味，眾人才覺得好些。

不多時，一盤疊片成卷的牛肉、羊肉、魚肉端了進來，又有各種生的配菜，青青挽起袖子調好了油碟，讓夥計端到雅間去。

香辣鍋很快咕嘟咕嘟燒開，青青夾起羊肉就丟下了鍋，片刻功夫就用筷子夾起來，往油碟裡一滾，也不怕燙就那麼塞進嘴裡。滾燙的羊肉伴著辣湯落進喉嚨，她叫道：「好吃！」

一口肉下去，青青的額頭登時冒出一層汗來，見眾人都瞧著她，便問了句：「你們不吃嗎？若是不吃辣的，那裡有骨頭鍋。」

徐鴻達學青青的樣子，下了些羊肉到骨頭鍋裡。朱朱知道青青最會吃，雖她極少吃辣，但勇於嘗試，於是下了羊肉到辣鍋裡，滑嫩的羊肉一進嘴裡，又香又辣又嫩的口感占滿了整個口腔，朱朱嚥下肉，順手將手邊的酒杯端起來，一口喝進去，香甜的菊花釀沖淡了辣味，朱朱又想起剛才的滋味來，不由得點了點頭，「確實好吃。」

沈雪峰愕然地看著自己剛抿了一口的菊花釀，就被朱朱無意識地端了起來，然後往被辣椒燙得紅嫩的唇邊放……

沈雪峰瞬間紅了臉。

……

沈雪峰的吃貨精神不亞於朱朱，他知道朱朱十分會吃，既然她都說美味，自然不會差。而朱子裕向來以青青為馬首是瞻，青青吃辣，他必須得跟著吃辣。起初朱子裕和沈雪峰兩個還有些受不了，吃兩口辣的再去吃一回清湯，可連續幾次就發覺清湯有些寡淡，麻辣的吃起來越發讓人欲罷不能。

朱子裕吃得淚眼汪汪，卻夾著毛肚不肯鬆手。上回他剛放進去還沒等吃，就被沈雪峰給夾走了，他被辣得一邊張嘴哈氣一邊道：「來這裡吃那麼多回，沒有一次像這般過癮。」

沈雪峰透過窗縫見外面天色有些陰沉，雪花已經飄落下來，而屋內熱氣騰騰的滾著火紅的鍋子，頓時讓人覺得無比安逸滿足。微微側頭，見徐鴻達也忍不住開始嘗試吃辣，不料一口下去嗆得咳起來，又捨不得將口中的美食吐掉。朱朱也不知喝了幾杯酒，臉頰嬌豔若桃，兩眼水汪汪地似乎含了水霧般，瞅一眼心臟都跳得慌，他別過眼去，可是又忍不住想瞧。

沈雪峰只當是吃得太辣才臉紅心跳，忍不住到窗邊吸了兩口冷氣，努力讓自己的頭腦清醒一點。身後青青不知道說了什麼，朱朱笑了起來，銀鈴般的聲音撞擊著沈雪峰剛剛冷靜下來的心臟。沈雪峰捂住胸口，回頭瞅了一眼，正巧此時一股冷風帶著雪花從半開的窗子吹了進來，朱朱下意識扭過頭來，醉眼朦朧。

兩人四目相對，朱朱的眉眼中帶著不諳世事的純真笑意，「下雪了呢！」

沈雪峰僵硬地把頭轉回去：昨天母親說要相看哪家閨秀來著？

馬車裡的火爐燒得旺，沈雪峰上去檢查了一番，見裡頭暖和又沒藏什麼煙氣，趕緊讓兩個姑娘裹著披風上了馬車。徐鴻達一臉憂愁地爬了上去，看著靠在小女兒肩膀上的朱朱，十分不解，「沒給她倒酒啊，怎麼就喝醉了呢？」

沈雪峰：合著你閨女一杯一杯光喝我的酒你就沒瞅見啊？

嘆了口氣，見朱朱已經靠在青青肩膀上沉沉地睡著了，沈雪峰解下自己的大氅蓋在她身上，忍不住說道：「估摸著嚇著了，喝點酒也好，回去睡一覺醒了就忘了。」

徐鴻達苦著臉，「領了個醉醺醺的姑娘回家，我一定會被罰跪搓衣板的。」

沈雪峰驚愕地看著他，「居然還要罰跪嗎？」

徐鴻達滿心苦澀沒處說，還是朱子裕貼心，湊過來笑道：「徐叔，您說了他也不懂，他可是萬年老光棍。」

沈雪峰忍不住從車廂裡的小匣子裡摸出一把扇子，朝著朱子裕的腦袋敲，「屁大點的孩子，好像你懂似的。」

朱子裕一邊躲一邊偷偷看著青青，然後羞赧地說：「要是我喜歡的人讓我跪搓衣板，我甘之如飴。」

青青正好將朱子裕的神情納入眼中，心中一暖。她兩輩子的人生經歷，自然知道朱子裕喜歡她，她為少年純粹熱情的喜歡而感動，但家世的懸差讓她只能假裝懵懂，畢竟離及笄還有幾年，未來變數太多，她不敢隨便應承，她怕兩人實現不了對彼此的承諾。

徐鴻達見朱子裕的眼睛黏在青青身上就離不開，心中無語：你別以為你瞅我閨女沒人看見，屁大的小孩竟然敢對我閨女起心思，再不能讓你進門了！

沈雪峰則是一臉震驚：這麼小的孩子都知道喜歡，那我……剛才那種心慌是喜歡嗎？可是嘉言才十三歲，還是個孩子，他一定是喝醉了才心慌的！

馬車沒敢停在大門，直接從後門進來，叫了個婆子背著朱朱送回了她的院子。沈雪峰看著朱朱消失的背影，悵然一嘆，總覺得自己今天有些不對勁，有氣無力地與徐鴻達告別，上了自家的馬車。

沈夫人聽說兒子回來了，親自到二門處拎著沈雪峰的耳朵把他揪到正院，「今天一整天你跑哪兒去了？」

「啊？」沈雪峰茫然地看著沈夫人。

「啊什麼啊？」沈夫人一巴掌拍在他背上，「下次休沐不許出去了，你大嫂的表妹要到家裡來做客！」

此時滿腦子都是漿糊的沈雪峰下意識地問：「她喝酒會臉紅嗎？」

沈夫人：……

與此同時，徐鴻達看著亦步亦趨跟在青青後頭的朱子裕，眼看都要跟到姑娘的院子裡，還捨不得走。徐鴻達實在忍無可忍地抓住他的領子，「什麼時辰了，你還不回家？」

朱子裕委屈地瞥著青青，青青見他像是要被拋棄的小狗一樣看著自己，心軟了，「今天吃了太多辣，恐怕胃會不舒服，晚上吃點粥湯。明天我煮八寶粥，你要是出得來就過來吃，要是明天雪太大就別出門，後天還做呢！」

朱子裕的腦袋就和小雞啄米似的不停點，他自動忽略了最後一句，拍著胸脯保證，「明天一準兒來！」

青青噗哧一笑，「行了，快回去吧！」

朱子裕嘿嘿笑了兩聲，似乎想顯擺自己，腦子一熱，腿一蹬，徐鴻達就見眼前一花，待回過神來，便見朱子裕蹲在兩家之間那堵高高的牆上。

朱子裕回過身來向青青招手，「青青，明天見！」

徐鴻達：……明天就給閨女換個院子！

朱朱一覺睡到天色大黑才睜開眼睛，見堂屋裡燭光搖曳，她揉了揉眼睛，坐起來把頭髮攏了攏，披了件衣裳就出來了。

青青正盤腿坐在榻上擺圍棋，聽見聲音，回頭一笑，「姊，妳醒了？」

「什麼時辰了？我看天都黑了？」朱朱倒了碗茶水喝乾。

「戌時了。」青青看著睡得臉上紅撲撲的朱朱，好奇地問道：「中午的時候我就給妳倒了兩回菊花釀，妳怎麼就喝多了？」

朱朱一臉茫然，「不會啊，我的杯子一直是滿的，我喝了十來杯呢！」忽然想到吃飯時沈雪峰看自己的神情有些古怪，她後知後覺悟到了真相：難不成自己喝了沈大人的酒？

朱朱紅著臉在那裡想東想西，青青見寶石和糖糕拎了食盒進來，便將剛才的話題丟開，笑著說道：「中午吃的多，晚上在娘那屋我也沒正經吃兩口，這會兒餓了，正好喝碗粥。」

朱朱收斂心神，和青青洗了手到炕桌上一看，一碗芋煨白菜、一碟拆骨鵝掌、一碟炒瓢菜心、一碟麻油拌大頭菜，另有一罐熬得又爛又糯的紅棗桂圓粥和一盤小饅頭。

中午吃了幾盤子肉下去，晚上吃著小菜就粥正好。姊妹倆除了白菜只吃了幾口外，其他三樣小菜都吃完了。

外面的雪越下越大，青青聽著沙沙的雪聲有些發愁，也不知明天雪是否能停，早知道不叫朱子裕來好了。依他那個實心眼，只要自己說了，大上下刀子他也會過來。朱朱則是拿著一本書半靠在榻上，也難得地愣住了……

翌日一早，青青早早醒了，推開房門一看，外面天光大亮，兩個粗使婆子在院子裡掃那厚厚的雪。寶石從廂房出來，一眼瞧見了，忙把青青請回了屋裡，嘴裡還抱怨著：「才剛醒就出來，若是凍著了可怎麼使得？」

青青笑道：「妳看我從小到大可得過一回病？」

寶石這才不言語了。說來也奇怪，普通人家的孩子就是再皮實，一年到頭總會病兩次，偏偏青青連噴嚏都沒打過一個。有時候朱朱發熱鼻塞，青青整日和她吃住，也沒過了病氣。

吃過早飯，青青去廚房將昨晚泡好的各種豆子，加上大米糯米和七八樣乾果放在砂鍋裡用小火慢熬。等粥熬好了，青青也不讓端下來，將爐火壓到最小，砂罐放上頭熱著，預備中午時候吃。剛拾掇利索，朱子裕就匆匆忙忙來了，只是他也來不及多坐，急忙說道：「我外祖家從北邊回來了，我得趕緊過去，這幾日只怕不能常過來。」

青青道：「你打出生就沒見過你外祖，這次回來少不得多親近親近。你叫天莫來說一聲就行了，怎麼還自己過來？」

朱子裕一臉認真，「昨天都說好了今天再見的，若是我不來，豈不是說話不算話？」

看著這實心眼的孩子，青青心裡暖暖的，連忙叫人把煮好的粥裝一小罐遞給他，「一會兒在馬車上喝。」

朱子裕接過來遞給朱天莫，又囑咐青青：「這幾日雪大，妳別去鋪子裡了。若是再有什麼高官貴胄的要見妳，妳可別再自己去了，記得叫人告訴我，一切有我呢！」

青青連連應聲，終於將他送走。

朱子裕的外祖楊漢奇乃本朝的輔國將軍，自打十餘年前就駐守在蒙古邊境。有這名征戰了一輩子沙場的老將在，韃靼、瓦剌這些勢力就不敢造次，反而彼此爭鬥不休。可楊漢奇已經老了，六十五歲的他開始想念自己的家鄉，想念京城，想念他那從未見過面的外孫。於是他給盛德皇帝上了封摺子，想卸任回京。

盛德帝感念輔國將軍勞苦功高，立即准了摺子，又派了一員大將去駐守邊疆。楊家在京城的宅子已經十多年沒人住，雖然年年修葺也有下人打掃，依然有些破敗。盛德帝下旨將一間置的侯府重新翻修了一遍，賜給了楊漢奇。

今天一早，楊漢奇帶著一家大小十餘口人，歷經數月的跋涉，終於趕在臘月前回京城。楊漢奇帶著四個兒子進宮覲見，楊老太太則打發人去接她那寶貝外孫。

朱子裕得了信，趕緊到中城徐家走了一趟，然後才去了將軍府。而此時，朱子裕的後娘高氏則嚇得慌了手腳。說白了，當初高氏硬攔著不許朱子裕學文學武，還不是欺負沒人替他撐腰嗎？雖說高氏沒少給朱子裕告狀，不是說他獨占了老公爺的書房，就是說他不著家，奈何公爺和老太太都不覺得是大事。可若是找朱子裕麻煩，高氏又沒那本事，後院小妾一個接一個地生孩子她還擺不平，哪那麼多功夫去查朱子裕在外面做什麼。兩人僵持了這麼些年，眼見著朱子裕一天天大了，高氏正琢磨著想個什麼法子將自己兒子的聲望提上來，人家朱子裕的將軍外公回來了，高氏頓時傻眼了。

朱子裕到將軍府時，老太太剛沐浴完正在晾頭髮，乍見一俊俏的少年郎大步走了進來，瞬間淚如雨下，也顧不得頭上包著的毛巾，下了炕就將朱子裕摟在懷裡，「我的寶貝外孫！我那苦命的閨女啊！」兩句話將朱子裕的淚也催了下來。

當年雙胞胎外孫戰死沙場的噩耗傳來，楊家人備受打擊，還未從傷痛中走出來，又聽聞女兒去世的消息，楊老太太大病一場，既心痛女兒又惦記著未曾見過的外孫，但楊漢奇是武將，四個兒子在軍中也身居要職，沒有詔令不得回京。

楊家不知寫了多少信回京，起初鎮國公府還回信說說外孫的情形，可過了一兩年娶了繼室之後，朱家就了無音訊了。朱子裕打小都不知道外公的存在，直到自己重新打開了老國公爺的書房，大管家朱永主動投誠，送上了一箱子的書信。朱子裕這才知道，自己原來還有外公和四個舅舅一直遠在邊疆。

待楊老太太哭了個夠，丫鬟們擦乾了她的頭髮重新挽上髮髻，又領她認了三個舅媽，還有八個表哥、兩個表弟和三個表妹。突然多了一大家子親戚，朱子裕覺得既新奇又興奮。雖然平時也有書信來往，但因距離太遠，一年一兩封就很難得了，許多話都來不及說。聽老太太問起這些年過得好不好，怎麼習武的，朱子裕便將這些年的一點一滴細細講了出來。

楊漢奇領著四個兒子從宮裡回來時，朱子裕正講到尋寶那一節，原本楊漢奇只當他說話本逗老妻開心，又見朱子裕下盤沉穩，腿腳有力，便問道：「世上還真有武功祕笈一說？」

朱子裕道：「當初年幼無知，聽了話本就貿然去尋寶，若不是遇到了青青，只怕我永遠也尋不到武功祕笈了。」講起青青，朱子裕話就多了起來，說當初青青怎麼幫助自己，又說這一年來，除了自學功夫和兵法外，徐鴻達時常指點他讀書之類的。

當初女兒的嫁妝是楊老太太一手置辦的，說起那兩處房子，楊老太太也有印象，聽說徐家每日照看朱子裕的飯食，楊老太太放了心，「幸好當初買了挨著的兩個院子，如若不是徐家，你一個人孤零零的，我想想就心疼。」

朱子裕時常在家哄祖母，如今哄起外祖母來也十分順手，略微一矮身，把頭往楊老太太肩上一靠，帶些撒嬌的口吻說：「如今外祖母回來了，我就不是孤零零一個人了。」

一句話又勾起了一家人的眼淚。

楊老太太年事已高，又狠哭了兩場，不一會兒就累得睡著了。楊老將軍趁機將朱子裕叫到練武場上，讓兒子和他比試。矯健的身子、敏捷的腳步、一個個致命的殺招，險些讓打了無數次仗的楊家小舅招架不住。朱子裕的大舅看得心裡直癢癢，也忍不住下了場，和外甥過了百十招，才找到他的弱點，略使了個破綻才勝了他。

楊老將軍滿意地點了點頭，「四年功夫，只憑一本書就練到這般境界實在是難得，該好好感謝徐家人才是。」

楊家重回京城，少不得要擺幾場筵席，於是給相熟的人家、姻親都遞了帖子，徐家也收到了一份。

這幾個月來，寧氏帶著女兒也參加過不少筵席，家裡也請過幾個官家小姐來做客，只是那些都是文官圈子的人，楊家是正兒八經的武將，因此徐家一來便有些顯眼了。

青青穿了一件大紅色貂毛斗篷，襯得小臉越發雪白精緻。她一進來，站在楊老太太旁邊的朱子裕就笑了，「青青。」

楊老太太生性直爽，知道徐家跟外孫交好，也不等寧氏來拜，便讓丫鬟托住了她，「聽說妳有了身子，快免了這些虛禮。」又叫丫鬟搬椅子請她坐。面對眾人疑惑的目光，楊老太太笑道：「你們不認識，這徐家和我家是舊識，這些年多虧他們家照料我外孫。」

眾人面面相覷，不明白為何一個鄉下考上來的狀元怎麼和楊家是舊識了，倒有知道楊家老家的，恍然大悟道：「可不是？楊老將軍和徐大人都是吉州府玟城縣的，是同鄉呢！」

青青脫了斗篷交給寶石，楊老太太招手把她叫到了跟前，握住她柔嫩的小手，細細打量她的眉眼，不住地讚道：「好俊俏的相貌，我瞧著倒有些聖文皇后的品格。」

有幾個誥命高的老太太聞言也紛紛點頭，「我說著怎麼眼熟，妳這麼一說倒想起來了。不僅這丫頭像，徐夫人也有幾分像。」

寧氏聽了臉色微白，握在一起的雙手微微發抖，勉強笑道：「聽聞先皇后容貌端莊，品格高雅，我們母女不過是蒲柳之姿，怎敢玷汙了聖文皇后的名聲。」

幸好眾人也沒糾纏這個話題，說了兩句就丟開了，倒是青青瞧見了母親不適，回到母親身之後，從荷包裡掏出一粒藥丸，讓寧氏含在嘴裡。小小的藥丸下肚，溫熱從腹中升起，在胸口轉了一圈又凝聚在腹部，似乎是在守護那未成形的胎兒。

高氏身為如今的鎮國公夫人，也坐在較前的位置。雖說如今朱家的爵位比楊家的要高，但高氏本來就是繼室，這些年又存著些不好的心思，因此底氣不足。來了以後，她還恭恭敬敬地行了禮，隨後又老老實實坐在那裡。縱然這樣，楊老太太也沒給她好臉色。

高氏鮮少接到邀請，這回出來做客又被人看低，心中很是鬱卒。這會兒看見朱子裕和徐家的姑娘相熟，又說常得寧氏照看，高氏忍不住嘲諷道：「怪不得子裕整天不著家，天不亮就出門，天黑才回來，原來外面有個長得像狐狸精似的小丫頭勾著。」

話音一落，不僅寧氏氣白了臉，眾人瞧高氏也像看傻子般：剛說了這孩子像聖文皇后，妳就說她和狐狸精似的，這不明擺著對聖文皇后不敬嗎？

看著楊老太太面色難看，高氏只當自己戳痛了朱子裕的痛處，還有些洋洋自得，不忘提起自己的兒子，「若子裕像子昊一樣，每日在府裡認真讀書，哪會著了這小妖精的道？」

「鎮國公夫人！」楊老太太面沉如水，用力一拄手中的拐杖，「妳可是敢將這話到宮裡再說一遍？」

高氏有些懵逼，不過是兩個十歲孩子的事，怎麼又要扯到宮裡？思來想去，高氏這才想起青青長得和聖文皇后相像的話來，頓時面如死灰。

楊老太太相當感念徐家對朱子裕的照顧，怕高氏的話對青青的名聲有影響，少不得辯解道：「徐家和我家本就有舊，前幾年子裕去玫城縣時也多虧了徐家照看。好好的世交，到妳嘴裡偏如此不堪，高家就是這樣教育兒女的？怪不得敗落得如此快！」

高家衰敗是高氏心中的痛，高家但凡有些能力，她對付朱子裕也不會如此束手無策。她憤恨地握緊了拳頭，長長的指甲扎進了手掌心。

（未完待續）

漾小說 193

家有小福妻 1

國家圖書館出版品預行編目資料

家有小福妻/ 信用卡著. -- 初版. -- 臺北市：
晴空, 城邦文化出版：家庭傳媒城邦分公司發行,
2018.05
冊； 公分. --（漾小說；193）
ISBN 978-986-96370-0-8（第1冊：平裝）

857.7　　107004968

原著書名：《穿越之福星高照》，由北京晉江原創網絡科技有限公司授權出版。

城邦讀書花園
www.cite.com.tw

作　　　者　信用卡
封 面 繪 圖　畫 措
責 任 編 輯　施雅棠
國 際 版 權　吳玲瑋　蔡傳宜
行　　　銷　艾青荷　蘇莞婷　黃家瑜
業　　　務　李再星　陳玫潾　陳美燕
編 輯 總 監　劉麗真
總　經　理　陳逸瑛
發　行　人　涂玉雲
出　　　版　晴空
城邦文化事業股份有限公司
104台北市中山區民生東路二段141號5樓
電話：（886）2-2500-7696　傳真：（886）2-2500-1967
發　　　行　英屬蓋曼群島商家庭傳媒股份有限公司城邦分公司
104台北市中山區民生東路二段141號2樓
客服服務專線：（886）2-25007718；25007719
24小時傳真專線：（886）2-25001990；25001991
服務時間：週一至週五上午09:00~12:00；下午13:00~17:00
劃撥帳號：19863813；戶名：書虫股份有限公司
讀者服務信箱：service@readingclub.com.tw
晴空部落格　http://blog.yam.com/readsky
香港發行所　城邦（香港）出版集團有限公司
香港灣仔駱克道193號東超商業中心1樓
電話：852-25086231　傳真：852-25789337
E-mail：hkcite@biznetvigator.com
馬新發行所　城邦（馬新）出版集團【Cite (M) Sdn Bhd】
41, Jalan Radin Anum, Bandar Baru Sri Petaling,
57000 Kuala Lumpur, Malaysia.
電話：(603) 9057-8822　傳真：(603) 9057-6622
Email：cite@cite.com.my
美 術 設 計　洸譜創意設計股份有限公司
印　　　刷　沐春行銷創意有限公司
初 版 一 刷　2018年05月03日
定　　　價　250元
I　S　B　N　978-986-96370-0-8